왕녀 전하는 화가 나셨나 봅니다

4.

교차하는 기억

Royal Highness Princess
seems to be angry

저자
야츠하시 코우
일러스트
나기시로 미토
옮긴이
이진주

Royal Highness Princess
seems to be angry

4.

교차하는 기억

CONTENTS

CHARACTER

Royal Highness Princess
seems to be angry

지크 비올리스
루크레치아 학원에 다니는 유일한 평민.
도로셀과는 친구 관계에 있다.

도로셀 노아 피리아레기스 (레티시엘 리제네로제)
피리아레기스 공작가의 차녀. 천 년 전 아스트레아 대륙 전쟁 시의 기억을 갖고 있다.

로시포드 벨아크 아레스타 플라티나
플라티나 왕국의 제1왕자. 어떤 사건으로 혼수상태에 빠져 현재는 요양 중.

크리스타 아마리리스 피리아레기스
피리아레기스 공작가의 삼녀. 도로셀의 쌍둥이 여동생.

루빅 레인
도로셀이 여섯 살 때부터 그녀를 모신 전속 집사.

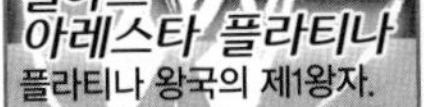

에델하르트 노우르 아레스타 플라티나
플라티나 왕국의 제3왕자. 평소부터 각지를 돌아다니며 왕도에는 거의 들르지 않는다.

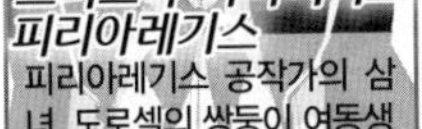

세리나 밀레느 피리아레기스
피리아레기스 공작가의 장녀. 뭔가 도로셀에게 수작을 부리고 있었는데…….

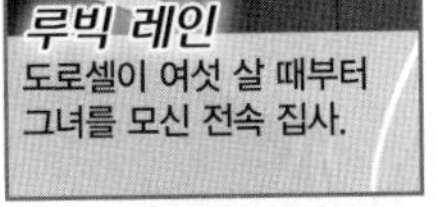

니콜 라벤델
도로셀이 예전에 도와준 시녀. 지금은 도로셀을 모시고 있다.

서장 정령회의

바다에 떠 있는 작은 고도(孤島)는 주변 일대가 눈부시게 빛나는 금색의 수목에 덮여 있었다. 이곳은 아스트레아 대륙에서 아득히 먼 서쪽 해상, 빛과 무속성의 정령들이 사는 서쪽 마을이었다.

섬의 중심, 마을의 중앙에는 한층 커다란 황금의 거목이 솟아 반짝반짝 빛나는 금색의 잎을 흩날리고 있었다.

그 둥치에는 사람이 지나다닐 만한 크기의 구멍이 나 있었는데, 그곳에서 두 정령이 빠져나왔다. 하나는 회색 머리카락을 가진 여성, 다른 하나는 백발의 남성이었고 그 어깨에는 페럿처럼 생긴 하얀 영수가 올라타 있었다.

"도중에 빠져나와도 괜찮아?"

"흥. 어차피 우리가 있어 봤자 아무 도움도 되지 않을 거다."

남성의 말에 여성은 짜증을 감추려고도 하지 않으며 그렇게 내뱉었다.

그 거목은 마을의 집회장과도 같은 장소이기도 해서, 지금도 마을의 장로들이 안에서 정령회의를 열고 있었다.

장로가 되기에는 나이가 아직 너무 젊은 두 정령이 회의에 불려온 것은, 애초에 연령상 회의에 참석할 수 없는 어린 쌍둥이 정령왕의 부모이자 대리인이기 때문이었다.
"우리 아이들이 인간계에서 보고 듣고 온 것을 보고한다는 소임은 다했으니, 이 뒤는 장로들이 자기들 좋은 대로 이야기를 나누면 돼."
지긋지긋하다는 듯이 그렇게 말하는 여성에게 남성은 웃었다.
"넌 변함없이 회의를 싫어하는구나."
"당신도 좋아하지는 않잖아."
"그러네. 너무 오래 앉아있어서 허리가 아파."
"연약해 빠져서는."
황금의 거목 주변에는 투명한 호수가 펼쳐져 있었다. 두 사람은 호수에 걸린 다리를 건너 자신들이 사는 마을로 돌아왔다.
"그건 그렇고, 티나와 디트는 어쩌고 있을까?"
"아마도 숙제라도 하면서 얌전히 있겠지. 그보다 회의가 끝나면 뭔가 지시가 내려올 테니, 그에 대비해 둬."
"알고 있어."
이백 년 만에 겨우 탄생한 빛과 무의 정령왕이 인간과 조심성 없이 교류한 것을 비난하는 자는 적지 않았다. 하지만 그럼에도, 그 일을 두고 쌍둥이를 책망하는 자는 없었다.
그만큼 두 사람이 인간계에서 얻어온 정보는 가치가 높은 것이었다. 회의 자리에서 장로들은 겨우 녀석들의 꼬리를 잡았다며 기뻐했다.

"12년 만의 단서인가……. 그 사건 뒤로 좀처럼 우리의 탐색망에 걸리질 않았으니까 말이지. 뭐라고 했지? 사건이 일어난 마을. 분명히, 캘런폴드였던가?"

"인간의 마을에는 관심 없어."

지금으로부터 12년 전. 인간계에 있는 한 마을의 인근 바다에서 대규모의 검은 안개의 폭발이 일어났다. 정령이 백의 결사라는 조직과 조우한 것은 그 폭발을 조사하던 때였다.

정령과 검은 안개의 관계나 확집에 관해 이야기를 하자면 끝이 없었다. 그 검은 안개는 태곳적에 정령이 봉인한 것이었다. 그 위험성에 대해서는 충분할 정도로 이해하고 있었기에, 그것을 세계에 풀어놓으려고 하는 자들을 도저히 그냥 방치해둘 수는 없었다.

"하지만, 별로 기쁜 것 같지는 않네. 아직 뭔가, 신경이 쓰이는 일이 있다는 얼굴을 하고 있어."

"……그런 당신이야말로 남 말 할 처지가 아니지 않나?"

"응. 피차일반이네."

그러나 백의 결사와는 별개로, 두 사람에게는 신경이 쓰이는 일이 있었다.

"영수. 그것을 비춰라."

"뀨."

여성이 말하자, 남성의 어깨에 앉아있던 수호영수는 짧게 울고는 허공을 올려다보았다. 금색의 그 눈동자가 아련하게 빛나고, 아무것도 없던 공중에 영상이 떠올랐다.

수호영수란, 어린 정령왕의 감시만을 위해 존재하는 것이 아니었다. 정령왕을 지키고, 그 힘을 강화시키며, 각성을 보조하는 동시에 그 눈동자에 영상 정보를 기억시킬 수 있는 기록 단말로서의 역할도 수행할 수 있었다.

영수의 눈이 투사한 영상에는 적과 청의 오드아이를 가진 소녀가 백은색 머리카락을 휘날리며 푸른 불꽃의 활에 화살을 메기는 모습이 담겨 있었다.

"이거, 결국 방금 전 회의에서는 보일 타이밍이 없었네."

"보고는 했어. 이런 것쯤, 언제든지 내보내고자 마음을 먹는다면 내보낼 수 있을 거다."

"그것도 그런가."

두 사람은 직접 현장을 목격한 것은 아니었으나, 화면 너머로도 그 자리에서 거세게 날뛰는 마소의 소용돌이를 느낄 수 있었다.

그 방대한 마소를 하나로 묶어 이용하고 제어해서, 이만큼의 대규모의 마술을 전개할 수 있다니. 이 소녀의 연산능력은 헤아릴 수가 없었다.

"지금 이 시대, 인간계에서 마술의 기술은 오래 전에 소실됐을 텐데 말이지. 이 아이는 어디서 이런 힘을 손에 넣은 걸까?"

"……."

소녀를 화제에 올리자, 여성은 노골적으로 언짢다는 표정을 지었다. 그녀는 예전에 이 소녀에게 자신의 마술을 가로막힌 적이 있었기 때문에 마음속이 복잡했다.

게다가 여성은 지금도 정령왕인 자신의 아이들을 어루꾄 인간 소녀에게 경계심을 품고 있었다. 이런 반응을 보이는 건 어쩔 수 없었다.

"그때, 본의 아니게 함께 싸운 때부터 신경이 쓰였는데, 어쩌면 앞으로 우리 쪽에서 먼저 뭔가 접촉을 시도해야 할지도 몰라."

"……흥."

"어라라~?"

히죽히죽 웃으며 놀리듯이 이쪽의 얼굴을 들여다보는 남편의 태도에 여성은 작게 콧방귀를 뀌고는 그대로 빠른 걸음으로 자리를 떴다.

"아하하. 사실은 꽤 신경이 쓰이면서. 정말 알기 쉬운걸."

그리고 남성은 멀어져가는 처의 뒷모습을 바라보면서 즐겁다는 듯이 그렇게 중얼거렸다.

1장 니르반 왕립도서관에서

하얀 망토를 걸친 정체불명의 남자의 습격 후 며칠이 지났다. 오늘도 변함없이 일상은 반복되어 피리아레기스 공작가의 문장이 그려진 간소한 마차가 아침의 루크레치아 학원 정문을 통과했다.

그 마차 안에서 레티시엘은 턱을 괸 채로 창밖의 경치를 바라보고 있었다. 습격이 있었다고 해서 바뀌는 것은 아무것도 없었다. 오늘도 언제나 그렇듯이 학원 수업이 있는 날이었다.

평소처럼 마차에서 내린 뒤, 레티시엘은 가장 먼저 별관의 대도서실로 발길을 향했다. 빈번하게 이용하는 장소였지만, 오늘은 다른 목적이 있었다.

"……."

레티시엘은 주머니에 손을 찔러 넣어 상자 하나를 꺼냈다. 언젠가 시계를 수리해준 답례로 받은 오르골이었다.

『한 번 감정을 받는 편이 좋을 겁니다. 대도서실의 데이비드 씨가 그런 쪽으로 정통할 테니까요.』

며칠 전 에디가 한 말을 떠올리고, 레티시엘은 오르골 상자를 손안에서 굴리며 관찰해 보았다.

딱히 색다를 것 없는 네모난 상자에 금색의 태엽이 달려 있을 뿐인 심플한 디자인. 특이한 점을 굳이 든다면, 기껏해야 상자 뒤쪽에 하얀 삼각형이 그려져 있는 것 정도였다.

'……응. 평범한 오르골이야.'

레티시엘에게는 딱히 뭔가 힘이 깃들어 있는 것처럼은 느껴지지 않았지만, 에디는 이 오르골에서 뭔가를 발견한 것이리라.

"안녕하세요, 데이비드 씨."

대도서실의 문을 열자, 카운터 안쪽에 데이비드의 모습이 보였다.

평소와 다름없는 모습으로 맞아주는 데이비드를 보며 레티시엘은 조금 안심하면서 손에 들고 있던 오르골을 카운터에 내려놓았다.

"사실은 이 오르골에 대해 상의할 것이 있어요."

"호오. 이것 말입니까?"

"예. 얼마 전에 지인에게 이 오르골을 감정해 보는 편이 좋을 것이라는 말을 들었는데, 데이비드 씨가 그런 쪽에는 정통하다고 해서요."

레티시엘의 설명을 듣고 데이비드는 카운터에서 몸을 내밀더니, 마치 부서지기 쉬운 물건을 다루는 것처럼 가만히 오르골을 들어올렸다.

"……음냐. 분명히 이것은 다소 특수한 것 같긴 하군요."

상하좌우에서 오르골을 찬찬히 관찰한 데이비드는 신음하듯이 그렇게 말했다. 길고 덥수룩한 눈썹에 감춰져 있었지만, 그가 눈을 크게 뜨고 있다는 사실은 기척으로 알 수 있었다.

"흠흠. 그런 사정이 있으시다면 이것은 제가 맡도록 하지요."

"고맙습니다."

이걸로 당초의 목적은 간단히 달성되었다. 그러나 레티시엘은 이곳에 올 때까지 줄곧 마음에 걸렸던 의문을 데이비드에게 물어보았다.

"저기, 이 오르골은 결국 어디가 특수한 것인가요?"

"봉인되어 있습니다요. 언뜻 살펴본 느낌으로는…… 그럭저럭 새것이군요."

"……봉인?"

"어쨌든, 이 오르골은 제가 좀 조사를 해보겠습니다."

그렇게 말하자마자, 데이비드는 곧바로 어디선가 확대경을 꺼내어 구멍이 뚫릴 정도로 오르골을 응시하기 시작했다.

"흠…… 봉인된 것은 바로 최근…… 하지만 처음이 아니구만…… 원래 걸려있던 것이 풀려서 재봉인을 한 것인가, 그렇지 않으면 다른 이유가……."

곧 뭔가를 중얼거리는 목소리가 들려오기 시작했다. 레티시엘은 잠시 데이비드의 모습을 지켜보았다. 그러나 아무래도 데이비드는 이미 오르골에 집중하고 있는 것 같았다.

"……이것이 이런 형태로 이곳에 오다니, 기구하구만."

방해하는 것도 미안하니 나도 평소처럼 읽을 책이라도 찾을까. 그렇게 생각한 레티시엘이 카운터에 등을 돌렸을 때였다. 등 뒤에서 툭 하고 데이비드가 작게 중얼거리는 소리가 들려왔다.

레티시엘은 저도 모르게 데이비드를 돌아보았다. 지금 그 말은 무슨 의미인 것일까. 혹시, 그 오르골에 대해 데이비드는 뭔가 아는 것일까.

"……? 데이비드 씨, 지금 그 말은 무슨……."

"그럼 저는 잠시 박물관에 다녀오겠습니다. 조사는 빨리 시작하는 편이 좋으니까 말이지요."

그러나 데이비드는 그 목소리가 들리지 않았는지 그대로 총총히 대도서실에서 나가버렸다.

결국 이야기를 들을 타이밍을 놓쳐버려서, 레티시엘은 일단 그 의문은 꾹 눌러 삼키기로 했다. 왠지 모르게 신경이 쓰였지만, 억지로 캐물을 일도 아니었다.

당초의 볼일은 우선 끝났기 때문에 레티시엘은 평소처럼 독서를 하고자 책장으로 향했다.

그렇게 레티시엘은 책장 사이를 누비고 걸으면서 책을 골랐는데, 문득 목적하던 책 중 한 권이 책장의 가장 위단에 있는 것을 발견했다.

사실, 마술로 꺼낼 수 있으면 빠를 것이다. 하지만 대도서실을 막 이용하기 시작했을 무렵에 한 번 시도해 보았지만, 왠지 마술이 잘 제어가 되지 않아서 책장에 꽂혀있던 책들을 성대하게 다 뽑아내서 바닥에 흐트러뜨린 적이 있었다.

그래서 그 뒤로는 사다리를 이용하고 있었는데, 주위를 둘러봐도 사다리는 보이지 않았다. 아무래도 이 근처에는 없는 것 같았다.

어쩔 수 없이 레티시엘은 사다리를 찾으러 가려고 했다. 그런데 그때 마침 등 뒤에서 누군가의 손이 뻗어와 대신 책을 꺼내주었다.

"어머, 지크."

레티시엘이 뒤를 돌아보니, 지크의 모습이 있었다. 그도 역시 한쪽 팔에 몇 권의 책을 끼고 있는 것이, 한창 뭔가를 조사하고 있는 것 같았다.

"이 책이 맞으신가요? 꺼내고 싶어 하시는 것 같아서요."

"그래요. 맞아요. 고마워요."

레티시엘은 지크가 내민 책을 받아들고 미소를 지으며 지크에게 감사의 인사를 했다.

"이렇게 아침 일찍 지크가 대도서실에 오다니, 보기 드문 일이네요."

평소 지크도 대도서실을 이용하긴 했지만, 보통 때에는 기계실이나 자신의 연구실에 먼저 들르거나 해서 어느 정도 해가 높아진 무렵에 오곤 했다.

"아버지의 편지를 생각하면, 왠지 가만히 있을 수가 없어서 말이죠."

"그렇군요."

얼마 전 학원제 때, 지크가 바리를 통해 어머니에게서 건네받은 아버지의 편지. 레티시엘도 그 내용을 알고 있었다. 그것은 분명히, 무척 마음이 걸리는 내용이었다.

편지에 동봉된 정체불명의 수레바퀴의 문장. 그 문장을 지닌 청년의 습격, 더 나아가서는 야외활동에서 마주친 검은 안개의 힘.

며칠 전에 레티시엘이 싸운 청년이 검은 안개를 부렸던 점에서, 이것들 세 가지의 실마리가 모두 이어져 있다는 사실은 알 수 있었다. 그러나 검은 안개의 정체나 문장의 실태 등, 중요한 점은 무엇 하나 알지 못했다.

"뭔가 정보는 있었나요?"

"아뇨. 그게, 아무것도 없었습니다……. 눈에 띄는 자료는 모두 읽어봤습니다만, 그렇게 간단하게는 꼬리를 잡혀주지는 않으려나 봅니다."

그렇게 말하고 지크는 어깨를 움츠리며 쓴웃음을 지었다. 분명, 그만큼 정보가 나돌고 있다면 국가 차원에서 뭔가를 대책을 세웠을 것이고, 애초에 오스왈드가 마술에 의지하지도 않았을 것이다.

'……검은 안개의 힘과 관계가 있을 것 같은 라피스 국의

정보도 거의 없고 말이지.'

그것은 레티시엘도 예전에 정보 수집을 하려고 했을 적에 직면했던 일이었기 때문에, 지크의 기분은 잘 이해할 수 있었다.

조사를 계속하지 않으면, 어차피 앞으로는 나아갈 수 없었다. 하지만 조사를 한다고 해도 지금의 방법으로는 효율이 나빴다. 이 대도서실의 책에도 한계는 있으니, 살펴볼 장서가 동이 난다면…….

"……맞다, 지크. 다음에 나와 같이 니르반 왕립도서관에 가지 않을래요?"

잠시 생각에 잠겼던 레티시엘은, 이윽고 퍼뜩 좋은 생각이 났다는 듯이 지크에게 그런 제안을 제시했다.

"……? 왕립도서관, 말씀입니까?"

"예. 그곳은 국내에서 장서량이 가장 많은 시설이니까요. 이곳에 없는 자료도 갖춰져 있을 거예요."

학원의 대도서실에서 원하는 정보를 찾을 수 없다면, 이곳보다 자료가 많고 또 폭넓은 분야를 망라한 장소에 가는 수밖에 없었다.

"확실히 그러네요."

"게다가, 증명증도 있으니까요. 좀 더 유력한 정보를 찾을 수 있을지도 몰라요."

그렇게 말하고 레티시엘은 아공간 마술을 발동해 그곳에

줄곧 보관해 두었던 작은 엠블럼을 꺼내들었다.

둥근 금속 플레이트 위에는 다이아몬드처럼 빛나는 투명한 돌이 박혀 있었고, 돌 부분에는 금색의 눈에 띄는 문자로『전서 열람 권리증명증』이라고 쓰여 있었다.

그것은 예전에 제1왕자 로시포드가 일으킨 사건이 있은 뒤, 국왕 오스왈드와의 교섭 끝에 레티시엘이 손에 넣은 것이었다. 하지만 지금까진 제대로 활용하지 못했다.

“하지만…… 그것은 도로셀 양 한 분에게 허가된 것이 아닌가요?”

증명증을 바라보면서 지크가 어딘가 면목 없다는 듯이 그렇게 물었다. 증명증을 갖지 않은 자신이, 레티시엘의 자격에 편승해도 좋을지 신경을 쓰는 모양이었다.

“함께 수수께끼를 해명하자고 약속했으니까 이 정도는 당연해요. 게다가 폐하도 이것이 내게만 인정된 권리라고는 말씀하지 않으셨어요. 함부로 말을 퍼뜨리고 다니지만 않는다면 괜찮을 거예요.”

애초에 레티시엘은 몇 번이나 왕립도서관에 간 적이 있었는데, 그곳은 이 증명증이 없어도 사실상 거의 모든 장서를 읽을 수 있었다.

비서고라는 일반 개방도 대출도 허가되지 않은 장소가 있었지만, 그곳도 사전 신청과 엄밀한 심사를 통과하면 일단 형식상으로는 누구라도 들어갈 수 있었다. 그러므로 지크가 함께 가도 곤란할 건 없을 터였다.

"……고맙습니다. 도로셀 양. 그럼 호의에 기대도록 하지요."

그래도 지크는 잠시 고민을 했지만 이윽고 레티시엘의 제안을 승낙했다.

그렇게 두 사람은, 다음 휴일에 함께 니르반 왕립도서관에 가기로 했다.

***

휴일을 이용해 레티시엘은 지크와 함께 마을에 나왔다. 휴일에 교복을 입고 마을을 서성거리면 눈에 띄었기 때문에 사복 차림이었다.

목적은 물론 니르반 왕립도서관에 가는 것이었다. 그러나 그저 도서관에만 가는 건 아쉽다는 생각에, 내친 김에 마을을 조금 돌아보기로 했다.

'……? 왠지 떠들썩한 것 같기도 하고……?'

레티시엘도 루빅의 장보기에 동행해서 몇 번인가 마을에 나온 적이 있었지만, 오늘의 마을은 어딘가 평소 이상으로 활기찬 것 같은 느낌이 들었다.

"왜 그러시죠?"

"아뇨. 왠지 마을 사람들의 모습이 평소와 조금 다른 것 같아서요."

"아아. 기념제가 가까우니까 말이죠. 오랜만의 축제라 다들 들떠 있는 걸 겁니다."

"……축제?"

레티시엘의 감각으로는, 축제라고 한다면 수확제밖에 떠오르지 않았다. 기념제이니 뭐니 하는 것은, 대체 무엇을 기념하는 축제인 것일까.

"올해는 마침 대륙력 1000년이니까요. 왕국의 전통에 따라, 건국기념일에 기념제가 열릴 겁니다. 모르셨나요?"

"……."

레티시엘은 슥 지크에게서 시선을 돌렸다. 그런 이벤트가 있다는 사실이라고 할까, 애초에 대륙력이나 건국일 얘기부터가 금시초문이었다.

전생하고 반 년 이상이 지났건만 이런 것도 모르다니, 이건 무슨 당치도 않은 일이냐고 태클이 들어올 것 같았다. 그러나 사실, 레티시엘이 지금까지 대륙력이라는 단어와 마주한 적은 한 번도 없었다.

그렇게나 대도서실에 틀어박혀 있었다면 한 번 정도는 본 적이 있을 것 같긴 했으나, 레티시엘이 읽던 것은 모두 학술서 뿐이었다. 역사서는 전생한 직후에 몇 권 읽은 것이 전부였기 때문에, 정말로 본 적이 없었다.

'……나중에 알아보자.'

아마도 이 세계에서는 상식 중의 상식일 터이다. 대륙력이라는 것이 무엇인가, 하고 새삼스럽게 지크에게 묻기란 역시나 어려웠다.

니르반 왕립도서관에 도착하면 몰래 알아보자. 레티시엘은 내심 굳게 결심했다.

니르반 왕립도서관은 큰길에 면한 5층짜리의 거대한 건물이었다. 하얀 기둥이 같은 간격으로 늘어선 원통형의 본관과 그 좌우에 연결된 3층짜리 별관 두 채로 구성돼 있었다.

"의외로 사람이 많네요."

"휴일이니까 어쩔 수 없죠."

개관시간 직후의 이른 아침임에도, 관내에는 이미 꽤 많은 사람들이 있었다. 레티시엘은 아직 자리가 다 차지 않은 틈을 타 좌석을 확보하고 자료를 찾으러 갔다.

비밀결사나 마법에 대한 자료를 그러모으면서, 레티시엘은 틈을 봐 역사서 구획으로 향해 방금 전 막 알게 된 대륙력에 대해 조사했다.

아무래도 대륙력이라는 것은 천년전쟁의 강화회의가 열린 해를 원년으로 해서 시작됐다는 것 같았다.

레티시엘이 살던 시대는 이 전쟁이 마침 한창 중일 때였다. 강화에 이르게 된 이유로는 당시 2대 국가로서 패권을 쥐고 있던 나라 중 한쪽이 내부로부터 와해되어, 그로 인해 유지되던 세계의 균형이 무너진 것이 계기였다고 역사서에는 기재되어 있었다.

'2대 국가……. 드란잘 제국과 세피로스 왕국을 말하는 거네.'

그 두 국가는 변경에까지 이름이 널리 알려질 정도의 열강이었다. 그 한쪽이 전쟁이 아니라 내부 와해로 붕괴하다니, 당시의 정세를 아는 몸으로서는 쉽게 믿을 수 없었다.

게다가 한층 더 읽어나가자, 아무래도 와해된 것은 세피로스 왕국 쪽이었던 것 같았다. 그렇게나 강대했던 대국이 왜 이리도 간단히 멸망했는지는 신경이 쓰였으나, 그것에 관한 기술은 아무것도 없었다.

'……왠지, 이런 일이 많은 것 같은 것 같은 느낌이 들어…….'

라피스 국도 그렇고 정체불명의 힘도 그렇고, 이 시대에는 부자연스럽게 자료가 적은 일이 많은 것 같았다. 그저 단순히 자료가 분실된 것뿐인가, 그렇지 않으면…….

"……."

생각하기 시작하면 끝이 없었기 때문에, 레티시엘은 일단 사고를 멈추고 계속해서 페이지를 넘겼다.

세계 각국에 강화를 제안한 것은 드란잘 제국이었다고 한다. 대륙력도 제국이 제창한 것으로, 강화 이후로는 드란잘이 세계를 이끌었던 것 같았다.

이 드란잘 제국이 지금의 이리스 제국의 전신이 된 듯했고, 개명한 것은 지금으로부터 600년 전이라고 했다.

'드란잘은 분명히 다른 어떤 나라들보다도 마술연구가 성

했던 것 같은데…….'

이리스 제국은 마법을 전면적으로 금지하고 있는 나라라고 들었다. 드란잘을 전신으로 하고 있으면서, 왜 지금은 마법을 금지하게 된 것일까.

'……일단, 돌아가는 길에 달력을 사가자.'

목적했던 문양과 정체불명의 힘과는 다른 방면의 의문이 늘어나서, 그것에 대해 생각하는 것만으로 날이 질 것 같았다.

탁, 책을 닫고 레티시엘은 속으로 새로운 결의를 했다. 실은 레티시엘이 사는 저택에는 달력이 없었다.

참고로 천 년의 역사를 가진 플라티나 왕국은 천년전쟁 시에 전신이 된 나라가 있던 듯하지만, 대륙력의 도입을 계기로 주변의 몇 개국이 병합해 건국되었다고 했다.

"기다리게 해서 미안해요, 지크."

레티시엘은 독서하며 틈틈이 모아둔 자료를 손에 들고 지크에게로 돌아갔다. 그는 이미 자리에 앉아서 책을 펼쳐 읽고 있었다.

"어서 오세요. 뭔가 괜찮아 보이는 자료는 있었습니까?"

"일단 닥치는 대로 집어온 느낌이라 잘은 모르겠지만요."

역시 루크레치아 학원의 대도서실과는 규모도 체계도 달라서, 익숙지 않아서 빠뜨린 자료도 많은 것 같은 느낌이었다.

"책은 도망치지 않으니 이걸 다 읽고 난 뒤에 찾으러 가죠."

"그게 가장 좋겠네요."

레티시엘은 반대쪽 의자를 빼서 자리에 앉았다. 지크와는 딱 마주보는 형태가 되었다.

“지크는 지금 뭘 읽고 있죠?”

자신의 책을 읽기 전에 레티시엘은 흥미본위로 지크에게 그렇게 물었다.

“이건 『아스트레아 대륙 역사대전』입니다. 제가 어릴 적에 본 그 힘은, 대륙력 989년의 스피리아 전쟁 때에도 사용되었던 것 같으니, 왕국 내외에서 일어난 일 중에도 어쩌면 관련된 것이 있을지도 모른다고 생각해서 말입니다.”

아무래도 지크도 11년 전의 전쟁 때 전장에 출몰했던 정체불명의 병사들의 존재에는 도달한 것 같았다.

“뭔가 관계가 있어 보이는 것은 있었나요?”

“현재로서는 아무것도요. 하지만 그 근처의 연대를 중심으로 국내에서 크고 작은 폭발사고가 다발했던 것 같으니, 그것에 대해 조사를 해보려고 합니다.”

그렇게 말하고 지크는 책의 방향을 바꾸어 레티시엘에게도 책의 내용을 보여주었다.

그렇다고는 해도 열람용 책상은 폭이 상당히 넓었기 때문에 잘은 보이지 않았다. 레티시엘은 일단 자신에게 원시마술을 걸고, 책상 위로 몸을 살짝 내밀어서 펼쳐진 페이지를 읽었다.

그 페이지에는 대륙력 988년부터 989년…… 12년 전부터

11년 전의 스피리아 전쟁 직전까지의 역사가 기록되어 있었다.

"확실히, 캘런포드 사건 이외에도 몇 건인가 폭발사고가 더 있었네요."

"다만, 단순히 공장의 기계가 폭발한 것일 뿐, 이라는 사건도 있어서 그 모두가 관여돼 있다고는 말하기 어렵습니다만."

"그렇게 본다면, 이 해 말에도……."

책의 한 문장을 가리키려다가 레티시엘은 거기서 문득 움직임을 딱 멈추었다.

그녀가 뻗은 손의 앞에는 지크가 지금 읽고 있는 책이 있었다. 레티시엘은 그것에 적힌 내용을 가리키려고 하고 있었는데, 이 자리에서는 미묘하게 거리가 멀어서 손이 가 닿지 않았다.

'……이 위치관계로는 좀 불편하네.'

책의 내용을 보는 정도라면 여기에서 원시마술이라도 쓰면 아무 문제가 없었다. 하지만 책에 적힌 내용을 가리키거나 할 때 일일이 자리에서 일어나지 않으면 손이 닿지 않는 것은 매우 성가셨다.

"있죠, 지크. 옆으로 가도 될까요?"

"……? 예. 상관없습니다."

의아하다는 듯이 고개를 갸우뚱거리면서도 지크는 고개를 끄덕였다. 그러나 레티시엘이 책상을 빙글 돌아 다가오자, 그 이동의 의미를 알아차리고는 거북하다는 듯이 뺨을 긁적였다.

"아아…… 죄송합니다. 멀어서 보기 힘드셨군요."

"이러는 편이 저 자신이 더 보기 쉬울 것 같다고 하고 생각한 것뿐이니 신경 쓰지 마세요."

두 사람은 대화를 나누면서도 조사는 계속했다. 역사대전 외에도 세세한 시대의 역사서를 책상 위에 가득 펼쳐놓은 두 사람은 사람들에게 꽤 주목받는 대상이 되었다.

"역시 캘런포드의 폭발사고가 처음이었던 것처럼 생각되네요. 그것보다 이전의 사고는 어느 것이나 명확한 이유가 존재하는 걸요."

주위 사람들의 그런 시선은 알아차리지 못하고, 레티시엘은 995년의 역사서 책장을 넘기면서 중얼거렸다.

12년 전을 경계로 국내외에서 폭발사고가 다발했던 것은 방금 전 조사해서 알게 되었다. 그러나 자세히 살펴보니, 늘어난 것은 『원인불명의 사고』뿐이었다.

왕족도 휘말려서 세간을 떠들썩하게 할 정도로 대규모의 사건이 되었던 캘러포드의 사고조차도 지금도 원인불명인 채였다.

"그러네요. ……아. 도로셀 양. 이것을 보십시오."

"……?"

갑자기 지크가 그렇게 말하며 자신이 읽던 책을 레티시엘에게 보여주었다.

그것에는 캘런포드 사고에 휘말린 사람들 일부의 이름이 소개되어 있었는데, 제3비 소피리아의 이름도 있었다.

"두닉스?"

사건과 관계가 있는 저명인은 칼럼이 작성되어 있었다. 레티시엘은 그 중 한 명의 이름을 입에 올렸다.

"예. 음유시인이라고 합니다. 최근에는 행방불명이 됐지만, 캘런포드 사건 때에는 마침 그 자리에 있던 것 같더군요. 그 인물에 대해……."

"……."

"도로셀 양? 왜 그러시죠?"

두닉스라는 인물의 기술이 적힌 칼럼을 레티시엘은 똑바로 응시했다.

이 사람이 캘런포드에서 일어난 폭발사고를 경험했다는 것은 놀라운 일이기는 했으나, 그 이상으로 레티시엘의 관심을 끄는 것이 있었다.

지금 읽고 있는 이 책은 역사서로, 음악 분야를 중심으로 다루는 것은 아니었기 때문에 두닉스에 대해 상세히 설명되어 있지 않았다. 하지만 그래도 그의 사인 등의 일러스트는 칼럼에 함께 실려 있었다.

'……이 문자…….'

그 일러스트에 그려진 사인에 레티시엘은 맹렬한 기시감을 느꼈다.

사인은 두 종류가 그려져 있었다. 하나는 하얀 삼각형과 붉은 원 등의 도형이 불규칙하게 겹쳐진 태양 같은 마크, 다른 하나는 손톱으로 난폭하게 긁어놓은 것 같은 거친 느낌의 『D』라는 한 문자.

전자도 어디선가 본 것 같은 느낌이 들지 않는 것은 아니었으나, 후자의 『D』는, 바로 최근에 에디에게서 받은 낡은 악보의 구석에서 본 적이 있었다.

지금 이 사인을 발견할 때까지 전혀 신경도 쓰지 않았었는데, 이런 형태로 작곡자가 판명되다니 세상도 참 좁았다.

"……?"

"아, 아뇨. 아무것도 아니에요."

하지만 그것은 이번 조사와는 그다지 관계가 없을 테니, 알려줄 필요도 없을 것이라고 판단해 레티시엘은 고개를 옆으로 흔들었다.

"……아."

문득 책을 읽던 지크가 작은 소리를 냈다. 그 소리에 이끌려, 레티시엘도 독서의 세계에서 현실로 되돌아왔다.

"갑자기 왜 그러죠?"

"아뇨. 여기에 『불가사의한 힘이 깃든 검』에 대한 기술이 있어서 말입니다. 저도 모르게 그만……."

"엇."

그 순간, 레티시엘의 뇌리에 야외활동 때 본 검은 안개를 두른 무기들의 모습이 스쳐지나갔다.

레티시엘은 곧바로 옆으로 몸을 확 내밀어 지크가 펼치고 있던 그 페이지를 찬찬히 읽었다.

결론부터 말하자면, 책에 적혀 있던 것은 레티시엘이 상상했던 것 같은 무기에 대해서가 아니었다.

대신에 적혀 있던 것은『성인과 성유물, 그 뜻밖의 관계성』이라는 제목이었다.

성유물이란, 흔히들 성인들의 소지품이라고 하는 무기나 의류, 도구 등을 가리키는 것으로, 그것에는 특별한 힘이 깃들어 있다고 되어 있었다.

그러나 그 양자 간에는 반드시 무슨 관계가 있는 것은 아니고, 오히려 관계가 없는 물건인 쪽이 더 많다고 했다. 성유물은 성스러운 힘이 깃들어 있다고 믿어지며, 그 대부분은 타인의 눈을 잡아끄는 특수한 광채를 품고 있는 것 같았다.

그 때문에 그 독특한 광채가 성인을 신격화한 전설과 융합해, 흡사 성인이 그 물건을 갖고 있던 것 같은 인식이 생겨났다고 한다.

그 말을 듣고 보니, 몇 번밖에 가보지 않았지만 학원 박물관의 성유물 부스에서도 몇 개인가 신기로운 광채를 가진 전시품을 본 적이 있었다.

'그렇다면, 로시포드가 들고 나왔던 마녀살해의 성검도 그런 종류인 것일까?'

그 검은 하인겔 학원의 시조이기도 한 영웅, 성 하인겔이 사람들을 괴롭히는 마녀를 쓰러뜨렸을 때 사용한 것이다, 라는 전설을 들은 적이 있었다.

성인과 관계가 있다고 돼 있는 물건인 이상, 성유물이기는 할 것이다. 그렇다면 그 검에 깃들어 있던 검은 괴물이 성유물이 가진 『특별한 힘』인 것일까. 만약 그렇다고 한다면, 검은 안개의 힘을 발생시키던 그 무기들도 성유물일 가능성이 높았다.

"……역시 오기를 잘했네요."

물론 겨우 이 정도로 의문이 해결되는 것은 아니었으나, 적어도 야외활동 때 마주친 적이 가지고 있던 무기의 정체로 이어지는 실마리를 얻을 수 있었다.

레티시엘은 책에서 시선을 들지 않고 턱에 한 손을 댄 채 응응 고개를 끄덕였다. 이럴 줄 알았다면 좀 더 빨리 오는 편이 좋았는지도 몰랐다.

"……저, 저기……."

문득 지크의 가느다란 목소리가 들려왔다. 그 소리에 레티시엘은 무슨 일인가 해서 그를 돌아보았다. 그랬더니 지크는 왜인지 엉뚱한 방향을 향하고 있었다. 기분 탓인지는 몰라도, 얼굴이 조금 빨간 것 같았다.

"……? 왜 그러죠?"

"아, 그게, 그러니까……."

고개를 갸웃거리는 레티시엘에게 지크는 몸을 뒤로 빼면서 이리저리로 시선을 움직였다. 그러다가 이윽고 소곤소곤 작은 목소리로 중얼거렸다.

"그…… 가깝, 습니다."

지크의 한 마디에 레티시엘은 눈을 크게 끔벅거렸다. 그 말을 듣고 보니, 분명히 지크의 얼굴이 꽤나 가까운 장소에 있는 것 같기도 하고…….

"……."

그제야 겨우 레티시엘은 자신이 책을 읽기 위해 몸을 내밂으로써 지크에게 상당히 가까이 접근했다는 사실을 알아차렸다.

주위를 둘러보자, 관내에 있던 이용자들 중 몇 명은 이쪽의 상황을 알아차린 듯, 왠지 따뜻한 시선을 보내오고 있었다.

"……실례했어요."

잠시 침묵한 레티시엘은 그대로 슥 옆으로 이동해 원래의 위치로 돌아가서는 작게 사죄의 말을 입에 올렸다.

"……아뇨."

"……."

미묘하게 거북한 공기가 두 사람 사이에 흘렀다. 그 거북함을 얼버무리기 위해, 두 사람 모두 서로 사전에 약속한 것도 아니지만 그 뒤의 조사 작업에 더욱 몰두했다.

***

니르반 왕립도서관의 열람석에서는 식음이 허가돼 있지 않았기 때문에, 레티시엘과 지크는 때를 보아 일단 밖으로 나와 점심 식사를 하고 다시 관내로 돌아갔다.

아침부터 계속 머물러 있었기 때문에 점심때가 지났을 무렵에는, 바깥쪽 서가에서의 조사는 대강 일단락되어가고 있었다.

"지크. 어쩔래요? 좀 더 책을 찾아볼까요?"

"아뇨. 슬슬 비서고로 가죠. 이용객도 늘어났고, 이 정도 타이밍이 딱 좋을 것 같으니까요."

오후가 되어 왕립도서관의 내관자 수도 점점 늘어났고, 열람석의 공석은 눈에 보이게 줄어 있었다.

사람이 늘어나면 그만큼 주위의 잡음도 늘어나니 이틈에 비서고 쪽을 조사하자는 것이 지크의 생각이었다.

"알았어요. 그럼 가죠."

레티시엘도 그 생각에 동의해 자리에서 일어났다. 자신들이 책장에서 꺼내온 서적들을 원래 자리에 돌려놓은 뒤, 두 사람은 입구 근처에 있는 카운터로 향했다.

기본적으로 출입금지구역인 비서고는 당연히 관내의 적당한 문을 통해 자유롭게 들어갈 수는 없었다. 들어가려면 카운터에서 특수한 입고 절차를 밟아야 했다.

"실례합니다. 비서고를 이용하고 싶은데요."

"예. 그럼 입고 절차를……."

"아뇨. 바로 처리해 주셨으면 합니다만."

그렇게 말하고 레티시엘은 미리 아공간에서 꺼내 준비해 두었던 증명증을 카운터에 올려놓았다.

비서고에 들어가기 위한 입고 절차는 본래대로라면 신청에서 결과가 통달될 때까지 며칠 이상을 필요로 할 정도로 엄중하다고 했다.

그러나 레티시엘이 가진 전서 열람권리 증명증은 그 자체가 모든 절차를 면제할 수 있는 통행증 같은 것이었다. 특례도 이런 특례가 없었다.

"이건……! 자, 잠시 기다려 주십시오. 이것은, 잠시 빌리겠습니다."

그것에는 직원에도 눈을 크게 뜨고는 증명증을 손에 들고 기세 좋게 카운터 안쪽의 방으로 달려갔다. 아마도 어떻게 대응해야 좋을지, 다른 직원에게 물으러 간 것이리라.

그 자리에서 잠시 기다리고 있자, 이윽고 방금 전의 직원이 부리나케 돌아왔다. 그 뒤에는 턱수염을 기른 백발의 남성도 있었다.

"기다리게 해서 죄송합니다. 왕립도서관의 관장을 맡고 있는 사람입니다."

남성이 인사말과 함께 정중하게 고개를 숙였다. 다른 직원

수준이 아니었다.

"증명증을 수리하겠습니다. 전례가 거의 없는 일이긴 합니다만, 본 증명증이 왕가에서 정식으로 발행된 것이라고 인정되었으므로, 비서고에의 입고를 허락합니다."

그렇게 말하고 관장은 레티시엘에게 증명증을 돌려주었다.

나중에 물어본 바로는 이 증명서, 언뜻 보기에는 그저 보석이 박혀 있는 것처럼 보이지만 빛의 마법으로 비춰 보면 국왕 오스왈드의 서명이 되어있다고 했다.

"그리고, 이쪽 분은……."

"일행입니다. 그도 같이 들어갈 수 있을까요?"

레티시엘의 요청에 관장은 턱에 손을 대고 잠시 생각에 잠겼다. 증명증의 권리가 어디까지 보장되는지, 두 사람 째의 이례를 인정할지 어쩔지 숙고하고 있는 것이리라.

"……알겠습니다. 두 분 모두 입고를 허락하지요."

관장은 계약서를 두 장, 카운터에 올려놓고는 그렇게 말하며 고개를 끄덕였다.

"단, 증명증을 가지셨다고 해도, 당 도서관의 규칙으로 비서고의 이용 시간은 2시간까지로 되어 있습니다."

"알고 있습니다. 고맙습니다."

입고할 때에는 이 종이에 사인을 해야만 하는 모양이었다.

계약서에는 비서고의 이용 시간과 규칙 등이 명기되어 있었다. 내부에서의 식음, 서적의 대출 및 무단 반출, 내용의 모사 등은 금지되어 있었다.

"그럼 안내하겠습니다. 이쪽으로 오시지요."

레티시엘과 지크가 사인을 마치자, 관장은 카운터 안쪽으로 통하는 통행문을 열었다. 아무래도 관장이 몸소 안내해 주려는 모양이었다.

비서고는 일반이용자가 잘못해서 들어가지 않도록, 보통은 들어갈 수 없는 직원 카운터 안쪽에 있는 문으로만 들어갈 수 있게 되어 있었다.

관장의 뒤를 따라 그 문을 통과하자, 그곳에는 중앙 정원이 있었다. 주위는 도서관 구조물에 둘러싸여 있었고, 벽에는 창문도 나 있지 않았기 때문에, 이 장소는 관내나 밖에서는 전혀 보이지 않는 장소인 것 같았다.

중앙 정원의 안쪽에는 2층짜리 벽돌 건물이 서 있었다. 오래되기는 했으나 낡은 인상은 느껴지지 않았고, 세련된 작은 산장과 같은 캐주얼한 분위기가 감돌았다.

정면의 문 앞에 도착하자, 관장은 주머니에서 열쇠 다발을 꺼내들더니 목적한 열쇠를 찾아서 그것을 열쇠 구멍에 꽂아 넣고 돌렸다.

"이곳이 비서고입니다. 천천히 살펴보십시오."

자물쇠를 열자, 관장은 그렇게 말하고 고개를 숙여 인사를 한 뒤 그 자리를 떠났다.

"정말로 들어올 수 있었네요……. 밖에서 기다리는 것도 각오했습니다만."

"결과적으로는 들어올 수 있었으니까 잘 됐잖아요. 그보다 분담해서 자료를 찾죠. 이용할 수 있는 시간은 두 시간밖에 안 되니까요."

"그렇군요. 그럼 저는 2층의 책을 조사해 보겠습니다."

"부탁해요."

재빨리 서로의 담당 영역을 정하고, 지크는 곧바로 현관 홀의 중앙 계단을 올라 2층으로 향했다.

레티시엘도 가장 가까이에 있는 책장으로 향했다. 시간은 유한했다.

레티시엘은 책등을 이쪽으로 향하고 질서정연하게 꽂힌 책의 제목을 한 권씩 확인해 나갔다. 그러다가 가장 재미있어 보이는 책을 손에 들었다.

이 책장은 마법과 관련된 서적이 꽂혀 있는 듯, 제목도 그것을 연상시키는 것들뿐이었다.

'……하지만 역시 마법은 그에 관한 정보가 거의 다 알려져 있지.'

레티시엘이 술식의 개량 연구를 할 때까지, 마법의 구조와 술식은 지금 있는 것이 최고로 여겨져서 연구가 중지되어 있었다. 그렇게 되면 세간에 나도는 정보도 모두 비슷해서, 비서고에 비장될 법한 서적이라도 더 나은 내용은 없었다.

'옛날 책을 찾아보는 편이 더 나을까?'

내심 그런 생각을 하면서 레티시엘은 대충 집어 든 책의 권말에 기재된 참고 서적 일람을 확인해 보았다. 그러자, 그것에서 익숙지 않은 단어를 발견할 수 있었다.

'……연금, 술?'

마법과 마술에 더해, 또 다른 별개의 힘의 이름이 튀어나왔다.

그러고 보니 저택이 습격당했을 때 에디가 사용한 힘이 이것일 터였다. 혹시 이 힘이, 예의 검은 안개와 관계가 있는 것일까.

그렇게 생각해 레티시엘은 자료를 찾아보았다. 그런데 뜻밖에도, 찾을 수가 없었다. 마법에 대해 쓰인 다른 책들을 봐도 연금술이라는 단어가 등장한 것은 방금 전의 그 책 한 권뿐이었다.

'시대를 거슬러 올라가는 수밖에 없을 것 같아…….'

그래도 참고 서적에 등장했으니 틀림없이 관련서가 있을 것이다. 그렇게 생각한 레티시엘은 서고를 구석구석까지 찾아다녔다. 그리고 딱 두 권, 연금술을 제목으로 붙인 책을 찾아냈다.

이 작업만으로도 상당히 피로했으나, 이용에 제한 시간이 존재했기 때문에 쉬고 있을 수도 없었다. 레티시엘은 곧바로 책을 펼쳤다.

『지금 시대에 연금술이라는 단어를 듣는 일은 거의 없어졌지만, 이 힘도 역시 과거에는 마법과 어깨를 나란히 할 정도의 강력한 힘으로 여겨졌다.』

글의 첫머리는 이런 느낌이었다. 여하튼 연금술이라는 것은 몇 백 년도 더 전에 범용성이 부족하고 발전성이 없다고 하여 연구가 중단된 힘인 것 같았다. 그 점은 일전에 에디에게 들은 대로였다.

그 원리는 체내의 마력을 이용하는 것이었고, 그 때문에 언뜻 마법과 똑같은 것처럼 생각될 수 있었다. 그러나 연금술은 마력을 밖으로 방출해 특수한 술식을 통해 마소와 합성하는 것이었다.

그럼으로써 소량의 마력으로도 힘을 행사할 수 있게 되고, 마력이 낮은 사람도 힘을 다룰 수 있다는 점이 연금술의 특징이었다.

또, 마력을 배출하는 관계상, 연금술을 원격공격에는 약했고, 주로 결계를 치는 등의 방어술에 특화되어 있었다고 한다.

'과연. 그런 힘인가…….'

생각해 보면 마력과 마소의 반발은 체내에서 일어나면 반동이라는 위험한 상황에 빠질 수 있지만, 체외라면 아무리 반발해도 인체에는 아무 영향도 없었다.

그러나 반동을 일으킬 정도로 상성이 나쁜 두 요소가 단순히 공기 중에서 합성하는 것만으로 간단히 뒤섞일 리 없었다.

마력의 배출과 마소의 합성은 지극히 어려운 기술이었다. 그것이 원인이 되어 연금술의 보급은 난관에 부딪쳤고, 결국에는 비효율적이라며 공적인 무대에서 사라졌다.

'하지만 읽어본 느낌으로는 검은 힘과 연금술은 관계가 없는 것 같네.'

다른 한 권의 책도 읽어보았지만 검은 안개와 관계가 있을 것 같은 묘사는 전혀 없었다. 수수께끼가 늘어났군. 그렇게 혼자 속으로 몸부림을 치면서 레티시엘은 책을 원래 있던 자리에 갖다놓았다.

"……응?"

다음 책을 집으려고 책장에 손을 뻗은 레티시엘은, 책과 책 사이에 끼어 책장의 가장 안쪽까지 밀려들어가 있는 한 권의 얇은 서적을 발견했다.

'뭘까……?'

호기심에 이끌려 레티시엘은 그 책을 책장 안쪽에서 잡아 뺐다.

손에 든 순간, 표지의 가죽 세공이 일부 팔락팔락 벗겨져 떨어졌다. 그 약한 내구성을 볼 때, 꽤나 옛날에 만들어진 책인 것 같았다.

책이 상하지 않도록 레티시엘은 누렇게 바래고 온통 구겨진 페이지를 신중하게 펼쳤다. 1페이지에는 마법과 연금술의 실태에 다가간다, 라는 제목이 쓰여 있었다.

『마법과 연금술은 지금은 플라티나 왕국에서 가장 넓게 정착된 힘이라고 할 수 있을 것이다.』

그대로 읽어나갔지만, 마법과 연금술의 원리, 연구 실적 등이 쓰여 있을 뿐으로 딱히 새로운 정보는 찾을 수 없었다.

지금까지 읽은 마법의 역사나, 방금 막 읽었던 연금술의 개요와 내용은 큰 차이가 없는 것 같았다.

『지금 이 두 힘은 바야흐로 연구의 최전성기를 맞이했으나, 실은 발상의 뿌리는 매우 닮아 있다고 한다.』

그러나 책의 마지막 장에서는 지금까지 레티시엘이 읽은 적이 없는 주제를 다루고 있었다.

『마법과 연금술을 연구하는 학자의 많은 수는 이 두 가지 힘이 독립된 것이라고 생각하지만, 사실은 그렇지 않은 것이 아닐까 필자는 생각한다. 예를 들어, 마법도 연금술도 발동에는 마력을 필요로 한다. 이처럼 이 두 가지 힘에는 근본적인 점에서 매우 닮은 특징이 많이 존재한다.』

페이지를 넘기는 레티시엘의 손이 조금씩 빨라졌다.

지금까지 마법이 어디에서 기원한 것인지, 그것에 대해 기술한 책은 전혀 존재하지 않았다.

『막상 이 힘들의 근원을 조사하려고 하면, 그 자료가 이상하리만큼 적다는 사실을 통감하게 될 것이다. 혹시 누군가가 일부러 처분하고 있는 것이 아닐까 하는 억측이 들 정도로 적지만, 그래도 존재하지 않는 것은 아니다.』

이 문장의 뒤에는 무슨 말을 쓰여 있을까. 그런 호기심에 내몰린 채 레티시엘은 정신없이 책을 읽어나갔다.

『많지 않은 문헌 자료를 해독하자, 마법과 연금술에는 공통된 시작의 힘이 있다는 사실을 알 수 있었다. 그 힘에서 파생되는 형태로, 지금의 마법과 연금술의 체계가 존재하는 것이다. 그 시작의 힘에 대해서는 마법과 연금술의 기원 이상으로 자료가 존재하지 않는다. 그것은 가까스로 이름만 알 수 있을 뿐으로, 다른 정보는 거의 전무했다. 그 힘은 』

그곳에서 문장은 부자연스럽게 끊어졌다. 레티시엘은 곧바로 뒤를 넘겨보았으나, 그곳에는 아무것도 쓰여 있지 않았다.

"……!"

정확하게는, 예전에는 뭔가가 적혀 있었는지도 모르지만, 지금은 페이지 전체가 새카맣게 칠해져서 이제는 원형을 유지하지 못하고 있었다.

'누가 이런 짓을…….'

검게 칠해진 그 페이지도 종이가 말라서 난폭하게 다루면 당장에라도 부스러질 것 같았으니, 이 페이지가 검게 칠해진 것도 최근은 아닌 것이리라.

그 뒤에도 페이지는 계속 이어지는 것 같았기 때문에, 레티시엘은 시험 삼아 페이지를 넘겨보았다. 그러나 그 페이지들도 모두 검게 칠해져 있었다.

'대체 여기에는 무엇이 적혀 있었던 것일까?'

페이지를 검게 칠해버린 행위는 명백히 후일에 누군가가 의도적으로 한 행위였다. 이렇게까지 철저하게 지워져버릴 정도의 기밀 정보라도 적혀 있던 것인가.

그런 생각을 하면서 레티시엘은 어차피 다음 페이지도 새카맣겠거니, 하고 딱히 아무 기대하지 않고 무심하게 마지막 페이지를 펼쳤다.

『줄곧 너를 기다리고 있었다』

"?!"

검게 칠해진 마지막 페이지에는 새빨간 글씨로 그렇게 쓰여 있었다.

그 순간, 등줄기에 오한이 내달려 레티시엘은 기세 좋게 뒤를 돌아보았다. 그 박자에 책이 바닥으로 미끄러져 떨어져 풀썩 하는 마른 소리를 냈다.

"……."

돌아본 뒤에는 당연히 아무도 없었다. 레티시엘은 무의식 중에 참고 있던 숨을 푹 내쉬었다.

레티시엘은 바닥에 떨어진 책에 시선을 떨어뜨리고는 웅크리고 앉아 그것을 다시 한 번 손에 들었다.

표지를 펼쳐 봐도 책의 뒷면을 봐도 책의 제목만 적혀 있을 뿐, 저자의 이름은 어디에도 기재되어 있지 않았다.

이 책이 만들어진 연대가 상당히 전이라는 점에서 그 페이지에 쓰인 문장은 레티시엘과는 관계가 없을 터였다.

그럼에도 레티시엘은 그것이 자신에게 쓰인 메시지인 것 같은 느낌이 들어서 참을 수가 없었다.

"도로셀 양, 잠깐 묻고 싶은 것이……."

"……힉……?!"

갑자기 등 뒤에서 들려온 목소리에, 레티시엘은 흠칫 어깨를 떨면서 뒤를 홱 돌아보았다.

그곳에는 손에 두꺼운 책을 끌어안은 지크가 서 있었다. 레티시엘이 돌아보는 것과 지크가 그녀의 어깨를 두드리려고 손을 뻗는 것이 거의 동시였는지, 지크는 마침 반사적으로 손을 거두고 있는 참이었다.

"왜, 왜 그러십니까?"

갑자기 레티시엘이 돌아본 것에는 지크도 놀란 모양이었다. 눈을 살짝 크게 뜨고 그렇게 물어왔다.

'……나는 뭘 무서워하는 거야.'

애초에 지금 비서고에 있는 것은 자신과 지크 뿐이니 그 이외에 자신에게 말을 걸 사람도 없건만. 그렇게 레티시엘은 내심 자기 자신에게 태클을 걸었다.

"아뇨…… 괜찮아요. 아무것도 아니에요. 그것보다, 묻고 싶은 것이라뇨?"

"아아, 여기 이 기술에 대해서입니다. 방금 전 본관에서 도로셀 양이 이것에 관한 책을 읽고 계셔서요."

"내가 봐도 될까요?"

등을 내달린 오한은 지금도 사라지지 않았다.

그래도 그것을 얼버무리듯이 레티시엘은 갖고 있는 모든 집중력을 문헌 조사에 쏟아 부었다.

지크는 평소 이상으로 기합을 넣어 질문에 대답하는 레티시엘을 딱히 의아하게 여기는 기색이 없었다. 오히려 레티시엘에 이끌려 말이 많아졌다. 두 사람 사이에 의견이 분분해지고 논의가 평소보다 30%는 더 뜨거워졌다.

덕분에 정신을 차려보니 어느새 규정된 두 시간이 지나고, 더 나아가 폐관시간까지 임박해 있었다. 이른 아침에 도서관에 들어왔는데, 시간의 흐름은 참 빨랐다.

"오늘은 감사했습니다."

왕립도서관에서 나와 큰길을 걸으면서 지크가 그렇게 말했다.

"감사 인사는 됐어요. 결국 뭔가 알게 된 것도 아니니까요."

"그래도 인사를 하고 싶습니다. 뭐…… 수수께끼가 수수께끼를 부른 점도 있습니다만."

아마도 연금술 이야기를 하는 것이리라. 그것에 관해서는 레티시엘도 지크의 의견에 한 표 던졌다.

"그래도 전진은 있었어요. 긍정적으로 생각하도록 하죠."

“그렇지요. 새로운 정보를 많이 얻을 수 있던 것은 분명하니까요. 돌아가면 바로 머릿속을 정리해야하겠습니다.”

“그렇다면 내일 학원에 정보를 갖고 모여서 같이 정리하지 않겠어요? 오늘은 이러니저러니 해도 시간이 아슬아슬해서 정보 공유도 거의 못했으니까요.”

“그거 좋겠군요! 언제 할까요?”

“음—. 평소대로 이른 아침이 좋지 않을까요?”

두 사람은 잡담을 주고받으며 저녁노을로 물든 큰길을 걷다가, 중앙 분수광장에서 헤어져서 각자의 집으로 돌아갔다.

물론, 레티시엘은 달력을 사서 돌아가는 것을 잊지 않았다.

2장 성 루크레치아의 추억

왕립도서관에 다녀온 며칠 뒤. 레티시엘은 베로니카에게 초대를 받아 방과 후의 음악실에 있었다.

마법훈련장에서 서클 활동을 하는 것이 레티시엘이 방과 후를 보내는 주된 방법이었으나, 이 날은 교사의 강연회가 마법훈련장에서 열렸기 때문에 오늘 서클 활동은 쉬기로 했다.

"굉장해요, 베로니카 님! 피아노를 잘 치시는군요!"

"고, 고맙습니다. 하지만, 조금 부끄러워, 요……."

"그렇지 않습다! 엄청 잘 치시잖아요! 나는 도중부터 완전히 도취되고 말았어요!"

"그러네. 그게 리프, 도중부터 입을 다물질 못했으니까."

"어? 나, 입을 벌리고 있었어?!"

마침 첫 곡의 연주가 끝난 참이었다. 음악실에는 두 사람만이 아니라, 미란다레트와 히르메스, 지크의 모습도 있었다.

원래는 새로운 곡을 연습했으니까 들어줬으면 좋겠다고 베로니카가 부탁한 것이 일의 시작이었다. 하지만 혼자서 듣는 것도 쓸쓸하고, 모처럼이니 전원을 부르자고 말했다. 그 결과, 마법동회 멤버 전원이 음악실에 모인 것이었다.

"베로니카 님이 이런 특기를 갖고 계신 줄은 몰랐습니다.

음악을 들을 기회는 그다지 없었습니다만, 마음이 평온해지는군요."

"그러네요. 저도 평소에 그렇게까지 음악을 잘 듣지 않지만, 베로니카 님의 연주는 좋아한답니다."

지크와 이야기를 나누면서 레티시엘은, 그러고 보니 베로니카와 처음 만났을 때에도 그녀는 피아노를 치고 있었다는 사실을 기억해내고는 그리워져서 작게 미소를 지었다.

"도로셀 양은 악기 연주를 즐기지 않으십니까?"

"악기라…… 음악분야에는 어두워서, 악기 연주는 별로 하……."

그때 손을 움직인 박자에 주머니에서 바스락 하고 마른 소리가 들려와서, 레티시엘은 저도 모르게 도중에서 말을 끊었다.

주머니 속을 더듬어보니, 안에서 사각형으로 접힌 종이가 나왔다. 그것을 펼치자 종이에는 오선과 음표, 가사가 적혀 있었다. 에디에게 받은 예의 그 악보였다.

'……그러고 보니 이거, 가져왔지.'

왕립도서관에서 두닉스라는 음유시인의 존재를 알게 되어, 이 악보에 적힌 음악은 뭘까 하고 찾아보기 위해 가져온 것이었다.

'뭐, 발견하지는 못했지만.'

아무래도 음유시인 두닉스가 자작한 곡은 그렇게 많지 않은 듯, 이 악보와 합치하는 곡은 없었다.

다만, 음악 분야에는 전혀 정통하지 못할 뿐 아니라 악보를 제대로 읽을 수 있는지조차 의심스러운 레티시엘이니 못 보고 지나쳤을 가능성도 매우 크긴 했지만.

"……? 도로셀 님. 그건?"

레티시엘이 갖고 있는 악보를 눈치 채고 베로니카가 의아한 표정을 지으며 이쪽으로 다가왔다.

"아아, 이건 지인에게 받은 악보예요. 무슨 곡인지는 모르겠지만요."

그렇게 말하며 레티시엘은 베로니카에게 악보를 보여주었다. 한순간 베로니카라면 뭔가 알지도 모른다고 생각했으나, 보면을 본 베로니카도 고개를 갸우뚱했다.

"민요……나 뭐 그런 건가요? 보면으로 봐선, 꽤 느릿한 곡 같은데요."

"베로니카 님도 모르시는군요."

"예…… 하지만 이거, 피아노로 칠 수 있을 것 같아요."

"어머, 정말인가요?"

"그렇게 어려운 보면은, 아니니까요. 저…… 괜찮다면 연주를 할까요?"

베로니카가 그렇게 제안을 해왔다. 그러고 보니 악보를 건네받은 것은 좋았지만, 어떤 곡인지는 한 번도 들어본 적이 없었다.

“으음. 그럼 부탁을 드릴까요.”

“예, 예! 잠깐, 기다려 주세요.”

베로니카는 악보를 들고 피아노로 되돌아가, 바로 보면에 따라 건반을 두드리기 시작했다.

베로니카가 왼손을 사용하지 않는 것을 보건대, 한손으로도 칠 수 있는 단순한 선율선인 것 같았다.

“……이런 곡이었군요.”

그리고 베로니카가 평가했던 대로 듣고 있으면 졸려올 것 같은 무척 느릿한 음악이었다. 곡의 연주를 다 듣고 난 뒤의 레티시엘이 가장 먼저 한 말은 그것이었다.

악보를 봐서는 간단한 곡일 거 같은걸. 그 정도로만 생각했는데, 실제로 들어보니 의외로 선율선에 변조도 있어서 짧으면서도 들으며 만족감이 느껴졌다.

“아이용 곡 같은 느낌이 들어서, 왠지 좀 귀엽네요!”

“그러게요. 역시 곡은 실제의 음악을 들어보는 것이 가장 좋네요.”

“……”

그저 보면을 들여다볼 때와는 인상이 전혀 달라서 레티시엘은 진지하게 그렇게 말했다. 그런데 정작 곡을 친 본인은 뭔가 느껴지는 바가 있는 것일까, 눈을 크게 깜박이면서 멍하니 있었다.

“괜찮으세요?”

"어, 아, 네, 괜찮습니다."

레티시엘이 걱정스럽다는 듯이 말을 걸자, 베로니카는 혁 제정신을 차리고 허둥지둥 고개를 좌우로 흔들었다.

"단지 이 곡이, 왠지 모르게 그리워서요……."

"그리워요?"

"예. 늘 부르는 자장가와, 멜로디가 비슷해서요."

베로니카는 그립다는 듯이 그렇게 말하고는 눈앞의 악보를 물끄러미 바라보았다. 그러다가 이윽고 다시 한 번 같은 멜로디를 연주하기 시작했다.

'……하지만, 그건 분명히…….'

음악에 귀를 기울이면서, 레티시엘은 불과 몇 주일 전의 기억을 더듬었다.

파란이 일어난 그 야외활동에서 베로니카는 마음을 진정시키기 위해 돌아가신 어머니의 자장가를 읊조렸다.

그때 마법이나 마술을 사용하지 못하는 체질일 터인데도, 베로니카는 아주 잠깐 동안 마술과 같은 힘을 낼 수 있었다.

'이건, 정말로 우연일까……?'

그 야외활동의 사건이 일어난 뒤로, 급속도로 여러 가지 의문이 떠올랐다. 그런 주제에 실마리는 없는 것과 마찬가지이니 레티시엘도 어찌해야 할지 알 수가 없었다.

"실례합니다. 여기 베로니카 님이 계십니까?"

그때 노크소리가 들리고, 길름이 음악실에 들어왔다. 학예사인 그가 박물관을 떠나다니 보기 드문 일이었다.

"안녕하세요, 길름 씨. 베로니카 님이라면 있는데요."

"실은 베로니카 님께 도우미를 부탁드릴 수 있을까 해서 찾고 있었습니다. 선생님들이 강연회 때문에 안 계셔서요."

잘은 몰랐지만, 베로니카는 서클이나 음악실에 가지 않는 날에는 대개 교사들을 돕고 있는 듯, 박물관의 작업도 몇 번인가 도운 적이 있다고 했다.

"예, 예! 저로 괜찮으시다면, 돕겠습니다."

"고맙습니다. 큰 도움이 될 겁니다."

베로키나의 대답을 듣고, 길름은 휴 하고 안도한 것처럼 한숨을 내쉬었다.

"그러고 보니, 방금 전 뭔가 음악이 들렸습니다만…… 혹시 제가 방해를 한 건가요?"

"아뇨, 괜찮습니다. 마침 연주도, 일단락 한 참이었으니까요."

"그렇다면 다행이군요. 그런데 무슨 곡이었나요?"

"어, 음…… 저도, 잘 모르겠어요."

베로니카가 힐끔 이쪽으로 시선을 주었다. 레티시엘은 베로니카가 피아노 위에 올려놓은 악보를 집어 길름에게 내보였다.

"지인에게 받은 것인데요. 솔직히 무슨 곡인지는 나도 모르겠습니다. 길름 씨라면 뭔가 알겠나요?"

"흠. 음유시인 두닉스, 인가요……."

길름은 악보를 받아들고 한 손을 턱에 갖다 댄 채 흥미롭다는 듯이 그것을 바라보았다. 읽고 있는 것만으로도 즐거운 것인지, 때때로 미소를 지었다.

"길름 씨……?"

"아, 죄송합니다. 처음 보는 보면이라, 저도 모르게……."

"……길름 씨도 모르시는군요."

"두닉스의 보면은 자료로서 몇 개인가 본 적이 있습니다만, 이것은 본 적이 없군요. 그렇다고는 해도 그는 원래부터 역사적인 기록도 적은 수수께끼가 많은 인물이니, 제가 알지 못하는 곡이 있어도 이상하지는 않을 겁니다."

그렇게 말하고 길름은 레티시엘에게 악보를 돌려주었다. 두닉스란 사람은 어떤 사람일까. 레티시엘의 의문은 점점 더 깊어졌다.

＊＊＊

베로니카가 갑작스럽게 박물관 일을 도우러 가게 되었기 때문에, 연주회는 도중에 끝이 났다.

참고로 베로니카가 일을 돕고 나면 언제나 포상을 받는다는 것을 알고, 히르메스도 그에 낚여서 함께 따라갔다. 남자로서 혹사당할 것 같은 예감이 들었다.

어중간하게 시간이 남았기 때문에, 조금 생각한 끝에 레티시엘은 그대로 자신의 연구동을 방문하기로 했다.

"아, 도로셀 님. 안녕하세요."

입구의 문을 열자, 마침 츠바루가 2층에서 내려오던 참이었다. 손에는 몇 권인가의 책과 작은 종이다발을 들고 있었다.

"안녕하세요, 츠바루 님. 정리를 하는 중인가요?"

"예. 오늘은 저도 딱히 할 일이 없어서, 가볍게 자료 정리만 하고 돌아가자고 생각해서요."

"그렇군요. 그럼 저도 도울게요."

그렇게 말하고 레티시엘도 작업을 돕기로 했다. 오늘 자료는 그렇게 많지 않아서, 둘이서 하면 금방 끝날 것 같았다.

"그건 그렇고, 츠바루 님은 음악에 밝으신가요?"

그저 묵묵히 작업만 하자니 거북해서, 레티시엘은 자료를 분류하면서 츠바루에게 질문을 해보았다.

"음악, 말인가요? 으음…… 음악이나 시는 좋아해서 남들만큼은 안다고 생각합니다만."

츠바루는 종이다발을 한 손에 들고 고개를 갸우뚱하면서 대답해주었다. 레티시엘에게서 이런 질문이 나왔다는 사실을 이상하게 여기는 것일까.

"그럼 두닉스라는 음유시인을, 아시나요?"

"예? 두닉스……?"

츠바루의 손이 딱 멈추었다. 그대로 잠시 움직이지 않는 츠바루의 모습에, 역시나 너무 성급한 화제였나 싶어서 레티시엘은 황급히 말을 덧붙였다.

"죄송해요. 갑자기 그런 얘기를 해도 무슨 얘기인지 모르겠죠."

"아뇨. 압니다. 오히려 음유시인 중에서는 비교적 유명한 분이라고 생각합니다!"

그러나 돌아온 것은 츠바루의 생기 넘치는 목소리였다. 츠바루가 이렇게까지 흥분한 것은 처음 봤……는 지도 몰랐다.

"……그런가요?"

"예! 음유시인인데도 자신이 남긴 곡이 별로 없을 뿐 아니라, 내력도 거의 알려지지 않아서 말이죠!"

잘은 몰라도 『두닉스』라는 이름도 본명이 아니라, 그가 만든 많지 않은 곡의 가사에서 따와 후세 사람들이 편의상 그렇게 부르고 있는 것에 불과하다는 것 같았다.

이름도 밝히지 않고 노래도 별로 만들지 않았다. 음유시인으로서는 꽤 이질적인 인물로, 그것이 오히려 보기 드물어서 유명해졌다든가.

"게다가 그의 사인도 꽤 독특하답니다!"

"독특?"

두닉스의 사인이라고 하니, 며칠 전에 본 『D』라는 한 문자가 떠올랐다. 하지만 그것은 일반적인 사인인 것 같은데…….

"예! 가끔이지만, 색깔이 들어간 도형을 사인으로 쓸 때가 있습니다. 엄청 희귀해서 일부의 연구가 사이에서는 『두닉스의 유산』이라고도 불리고 있죠! 경매에서는 늘 고가가 붙는답니다!"

"……도형."

분명히 『D』사인을 소개한 그 옆에 알록달록한 도형이 겹쳐진 태양 같은 마크도 두닉스의 상징으로서 실려 있었다.

'……그 오르골……'

며칠 전 감정을 위해 데이비드에게 맡긴 오르골. 상자 뒤에는 하얀 삼각형이 그려져 있었는데, 도형사인…… 두닉스의 유산과 뭔가 관련이 있던 것일까.

하지만 관계가 있다고 한다면 왜 그 오르골에 봉인 같은 것이 걸려 있던 것일까……. 지크가 말한 대로였다. 수수께끼가 수수께끼를 불러들이고 있었다.

"츠바루 님은 혹시 두닉스의 팬인가요?"

"팬이라고 할 정도는 아닙니다만, 그의 시는 자주 읽습니다. 보면도 복사품이긴 하지만, 몇 개인가 갖고 있고요!"

"흐음……."

그건 이미 팬인 것이 아닐까? 레티시엘은 내심 그렇게 생각했지만, 즐거운 듯이 이야기하는 츠바루에게 그런 말을 하는 것은 촌스러운 짓일 것 같았다. 그래서 그 말은 레티시엘의 마음속에만 담아두기로 했다.

"전부터 생각했습니다만, 츠바루 님은 다양한 정보를 폭넓게 아시네요."

"그렇지도 않아요……! 도로셀 님에게는 어림도 없습니다!"

츠바루는 두 손을 앞으로 쭉 뻗어 흔들며 그렇게 말하면서, 동시에 고개도 함께 가로저었다.

"하지만 저희 가문은 대대로 왕국의 역사를 기록하는 것이 임무였기 때문에, 그런 의미에서는 보통 사람보다는 폭넓게 여러 가지를 알고 있다고 말할 수 있을지도 모르지요."

"어머, 그랬나요?"

"예. 그렇다고는 해도, 저희 가계는 귀족이 되기 전부터 줄곧 그랬던 것 같지만요."

그의 본가인 빌리지 자작가는 원래는 평민으로 역사서 집필 등을 하고 있었으며, 국가에서 그 점을 높이 사 귀족의 일원이 될 수 있었다는 것 같았다.

"이전에는 마법과 그것에서 파생된 힘의 연구도 같이 하고 있었기 때문에, 그쪽 관련 자료는 그럭저럭 많은 편이지요."

"그렇군요."

분명히 츠바루의 본가는 『탐구자 일족』에도 속해 있다고 했었다. 처음 만났을 때, 츠바루가 그의 손바닥에 있던 일족의 증명을 보여줬던 일을 지금도 기억하고 있었다.

마법, 마술 등의 연구와 역사서 편찬, 연구. 그의 가문의 가업에는 어쩌면 그 『일족』이라는 점도 관여하고 있을지도 몰랐다.

거기서 대화는 일단 끊어지고, 홀에는 책을 내려놓는 소리나 종이를 넘기는 소리만이 울려 퍼졌다.

조금씩 손을 움직이는 가운데, 레티시엘의 머릿속에서는 며칠 전과 오늘 알게 된 정보가 빙글빙글 맴돌았다.

그것들이 여러모로 너무 신경이 쓰여서, 레티시엘은 작업에 집중하지 못하고 멍하니 창밖을 바라보았다. 그러자 이쪽 건물로 다가오는 인물들을 발견할 수 있었다.

"……?"

남색 머리카락을 가진 소년과 백발에 턱수염을 기른 초로의 남성었다. 한쪽이 라이오넬이라는 것은 알 수 있었으나, 다른 한 사람은 모르는 사람이었다.

본관의 뒤편에 위치하며, 애초에 방문객도 별로 없는 이 연구동에 무슨 용건인 것일까. 레티시엘이 그렇게 생각하고 있으려니, 그 직후, 현관문을 노크하는 소리가 들렸다.

"네—에."

노크소리에 츠바루가 손을 멈추고, 문 쪽으로 다가갔다. 무심한 손놀림으로 문을 연 츠바루는 예상 밖의 내객에게 순간적으로 얼굴을 굳혔다.

"갑자기 죄송합니다. 도로셀 양을 만나고 싶습니다만, 들어가도 되겠습니까?"

"예, 예! 물론입니다!"

츠바루는 곧바로 두 사람을 홀 안으로 안내했다. 레티시엘이 자리에서 일어나는 것과, 열려있는 문 뒤편에서 라이오넬이 얼굴을 내보인 것은 동시였다.

"안녕하신가요, 전하. 오랜만입니다."

"실례하겠습니다, 도로셀 양. 건강해 보여서 다행입니다."

그렇게 말하고 라이오넬은 작게 웃었다. 그가 루크레치아 학원에 다니기 시작한 지 이미 몇 개월이 지났으나, 모습을 보는 것은 아주 오랜만인 것 같은 느낌이 들었다.

"그런데 전하. 그쪽의 그 분은?"

"아아. 이쪽은 블루아 공작, 마법성의 장관을 맡고 계신 분입니다."

"처음 뵙겠습니다. 도로셀 님."

꾸벅 고개를 숙이는 블루아 공작에게 레티시엘도 가볍게 고개를 끄덕여 마주 인사를 했다. 이 노인, 전에 초등생 전원이 참가한 강연회에서 본 적이 있었다.

제2왕자만이 아니라, 마법성의 최고 관료까지 친히 찾아오다니, 대체 어떤 중대한 볼일이 있는 것일까.

"그래서, 제게 뭔가 용건이 있으신가요?"

"예. 실은 도로셀 양의 능력을 믿고 상의하고 싶은 일이 있어 찾아뵈었습니다."

"……장소를 바꾸지요."

이건 서서 할 이야기가 아니라 느껴, 레티시엘은 두 사람을 회의실로 안내했다.

이 연구동에는 다양한 설비가 갖춰져 있었지만 평소에는

연구실과 홀, 서고와 급탕실 정도밖에 활용하지 않았다. 솔직히 말해서 회의실을 사용하는 것은 처음이었다.

"홍차를 내올까요?"

"아니요. 오래 머물지는 않을 테니 괜찮습니다. 마음을 써주셔서 감사합니다."

라이오넬은 급탕실로 가고자 문으로 향하려는 레티시엘의 말을 부드럽게 거절하고는 곧바로 본론을 꺼냈다.

"도로셀 양과 상의하고 싶다는 것은 다름이 아닙니다. 도로셀 양이 가진 그 『마술』이라는 힘에 대해서입니다."

"……."

레티시엘은 라이오넬의 맞은편에 있는 의자에 앉아 묵묵히 그의 이야기에 귀를 기울였다.

"이 아스트레아 대륙의 정세가 최근 불안정한 것은 도로셀 양도 잘 아시리라 생각합니다. 하나 11년 전의 전쟁에서의 패배로, 우리나라의 군대는 타국의 군세를 물리칠 힘이 부족하다고 저는 생각하고 있습니다."

라이오넬은 양손을 회의탁자 위에서 깍지를 끼고, 레티시엘의 모습을 살피면서 신중하게 말을 계속했다.

"그러나 대책을 세우려고 해도, 당시 라피스 국이 사용하던 정체불명의 힘에 대해서는 지금까지 정체를 해명하지 못하고 있습니다. 그 나라가 또다시 우리나라를 침략할 가능성은 다분합니다. 때문에 이쪽으로서도 쓸 수 있는 최선의

수를 쓸 필요가 있다고 여겨, 이렇게 도로셀 양을 찾아뵙게 된 것입니다."

"전하께서 말씀하셨듯이, 우리 플라티나 왕국에 부족한 것은 라피스 국이나 이리스 제국과 싸울 수 있는 군사력입니다. 육군이나 해군은 훈련의 정도를 높이면 될지도 모르겠습니다만, 마법성이 육성하는 마법병은 그것에만 의지할 수는 없습니다. 근본적인 능력의 향상이 필요합니다."

라이오넬의 설명을 보완하듯이, 그의 옆에 앉은 블루아 공작이 그 말을 이어받았다.

마도술식 도입에 따른 마법강화는 조만간 능력의 성장이 한계에 부딪칠 가능성이 있었다. 그렇다면 보다 대폭적인 능력 향상을 기대할 수 있는 마술을 도입하는 편이 효율적, 이라는 것이 그의 주장이었다.

"……그것을 위해, 마술이 필요하다는 말씀이신가요?"

"예. 그 힘이 있다면 우리나라는 한층 더 강한 군사력을 가질 수 있을 것입니다. 그렇게 되면 전쟁에서도 우위에 설 수 있는 가능성이 커질 뿐 아니라, 타국을 겁낼 필요도 없게 되지요."

"……."

라이오넬은 망설임 없이 그렇게 말하고는 고개를 끄덕였다. 레티시엘은 슥 눈을 가늘게 뜨고는, 시선을 떨어뜨린 채 잠시 침묵했다.

"……죄송합니다. 그 요청은 받아들일 수 없습니다."

레티시엘은 절레절레 조용히 고개를 가로저었다. 라이오넬이 제창하는 마술강의는 레티시엘의 신념에 반하는 것이었다.

분명히 레티시엘은 마술을 좋아했고, 또 오스왈드의 요청도 있어서 그 연구를 하고 있었다. 그러나 연구를 하는 것은 어디까지나 마도술식으로, 마술 그 자체는 아니었다.

술식 연구에는 루카스를 비롯한 교사들에게도 협력을 얻고 있었고, 본래 마술을 사용하기 위한 마도술식은 마법에도 적용할 수 있다는 사실을 알고 있었다. 때문에, 마법의 보다 효율적인 운용을 위해 오스왈드는 레티시엘에게 의뢰를 해왔다.

하지만 라이오넬의 그것은 달랐다. 그는 순수하게 마술을 세계에 대한 압력으로 사용하려 하고 있었다. 나라를 지키기 위해 그 방법은 유효할지도 몰랐다. 하지만 레티시엘로서는 도저히 찬동할 수 있는 방법이 아니었다.

레티시엘은 딱히 마술을 널리 퍼뜨리고 싶은 것이 아니었다. 이 세계에서 마술이 이미 사라졌다면, 오히려 사라진 채로도 상관없다고까지 생각하고 있었다.

『마술은 누군가를 죽이기 위한 힘이 아니야. 누군가를 지키기 위해 쓰는 것이란다.』

『그것이 내 속죄야.』

그것이 레티시엘에게 마술을 가르쳐 준 선생님의 입버릇이었다.

리제네로제에 흘러들기 전, 선생님이 어떤 생활을 보냈는지 레티시엘은 알지 못했다. 선생님도 말하려 하지 않았다.

"전하의 생각. 이해하지 못하는 것이 아닙니다. 하오나, 강한 힘은 반드시 비극을 낳습니다. 저는 그것을 바라지 않습니다."

딱 한 번, 모든 전란의 시작은 마술이었다고 선생님이 말한 적이 있었다.

아스트레아 대륙전쟁이 왜 일어났는지는 그 뒤로 천 년이 지난 지금도 알지 못했다. 그에 따라 선생님의 말의 진위도 여전히 미궁 속이었다.

하지만 『힘』은 사람을 현혹시켰다. 힘을 얻고 이 세계에 사는 사람들의 평온이 사라져 없어지지 않으리라고 누구도 보증할 수 없었다.

마술이 이 시대의 인간들이 보기에 지금까지 본 적이 없을 정도로 강한 힘이라는 사실은 이해하고 있었다. 때문에 레티시엘은 더더욱 수긍할 수 없었다. 천 년 전의 처참한 전쟁을 반복하지 않기 위해서도.

게다가 이 나라의 지금의 귀족들은 모두 높은 마력을 갖고 있었다. 마술은 마력이 높은 사람은 다룰 수 없었다.

그런 세계에서 마술을 보급하는 것은 왕족, 귀족과 평민의 힘 관계가 역전된다는 것을 의미했다. 최악의 경우, 플라티나 왕국의 붕괴로도 이어질 수 있었다.

"그런가요……. 그렇다면 어쩔 수 없지요."

그러나 그 말을 들은 라이오넬은 이쪽이 맥이 빠질 정도로 선뜻 물러났다.

"전하…… 괜찮으신 겁니까?"

"예. 강요를 할 수는 없으니까요."

곤혹스러운 기색의 블루아 공작의 질문에도 라이오넬은 난처하다는 것처럼 눈썹 끝을 내리뜨며 그렇게 대답할 뿐이었다. 그 태도가 너무 시원스러워서 레티시엘도 깜짝 놀랐다.

그 뒤에는 다른 화제를 대화에 올리는 일 없이, 라이오넬과 블루아 공작은 그대로 돌아갈 차비를 했다. 레티시엘은 두 사람을 배웅하기 위해 함께 밖까지 나왔다.

"그럼 실례했습니다. 시간을 빼앗아 죄송합니다."

"아뇨. 신경 쓰지 마세요."

레티시엘에게 고개를 가볍게 고개를 숙여 인사를 하고 라이오넬은 블루아 공작과 함께 돌아갔다.

하지만 그는 포기한 것 같지는 않았다. 레티시엘이 왜 거절했는지를 물으려고도 하지 않은 점을 보건대, 한 번의 설득으로 설복할 수 없다고 사전에 각오했던 것일지도 몰랐다.

'또 올 것 같은걸…….'

내심 그런 생각을 하면서 레티시엘은 복잡한 심경으로 두 사람의 뒷모습을 배웅했다.

***

다음 날 아침. 학원에 오자마자 레티시엘은 박물관 앞에 모습을 드러냈다.

요전날에는 레티시엘이 지크에게 제안을 해서 왕립도서관에 갔지만, 이번에는 거꾸로 지크가 레티시엘에게 박물관에 가자고 말을 꺼낸 것이었다.

"이곳에 오는 것도 꽤 오랜만인 것 같네요."

"그런가요? 전 가끔 신세를 지고 있습니다만."

계기는, 예의 문장에 대해 과거의 유물이나 회화에 똑같거나 비슷한 것이 있는지 어떤지 찾아보고 싶다는 지크의 의견이었다.

분명히, 그런 단서가 발견된다면 그것이 그려진 그림 등에서 관련성 등을 추측하는 것도 가능할 것이다.

"그렇다면, 뭔가 짚이는 것이라도 있는 건가요?"

"아뇨……. 전 연구의 일환으로 기계나 병기의 전시 부스에만 가봐서요. 그 이외의 장소는 돌아본 적이 없어서……."

"아아. 그렇군요."

이 박물관에는 이전 미술시간에 본 동물에 관한 전시를 해 놓은 부스나, 마녀살해의 성검이 보관된 성유물 부스 등

복수의 전시 코너가 존재했다.

그리고 그 중에서도 성유물 부스는 박물관 최대의 규모를 자랑하는 부스이기도 했다. 실마리를 찾는다고 해도 혼자서는 도저히 하루 만에 다 돌아볼 수가 없었다.

"그런 것이라면 기꺼이 협력할게요."

"죄송합니다. 고맙습니다."

두 사람은 박물관 앞의 긴 계단을 올라 박물관 홀로 들어섰다.

개관한 지 얼마 되지 않은 이른 아침이기 때문일까, 관내에는 내관자의 모습도 직원의 모습도 보이지 않았다. 내부는 쥐 죽은 듯이 고요하게 가라앉아 있었다.

"어디부터 갈까요?"

"어차피 전부 돌아볼 테니, 우선 순로를 따라 가 보죠."

"그것도 그렇군요."

홀에 설치된 안내판을 보고 순로를 확인한 뒤, 레티시엘은 지크와 함께 성유물 부스로 출발했다.

"그 뒤, 뭔가 새로 아시게 된 것은 있었습니까?"

"딱히는……. 하지만 두닉스의 유산 이야기를 츠바루 님에게서 들었어요."

"예? 뭔가요? 그건."

"두닉스에게는 색다른 사인이 있었던 모양이에요. 그것이 들어간 물품은 그렇게 불린다는 것 같아요."

"흐응. 그거 흥미롭군요."

그 뒤에도 두 사람은 음유시인 두닉스나 수레바퀴 십자가의 그 문장에 대해 이런 저런 이야기를 하면서 관내를 누볐다.

"……어머?"

한참을 전시부스를 돌아보고 있으려니, 레티시엘은 어떤 한 부스 앞에서 익숙한 얼굴을 발견할 수 있었다.

"어라? 도로셀 님이 아니신가요?"

그쪽도 바로 레티시엘과 지크를 알아차리고, 작업을 멈추고 말을 걸어왔다.

"안녕하세요, 길름 씨. 최근에 자주 뵙는군요."

"그럴지도 모르겠네요. 안녕하신가요."

스탠딩 칼라의 학예사 제복을 입은 길름은 쓴웃음을 지었다. 그는 원래 성유물 플로어를 담당하는 학예사로, 아침부터 전시품 확인을 하고 있는 중이라고 했다.

"두 분이야말로 이렇게 이른 아침부터 무슨 일이십니까?"

"조사의 일환으로 성유물 부스를 돌아보고 있는 중이에요. 이곳은 무슨 전시실인가요?"

길름이 있던 전시실은 지금까지 돌아본 어느 방보다도 크고 천장이 높아서 널찍하다는 인상을 주었다. 이곳만 방의 배치가 다른데, 뭔가 특별한 전시라도 하고 있는 것일까.

"이 방은, 플라티나 왕국의 역사에 대한 전시를 하고 있습니다. 역대 국왕과 관련된 유물도 있지요."

그래서 이곳만 넓은 공간을 확보하고 있는 것이구나. 설명을 들으면서 레티시엘은 마음속으로 납득했다.

"이곳에서는 모든 국왕에 대해 전시를 하고 있는 건가요?"

전시실 입구의 벽에는 역대 국왕들의 초상으로 생각되는 그림들이 죽 걸려 있었다. 그 초상들을 보면서 지크가 길름에게 질문을 했다.

"아뇨. 이 방에서는 두 명의 건국왕…… 지금의 영토와 왕국 제도의 기반을 쌓은 왕의 전시를 메인으로 하고 있습니다."

"왕국의 기초를 만든 왕…… 맹인왕을 말하는 것인가요?"

"그렇습니다! 잘 아시는군요."

지크와 길름이 뭔가 레티시엘이 잘 모르는 역사 이야기를 시작했다.

건국왕이 두 사람이 있다는 건 무슨 말일까. 그런 생각을 하는 사이 질문 타이밍을 놓쳐버린 레티시엘은, 포기하고 두 사람의 대화에 귀를 기울이기로 했다.

"역사서에서는 분명히 아레스타의 건국왕이라고 불리고 있습니다만……."

"이 나라의 건국왕이 누구인가, 라는 것에는 여러 학설이 있으니까요. 국가명은 똑같더라도, 아레스타 왕조 이전의 베바르 왕조는 거의 다른 나라라고 해도 좋을 정도로 문화에 차이가 있습니다. 그 때문에 베바르의 왕을 과연『플라티나 왕국』에 포함해도 되는가, 라는 논쟁은 요 100년 간 줄곧 학자들 사이를 시끄럽게 만들고 있기도 하니까 말이죠."

"서민 출신의 맹인왕에 대해서도, 한때 왕의 혈통에서 제외해야 한다는 논쟁이 있었죠? 금방 가라앉기는 했습니다만."

"맹인왕은 세간에서의 지명도와 인기가 압도적으로 높기 때문에, 민의를 신경 써서 일을 크게 벌일 수는 없던 겁니다. 게다가 맹인왕의 혈통을 부정하는 것은 그 피를 이은 지금의 왕가를 부정하는 것이기도 하니까요."

아레스타 왕조란 현재 플라티나 왕국의 왕조명으로, 이 왕조를 포함하면 왕국에는 과거 베바르와 아레스타 두 왕조가 존재했던 것 같았다.

생각해 보면, 오스왈드나 로시포드의 풀네임에도 미들네임 외에 『아레스타』라는 이름이 있었다. 그것은 왕조명이었던 것인가.

"참고로, 역사가가 어느 설을 지지하는가에 따라 그 사람이 집필하는 역사서에 기재되는 왕국의 역사도 변한답니다."

"예? 그럼 천 년의 역사만이 아니라, 600년의 역사라고 적힌 책도 있는 겁니까?"

"예. 다만, 지금은 베바르의 건국왕 시대부터 역사를 세는 것이 일반적이기 때문에, 역사서도 그에 기반해 기술된 것이 많습니다. 그 이외의 것은 거의 찾아볼 수가 없지요."

아무래도 건국왕이 두 사람 있는 것은, 플라티나를 건국한 베바르 왕조의 왕과 지금의 나라의 기초를 세운 아레스타 왕조의 왕에게 각각 건국왕의 칭호를 보냈기 때문인 것 같았다.

정말 복잡한 이론인걸. 그렇게, 두 사람의 대화를 들으면서 레티시엘은 가까이의 전시품을 가볍게 둘러보기로 했다.

방금 전 지크가 말한 맹인왕이라는 왕에 관한 전시는 입구 가까이에 떡 하니 넓게 펼쳐져 있었다.

그러나 베바르 건국왕의 전시는 방구석에 덤 수준으로 마련된 정도로, 오히려 아레스타 건국왕에 관한 자료와 유물밖에 없는 것 같기도 하고…….

"맹인왕에 대한 전시물이 많은 것은, 단순히 남은 물적 자료가 가장 많기 때문입니다."

"……!"

"애초에, 베바르의 건국왕이 살아있던 것은 천년전쟁 종전 직후의 혼란기로, 자료가 적습니다. 게다가 나라를 건국했다는 것과 대륙력을 도입했다는 것 외에 눈에 띄는 역사적인 활약이 없으니까 말이지요."

어느새 대화가 끝난 것인가, 가까이까지 다가온 길름이 마치 마음을 읽기라도 한 것처럼 레티시엘의 의문에 적확한 대답을 해 주었다.

'그렇게 얼굴에 드러나 있던 걸까…….'

그런 생각을 하면서, 레티시엘은 총총히 이동을 해 전시 설명을 읽는 것에 집중했다.

설명판이나 초상화 등의 설명에 따르면, 맹인왕은 지금으로부터 600년 전인 대륙력 400년 무렵의 왕으로, 늘 두 눈에 하얀 붕대를 감고 있어서 그렇게 불리게 됐다는 것 같았다.

천년전쟁의 강화회의가 이루어진 뒤, 보레아리스 산맥 너머의 대륙남부에서도 중소국가들이 합병해 플라티나가 탄생, 잠깐 동안의 평화가 찾아왔다.

그러나 세월이 지남에 따라, 베바르 왕의 압정과 관료들의 부패가 진행되어 백성들의 생활은 더없이 곤궁해져가기만 했다고 한다.

그때 구세주처럼 등장한 것이 평민 출신의 맹인왕이었다. 백성을 이끌고 봉기한 그는 우선 반란을 일으켜 베바르 왕조를 멸망시키고, 그 뒤 주위의 나라들을 평정했다.

'맹인왕이 평정한 영토가 지금도 왕국의 영토로서 존재하고 있는 거네…….'

그렇게 국민들에게 사랑받은 맹인왕도 유감스럽게도 자식복은 없던 것 같았다. 자식이 없는 채로 타계해, 그의 양자가 왕위를 이어 지금의 왕가까지 면면히 이어지고 있었다.

한층 더 전시를 돌아보고 있으려니, 수많은 전시품 중에서 특히 레티시엘의 주의를 끄는 것이 있었다.

"……이건……."

그것은 한 자루의 창이었다. 자루의 양 끝에 칼날이 붙은 쌍날의 창으로, 일반적인 창과 비교하면 다소 길이가 짧아서, 레티시엘의 키보다 조금 긴 정도였다.

꽤 오래된 듯 녹이 슬어 갈색으로 변해 있었지만, 군데군데 눈에 들어오는 금박의 잔해와 빛바랜 보석들의 숫자를 보건대, 만들어진 당시에는 꽤 호화로운 물건이었던 것 같았다.

전시에 대한 설명판을 읽어보니, 놀랍게도 이 창은 피리아레기스 가의 초대 당주가 맹인왕에게 공작위를 수여받을 때에 함께 하사받은 물건이라는 것 같았다.

본래대로라면 공작가에서 보관해야만 했으나, 세월의 경과에 따른 열화가 대단히 심해져 백년 정도 전에 보호를 목적으로 박물관에 기증되었다.

"이런 창을 받았었군요."

솔직히 집안사람들의 성격도 있어서, 레티시엘은 피리아레기스 가가 그렇게까지 공작에 어울리는 집안이라고는 생각하지 않았다. 하지만 과거에는 그렇지도 않았던 것 같았다.

"피리아레기스 가는 맹인왕에게 임명된 왕국 최고(最古)이자 최초의 공작가입니다. 맹인왕의 대륙남부평정에 크게 공헌해, 그 공적으로 이 창과 작위를 하사받으신 겁니다. 모르셨습니까?"

"……들은 적은 있어요."

사실은 처음 알게 된 정보였으나, 왠지 솔직하게 모른다고 말해서는 안 될 것 같은 느낌이 들어서 레티시엘은 적당히 그렇게 말해 얼버무렸다.

기증된 창을 가까이에서 잘 살펴보니 날과 자루의 접속 부분에는 큼직한 날밑이 달려 있었고, 그것에는 희미하게 문장이 새겨져 있었다.

방패 위에서 날개를 펼친 쌍두의 새의 문장. 두 개 있는 머리 중 왼쪽은 독수리, 오른쪽은 까마귀로 되어 있었다. 그 문장을 레티시엘은 본 기억이 있었다. 예전에 연구실 앞에서 주워서 길름에게 감정을 부탁했던 그 방울의 안쪽에도 같은 문장이 새겨져 있었다.

"초대 공작가의 문장이네요."

레티시엘이 문장을 응시하고 있다는 사실을 알아차린 지크가 옆으로 다가와서는 같이 창을 올려다보았다.

"예……."

"뭔가 신경이 쓰이는 일이라도 있으신가요?"

지크의 질문에 레티시엘은 창의 전시 코너에 설치되어 있는 설명판에 적힌 문장에 시선을 떨어뜨렸다.

『또한, 이 문장은 피리아레기스 공작가 창설 후 400년 동안 사용되었으나, 현재는 새로이 수여받은 문장을 사용하고 있어 이 문장의 각인은 행해지고 있지 않다.』

그것에는 이런 문장이 적혀 있었다. 레티시엘은 슥 그 문장을 가리켰다.

"이전에 내 연구실 앞에 방울이 떨어져 있던 일이 있어서요."

"방울……이요?"

"예. 이걸 읽으니 그 방울이 생각났네요."

안쪽에 공작가의 초대 문장이 새겨진 은색의 작고 낡은 방울. 처음에 봤을 때에는 크게 신경을 쓰지 않았다. 그러나 이 설명을 보면, 피리아레기스 공작가의 문장은 200년 전에 지금의 형태로 바뀌었고, 그 뒤로 초대의 문장은 각인되지 않았을 터였다.

그렇다면 존재하지 않을 터인 초대의 문장이 새겨진 그 방울은 대체 어느 시대에 만들어져서, 누구의 소유물로 있으며, 왜 레티시엘의 연구실 앞에 떨어져 있던 것일까.

그 방울은 얼마 전의 정체불명의 청년이 저택을 습격했을 때 분실했다. 그런데 지금 생각하면 그것조차도 뭔가 의미가 있는 것이 아닐까 하는 생각이 들었다.

"그런 일이 있었군요……. 뭔가 골동품의 일부였던 것일까요?"

"으음…… 현재로서는 그렇다고 밖에 생각할 수 없지만, 실제로 어떨는지는……."

이야기를 들은 지크도 의아하다는 듯이 고개를 갸우뚱했다.

최근에 이런 일이 많은 것 같았다. 정보는 순조롭게 모이고 있다고 생각하지만, 그 정보들이 전혀 연결되지 않아서 수수께끼만 깊어졌다.

덧붙여, 예전에 로시포드가 무단으로 갖고 나가서 한 바탕 소동을 일으켰던 마녀살해의 성검도 왜인지 전시되어 있었다. 아무래도 이곳에 장식해 둔 것은 복제품인 모양이다. 진품은 조사를 위해 국가가 회수해갔다고 한다.

“그 검, 결국 뭐였던 것일까요?”

“그건 저희도 전혀 모르겠습니다. 성유물이라는 것만큼은 알겠습니다만…….”

마녀살해의 성검의 복제품을 바라보면서 지크가 길름에게 그렇게 물었으나, 그 질문에는 길름도 고개를 갸웃거릴 뿐이었다.

“대충 다 둘러봤네요.”

“그렇군요. 그럼 다음 장소로 이동할까요.”

그 뒤, 레티시엘과 지크는 좀 더 시간을 들여 다른 전시도 모두 둘러보고 난 다음, 서로 얼굴을 마주보며 고개를 끄덕였다.

“괜찮으시다면 관내를 안내해 드릴까요? 이 넓은 박물관 안을 두 분이서만 돌아보시는 것은 힘드실 겁니다.”

다음 전시실로 이동하려던 레티시엘과 지크에게 길름이 그렇게 제안을 해 왔다.

“어머…… 배려는 감사하지만…… 일하시는데 방해가 되지 않을까요?”

“아뇨. 내관하신 분들을 안내하는 일도 학예사의 일 중

하나입니다.”

그렇게 말하고 길름은 생긋 미소를 지었다. 레티시엘과 지크는 잠시 서로의 얼굴을 바라보다가, 이윽고 서로 사전에 약속한 것도 아닌데 동시에 고개를 끄덕였다.

그렇게 두 사람은 길름에게 안내를 받으면서 다른 전시를 돌아보게 되었다. 역시 전시에 대해 자세히 아는 사람이 있는 것만으로도, 무슨 일이 있어도 바로 물을 수 있어서 매우 많이 공부가 되었다.

몇 개인가의 방을 둘러보는 사이, 갑자기 태양빛이 쏟아져 내리는 선룸과도 같은 복도로 빠져나왔다. 그 복도의 끝에는 전시실 입구가 딱 하나 보였다.

방금 전의 왕국의 역사전시실과는 또 분위기가 다른 방이었다. 입구에는 하얀 대리석으로 된 아치가 몇 개나 설치되어 있었고, 실내도 하얀 벽과 붉은 융단으로 통일되어 호화롭게 꾸며져 있었다.

“이곳도 또 꽤나 큰 전시실이네요.”

“아아, 이쪽은 성녀님의 전시실입니다. 이 곳에서는 두 번째로 넓은 전시실이지요.”

그곳은 성 루크레치아라는 인물을 다루거나, 혹은 그녀와 관련된 물건들만을 모아둔 전시실이라는 것 같았다.

그 이름을 듣자, 레티시엘의 머리에는 가장 먼저 『루크레치아 학원』이 떠올랐다. 혹시 이 학원도 그 인물과 연이 있는 것일까?

왕국의 역사전시실은 벽 한 면에 전시대가 빼곡히 놓여 있었는데, 이곳은 전시대가 몇 개 놓여있을 뿐이었다. 유리로 된 전시대 안에 진열된 물건들도 많지 않았다.

"성 루크레치아 님은 어떤 분이셨나요?"

"백성에게 지식을 전수해 계몽하는 일에 일생을 바치고, 기적의 힘으로 백성을 구제한 기적의 성녀님이었다고 되어 있습니다. 출생에 대해서는 잘 알지 못합니다만, 400년 정도 전에 각지의 성당이나 치료원 등에 나타나 백성들을 무상으로 치료해주었다고 전해지고 있습니다."

성 루크레치아는 모든 백성에게 평등하게 지식과 평온한 생활을 전수한다는 신념을 계속해서 실천했기 때문에 몇 번이나 이단으로서 체포당했다. 그러나 어떤 무기도 그녀를 상처 입히지 못했고, 최종적으로 국왕이 그녀의 흔들리지 않는 의사에 감화되었다고 했다.

"만민에게 평등하게 지식을……인가요. 굉장한 분이었군요. 그럼 이 루크레치아 학원은………."

"예. 당시의 왕이 자금과 토지를 제공하여 성녀님이 창건한 학교입니다."

국왕조차도 감화시키다니, 성 루크레치아는 어지간히 대단한 카리스마의 소유자였던 것이리라.

그러나 그것에 감탄하는 것 이상으로 벽 한 면에 걸린 무수한 회화와 밀어닥치는 천장화의 박력에 압도되어, 레티시엘은 저도 모르게 숨을 삼켰다. 다음 작품에서 또 다음 작품으로 시선이 끊임없이 움직였다.

"……회화는 이렇게 많은데, 성녀님과 관련된 물건은 많지 않군요."

레티시엘은 뜻밖이라는 것처럼 중얼거렸다. 전시물은 회화가 압도적으로 많았고, 그 다음으로는 몇 점의 조각이 부스의 입구 등 눈에 띄는 장소에 배치되어 있었다.

성인으로 추앙받고 있다면, 좀 더 유물이 있을 것이라고 생각했는데, 성 루크레치아의 성유물 전시는 전국 어디를 봐도 별로 없다고 길름은 말했다.

"개인적인 물건은 별로 갖고 계시지 않으셨던 듯해서 물건에는 집착하지 않는 분이었다고 합니다. 성녀님에 대한 자세한 자료는 남아 있지 않기 때문에 전승에는 후세의 상상도 포함돼 있다고 하여, 연구자 중에서는 그 존재 자체에 이론을 주창하는 사람도 있습니다만."

그래도 수백 년의 세월 속에서, 한 사람의 인물을 주제로 이만큼의 작품이 만들어진 것에 레티시엘은 놀라움을 감추지 못했다.

이 방대한 작품군은 성 루크레치아가 시대를 뛰어넘어, 플라티나 왕국 사람들 사이에서 폭넓게 사랑받고 숭배되었다는 틀림없는 증거이리라.

"그럼 성유물은 아무것도 남아있지 않나요?"

"아뇨. 그렇지는 않습니다. 가장 유명한 유물을 예를 든다면, 『결백의 로브』를 들 수 있겠군요. 진품은 왕도의 대성당에서 수장하고 있어서 이곳에는 복제품을 장식해 놓았습니다. 하지만 현존하는 많지 않은 성 루크레치아 님의 성유물 중 하나인지라, 그림에서도 성 루크레치아 님은 자주 로브를 걸친 모습으로 그려지고 있답니다."

그렇게 말하고 길름은 벽에 걸린 회화들을 가리켰다. 그 말을 듣고 보니, 분명히 전시실에 있는 성 루크레치아의 회화는 하얀 로브를 입고 있거나, 걸치고 있거나 하는 모습이 많은 것 같은 느낌이 들었다.

레티시엘은 다시 한 번 빙글 전시실의 회화들을 둘러보았다. 그러다가 문득 한 장의 회화에 시선을 멈추었다.

"……이건?"

레티시엘이 발견한 것은 전시실의 한 귀퉁이 벽에 걸린 한 장의 회화였다. 주변의 회화와 비교하면 다소간 박력이 떨어져서 다른 그림에 묻혀 있었다.

기껏해야 레티시엘이 한 손으로 안을 수 있을 정도의 크기밖에 되지 않는 회화였으나, 그래도 레티시엘은 어쩔 도리가 없이 그 그림에 매료되었다.

푸른 하늘이 지켜보는 녹색의 초원에서 소박한 하얀 로브를 입은 옅은 금발의 소녀가 바람에 로브자락을 나부끼며

맨발로 초원을 달리고 있었다.

'이 소녀는…… 누……구……?'

그림 속의 인물 따위 만난 적이 있을 리 없었다. 그래도 갑자기 반갑고 그리운 감각이 엄습해 와 레티시엘은 생각했다.

—이 소녀는, 어디선가 본 기억이 있다, 라고.

"그 그림이 신경 쓰이십니까?"

말없이 그림을 바라보는 레티시엘의 모습에 그 그림에 흥미를 가졌다고 생각한 것일까, 길름이 말을 걸어왔다.

"그것은 『소녀·성 루크레치아』라는 제목의 그림으로, 성 루크레치아 님의 어릴 적을 그린 것입니다. 성 루크레치아 님을 모델로 한 그림 중에서는 가장 최근의 것이지요."

"……."

"물론 이것이 그려진 당시에는 성 루크레치아 님은 돌아가셨기 때문에, 모델이 따로 있습니다. 그 모델이 된 것이……."

길름의 말은 끝까지 이어지지 못했다. 그 전에 레티시엘이 자신의 머리를 감싸 쥐고 통증에 얼굴을 일그러뜨렸기 때문이었다.

'……머리가……깨질 것 같아……!'

탁류와도 같은 격통과 함께 뭔가가 머릿속을 달려 나갔다.

어딘가의 방이 비쳐졌다. 금과 공단으로 치장된 그 방의 중앙에는 천장이 달린 커다란 침대가 놓여 있었고, 웨이브가 진 옅은 금발의 아름다운 여성이 앉아 있었다.

『그래서, 정기측정 결과입니다만…….』

침대의 옆에는 백의를 입은 의사로 생각되는 청년이 서서, 손에 몇 장의 종이를 든 채 어딘가 거북스러운 듯이 눈썹을 찌푸리고 있었다.

『이전의 측정치보다 마력이 한층 더 낮아졌습니다.』

『…….』

청년의 말에 딱히 놀라는 표정도 보이지 않고, 여성은 아무 대답도 없이 가만히 깊은 한숨을 내쉬었다.

『이대로라면 언젠가 마력이 고갈되어 버릴 겁니다.』

『……그래도, 저 아이가 무사히 있어준다면, 그걸로…….』

그 대화를 문밖에서 몰래 듣고 있는 두 명의 어린아이가 있었다. 한 명은 백은색 머리카락에 좌우 다른 색의 눈동자를 가진 소녀, 다른 한 명은 빨간 미디엄 헤어의 소녀였다.

『……저런 말을, 하는데?』

『으—응.』

은발의 소녀가 그렇게 물어도 빨간 머리의 소녀는 턱에 검지를 갖다 댄 채 고개를 갸웃거릴 뿐, 그다지 비관적인 모습은 보이지 않았다.

『하지만, 의외로 그렇게 신경이 쓰이진 않아. 마력은 있어도 그다지 사용하지 않는걸.』

빨간 머리 소녀는 자리에서 빙글 한 바퀴 회전을 해보이고는 정말로 아무것도 아닌 것처럼 씩 이를 내보이며 웃어보였다.

『게다가, 없어지면 없어지는 대로, 나도 도로셀이랑 똑같아지게 돼!』

『……그럴, 지도 모르지만…….』

천진난만하게 웃으며 그렇게 말하는 빨간 머리 소녀의 말에, 은발의 소녀는 복잡한 얼굴로 두 손을 가슴 앞에서 꼭 쥐었다.

『그것보다, 밖에서 놀자! 오늘은 아침부터 측정만 하고 있었고, 오라버니도 놀아주지 않아서 재미가 없어~.』

『어…… 그래도 돼?』

『괜찮아! 밖에 나가면 안 된다고는 하지 않았는걸!』

그렇게 말하기가 무섭게, 소녀는 기다릴 수 없다는 것처럼 맹렬한 속도로 복도를 달려 나갔다.

『그럼 먼저 정원에 가 있을게! 중앙 정원이야!』

『아, 응.』

빨간 머리의 그 소녀는 이쪽에 손을 흔들면서 간소한 디자인의 하얀 원피스를 휘날리며 기운차게 달려 나갔다.

그 모습은 눈앞에 걸린 그림 속의 소녀와 아주 많이 닮아 있었다.

"도, 도로셀 님?! 괜찮으십니까?"

거친 숨을 몰아쉬는 레티시엘에게 길름은 당황한 기색으로 곧바로 달려왔다.

"잠깐 다리가 풀려서…… 미안해요. 이야기 도중에."

"그런 건 신경 쓰지 마십시오. 몸이 안 좋으십니까? 그러시다면 휴게실에서 쉬시는 편이……."

"정말로 괜찮아요. 그것보다 방금 전의 모델 이야기. 자세히 알려주실 수 있나요?"

이쪽을 걱정해 주는 것은 매우 기뻤지만, 레티시엘은 길름이 방금 전 말하다 만 이야기에 더 강한 관심을 품고 있었다.

이 그림에 그려진 인물과 쏙 빼닮은 인물이 레티시엘의 기억에도 등장했다. 그렇다면, 이 그림의 모델이 된 것은 누구?

"……이 그림은 제1왕녀 알렉시아 님을 모델로 해서 그린 것입니다."

길름은 여전히 걱정스러운 표정을 띠고 있었으나, 레티시엘이 물러나지 않으리라는 것을 깨닫고는 하던 얘기를 마저 해 주었다.

『소녀·성 루크레치아』는 궁중화가가 만들어낸 작품으로, 그려진 것은 지금으로부터 겨우 10년 전이라고 했다.

그 화가는 원래부터 성 루크레치아의 그림을 그릴 생각은 없었던 것 같았다. 하지만 중앙 정원에서 뛰어다니는 왕녀를 우연히 목격하고 강력한 영감을 얻어 하룻밤 만에 이 그림을 완성했다, 라는 일화를 남겼다.

'혹시 『알렉』이라는 건…….'

알렉시아의 애칭이었던 것일까. 도로셀은 공작 영애이니 왕녀의 놀이 상대가 되었어도 이상하지는 않았다. 오히려 그렇게 생각하면 여러모로 납득이 되었다.

'……그렇다면, 전에 본 그 기억 속에 있던 소년은…….'

예전에 지크와 시계를 수리했을 본 기억에도 알렉시아로 생각되는 소녀가 있었다.

그러나 그 기억 속에는 또 한 명, 시계를 수리하는 소년의 모습이 있었다. 소녀가 알렉시아라고 한다면, 그 소년은 누구인 것일까. 알렉시아와는 어떤 관계인 것일까.

"아, 길름 씨. 있다 있어!"

문득 조용한 박물관의 복도에 발소리가 울리고, 모퉁이를 돌아 모르는 남성이 달려왔다. 길름과 같은 차림을 하고 있었기 때문에 박물관 직원이라고 생각되었다.

"무슨 일입니까?"

"길름 씨, 지금 한가하신가요? 뒤쪽의 창고 정리를 하는데, 일손이 부족하다는 것 같아서 가능하면 도와주셨으면 하는데요……."

그렇게 말하고 남성 직원은 쭈뼛쭈뼛 이쪽의 얼굴빛을 살폈다. 도중에 안내가 중단된 것에 화를 내지는 않을까 걱정하고 있는 모양이다.

"우리라면 괜찮습니다. 길름 씨는 그쪽을 도와 드리세요."

"괜찮으시겠습니까? 고맙습니다."

이쪽에 몇 번이나 고개를 숙이고는 길름은 남성 직원과 함께 빠른 걸음으로 자리를 떠났다.

이윽고 두 개의 발소리가 들리지 않게 되자, 지크는 레티시엘 쪽을 돌아보았다.

"도로셀 양. 오늘은 이쯤 해둘까요."

"예? 하지만 아직 절반도 안 돌아봤는걸요?"

입구에서 본 순로는 외우고 있었기 때문에, 이 전시실이 전체의 1/3 정도의 위치에 있다는 것을 레티시엘은 기억하고 있었다.

정오까지는 아직 시간이 한참 남아 있건만, 왜 이 타이밍에 돌아보는 것을 그만두는 것일까.

"분명히 그렇습니다만, 그것보다 도로셀 양의 몸이 더 걱정입니다. 얼굴빛이 아주 안 좋으세요."

"……."

레티시엘은 저도 모르게 자신의 얼굴을 만졌다. 자신의 얼굴빛을 보는 것이 불가능했지만 손가락 끝에 전달되는 체온은 평소보다 낮았다.

"박물관도 전시품도 도망치지 않으니, 오늘 전부 볼 필요는 없습니다. 또 다음에 얼마든지 올 수 있어요."

"……고마워요."

왠지 쓸데없이 신경을 쓰게 만든 것 같아서 미안했지만, 레티시엘은 지크의 호의를 순순히 받아들이기로 했다.

지금은 아무렇지도 않은 척 행동하고 있었지만, 사실은 발가락 끝까지 몸이 차갑게 식어서 서 있는 것도 꽤 힘들었다.

"……! 도로셀, 여기 있었냐! 한참을 찾았다!"

레티시엘과 지크가 박물관 밖으로 나오자, 마침 루카스가 숨을 헐떡이며 박물관 앞의 긴 계단을 뛰어오르는 중이었다.

"학원장님? 무슨 일이시죠?"

그런 루카스의 모습에 레티시엘도 놀라움을 감추지 못했다. 어지간히 당황한 것일까, 루카스는 이마에는 커다란 땀방울이 배어나와 있었고, 숨도 깔딱이고 있었다.

"무슨 일이고 자시고, 이걸 봐라."

레티시엘의 질문에 루카스는 손에 들고 있던 한 장의 종이를 슥 내밀었다. 줄곧 꽉 쥐고 있던 것이리라. 종이는 온통 구겨져 있었다.

레티시엘은 의아하게 생각하면서도 루카스의 손에서 신문을 건네받았다. 말머리에는 커다란 글씨로 호외 신문이라고 쓰여 있었다.

"……응?"

그리고 그 신문의 첫 번째 기사를 읽는 순간, 레티시엘의 입에서는 경악의 목소리가 새어 나왔다.

『피리아레기스 공작령 북부의 산촌에서 민중이 봉기, 이미 영내 각지로 혼란이 확산해, 현재 영도(領都)에서는 대규모의 폭동으로 발전』

그곳에는 이 내용이 대문짝만하게 쓰여 있었다.

막간 왕가의 마음

왕도 니르반의 중심에 선 비아트리스 왕성. 그 안에 있는 왕의 방에서는 왕국의 고위 관료들이 참가한 회의가 열리고 있었다.

진행되는 논의를 들으면서 라이오넬은 조용히 회의의 모습을 관찰했다. 이 나라에서는 한 달에 몇 차례, 이런 회의를 열어 토론을 하는 것으로 상층부의 의견을 조정했다.

본래 이 회의에 라이오넬과 에델하르트 같은 왕자들은 참가하지 않아도 상관없었다. 그러나 왕국의 현재 상황을 가장 빠르게 알기 위해서도 라이오넬은 매 회의마다 빠지지 않고 출석하고 있었다.

"역시 이 안밖에 없군요……. 전하께서도 그리 생각지 않으십니까?"

"글쎄. 어떠려나—."

백발과 주름이 두드러지는 노집정관이 제3왕자 에델하르트에게 물었다. 그러자 그 질문을 받은 본인은 벽에 기대서서 이야기를 들으면서도 어딘가 지루한 것 같은 모습을 보이고 있었다.

이 동생은 평소부터 이곳저곳 여행을 다니기만 할 뿐 왕성에는 도통 들리지 않았다. 이번에는 아무래도 수행원인 여성에게 억지로 끌려 돌아왔다는 것 같았다.

'……아무 의미 없는 대화로군.'

그 모습을 곁눈으로 지켜보면서 라이오넬은 내심 그렇게 생각했다.

이 회의는 단순히 정책에 대해 논의하는 자리인 것만이 아니었다. 고위 관료들의 회의에서의 발언이나 사고의 유연성 등을 평가해, 보다 우수한 집정관을 선출하는 자리이기도 했다.

플라티나 왕국의 중추를 짊어지는 고위 관료 아니, 집정관의 자리는 많지 않았다. 그렇기 때문에 경쟁도 치열했으며, 계속해서 노력하지 않으면 눈 깜짝할 사이에 그 자리에서 끌려 내려갔다.

과거에는 몇 개월마다 집정관이 교체되는 시대도 있었으나, 지금의 왕이 즉위한 뒤로는 몇 차례 밖에 교대가 이루어지지 않았다. 그만큼 오스왈드의 집정관들은 우수했다.

그와는 반대로 노집정관은 방금 전부터 줄곧 비슷한 제안만을 하고 있었다. 심지어 자신이 내놓은 안에 아무 문제도 없다고 생각하고 있었다.

'그래서는 에델하르트도 지루하겠지.'

집안의 추천으로 최근 승격한 자였으나, 가까운 시일 안에 강등되겠군, 하고 자신이 가진 자료를 뒤적거리며 라이오넬은 논의에 귀를 기울였다.

"……그러고 보니, 라이오넬. 너는 도로셀에게 마술 강의를 의뢰했다더구나."

토론이 일단 진정된 무렵, 회의탁자의 가장 상석에 앉아있던 부왕 오스왈드가 퍼뜩 생각이 난 것처럼 라이오넬에게 그렇게 물었다.

"예. 아바마마. 바로 그 본인에게 거절당했습니다만."

"그러느냐. 뭐, 그 소녀의 성격을 보면 그렇게 되겠지."

쿡쿡쿡. 어딘가 즐거운 듯이 웃으며 오스왈드는 탁자에 턱을 괴고 뭔가 함의가 있는 같은 미소를 라이오넬에게 지어보였다.

"말해 보거라, 라이오넬. 너는 왜 이 타이밍에 도로셀에게 그것을 의뢰한 것이냐?"

부왕의 그런 장난꾸러기 같은 불온한 미소를 라이오넬은 본 적이 있었다.

'……변함없이 아바마마는 성가신 분이다.'

이쪽이 무엇을 의도해 행동했는지 듣지 않아도 알아차렸을 터이면서. 라이오넬은 내심 쓴웃음을 지었다.

오스왈드는 옛날부터 사람을 시험하는 것을 좋아했다. 모든 문제에 대해 가령 결말이나 이유를 뻔히 안다 하더라도, 반드시 상대에게 자신의 말로서 설명하기를 요구했다. 그렇게 자신의 자식과 신하들을 시험하려고 했다.

"아바마마께서도 아시다시피, 현재 세계의 정세는 하루가 다르게 긴박해지고 있습니다."

때문에 그를 존경하고 따르려는 자들은 그 시험에 계속 부응해야만 했다. 라이오넬은 오스왈드를 똑바로 응시하며 이야기하기 시작했다.

"대륙력 989년에 일어난 스피리아 전쟁. 그로부터 11년이 경과한 지금, 또다시 움직임을 보이는 라피스 국을 경계하며 11년 전과 똑같은 전철을 밟지 않기 위해서는, 현재 존재하는 가장 강력한 힘인 마술로 전력의 증강을 꾀하는 것이 가장 유효한 수단이라고 판단하여 취한 행동이옵니다."

"흠. 일리가 있구나."

라이오넬의 설명에 오스왈드는 그렇게 맞장구를 쳤다. 그는 딱히 놀라지도 않았지만 반대도 하지 않았다.

"그러나 이리스 제국을 잊은 것은 아니냐? 그 나라가 얼마나 마법을 싫어하는지는 실제로 유학을 한 네가 가장 잘 알고 있겠지?"

"예, 물론입니다. 하오나, 제국에 유학을 했기 때문에 저는 더더욱 마술의 도입이 필요하다고 생각하고 있습니다."

이리스 제국에 유학해서 라이오넬이 가장 놀란 것은 제국과 자국의 기술력의 차이였다.

마법을 일체 금지하고 있는 그 나라에서는 대신에 아르마·리액터라 불리는 특수한 장치와 시스템이 확립되어 있어서, 그것으로 나라 안에 안정된 에너지를 공급하고 있었다.

아르마·리액터는 그 에너지로 제국민의 생활을 지탱하는 것만이 아니라, 더 나아가 강력한 군사력도 만들어내고 있었다.

"우리나라와 제국은 분명히 동맹 관계에 있습니다만, 그것이 계속 이어지리라는 보증은 없습니다. 최근에는 제국 측의 정세도 불안정한 상황이며, 그쪽에는 지금도 마법을 사용하는 우리에 대해 불신감과 혐오감을 품은 자들이 적지 않습니다."

아르마·리액터의 구조에 대해서는 국가기밀이라 해명할 수 없었다. 그러나 라이오넬은 그것에 대항할 수단으로 마술에서 가치를 발견했다.

"제국에서 보내온 총이라 불리는 새로운 무기의 존재를 통해서도 그 높은 기술력은 아실 수 있었으리라고 생각합니다."

"흠……."

그 원통형의 무기는 9년 전, 스피리아 전쟁이 종결된 뒤 양국이 동맹을 체결했을 때에 우호의 증표로서 제국이 증정한 것이 시초였다.

그 무기는 생산이 어렵고 수가 많지 않았기 때문에 수입으로는 전혀 입수할 수 없었다. 국내에서도 남모르게 연구개발이 진행되고 있었으나, 실용화에 이르게 할 정도의 물건이 완성될 기미는 전혀 없는 것이 현실이었다.

"우리나라의 방어마법은 현재 총의 총알을 막아내는 것은 가까스로 가능합니다만, 그 이상의 위력을 가진 병기의 방어에는 전혀 유효하지 않습니다. 마법의 위력 향상이 곤란하다면, 보다 강한 위력과 성능을 가진 힘의 도입이 불가결하다고 생각한 바입니다."

총만이 아니라, 이리스에서는 아르마·리액터로 만들어낸 에너지를 동력으로 하는 군사 병기도 개발되어서 지금의 플라티나의 기술로는 도저히 맞설 수가 없었다.

도로셀의 설득에 마법성 장관을 데리고 간 것은 설득력을 높이기 위해서였지만, 기술의 수준이 높아지면 마법성의 지위도 올라갈 것이란 점도 있었다. 말하자면 이해가 일치한 결과이기도 했다.

"그렇지. 하나, 우리나라는 그 힘을 받아들이기 위한 기술도 제도도 부족하다. 지금은 아직 시기상조야."

"예."

오스왈드의 그 한 마디에, 역시 전부 알고 있지 않았는가, 라고 조금 분하게 생각하면서도 라이오넬은 미소를 지었다. 부친의 이런 방식을 라이오넬은 싫어하지 않았다.

"시, 실례하겠습니다!"

그때, 거친 노크 소리와 함께 한 명의 병사가 회의실에 뛰어 들어왔다. 숨이 끊어질 것처럼 헐떡이는 것이 어지간히 당황한 기색이었다.

"소란스럽군. 무슨 용건이냐?"
"화, 황공하옵니다! 하오나, 시급히 전해드려야 할 일이 있는지라."
숨을 거칠게 몰아쉬는 것도 한순간으로, 국왕의 어전에 선 병사는 곧바로 자세를 바로 했다.
"피리아레기스 공작령에서 반란이 일어났다는 소식입니다!"
병사가 전해준 그 보고에 회의실에 모인 자들에게서 동요의 목소리가 퍼져나갔다.
"공작령에서 반란이라고? 이게 어떻게 된 건가?"
"이렇게 정세가 불안한 때에 반란이라니……. 그곳은 제국과도, 라피스와도 가깝지 않은가? 양국과의 관계에 영향을 미치는 건 아닌가?"
"……."
갑작스러운 사태에 관료들이 술렁거리고 있으려니, 그때까지 잠자코 있던 에델하르트가 조용히 입을 열었다.
"아바마마. 진압군의 편제는 언제 하시려 생각하십니까?"
"이 뒤에라도 바로 할 것이다. 군의 편제는 왜 묻는 것이냐?"
"그거, 제게 총대장을 맡겨주실 수 없으십니까?"
그 발언이 너무나도 예상외라, 그 자리에 있던 모든 사람이 일제히 에델하르트 쪽으로 시선을 향했다.
라이오넬 역시 여기서 에델하르트가 그런 말을 꺼내리라고는 생각도 하지 못했다. 그래서 저도 모르게 동생의 얼굴을 물끄러미 응시하고 말았다.

"호오. 네가 입후보하다니 별일이구나. 괜찮겠지. 허가하노라."

"감사합니다."

그 뒤, 논의 도중이었던 의제는, 반란의 대응이 진정되고 난 뒤에 새로이 날을 잡아 검토하기로 하고 회의는 종료했다.

"별일이구나. 네가 스스로 손을 들다니. 성가신 일은 싫어하지 않았던가?"

관료 전원이 각자의 업무로 돌아가거나 긴급 사태에 대비하기 위해 방에서 부리나케 퇴실하는 가운데, 라이오넬은 동생에게 말을 걸었다.

"남들이 들으면 오해합니다, 형님. 성가신 일을 싫어하는 것이 아니라, 할 필요가 없는 성가신 일을 싫어하는 것뿐이라고요."

나를 뭐라고 생각하는 겁니까. 에델하르트가 눈썹을 찌푸리며 발끈해서 입을 삐죽였다. 그런 동생의 모습에 라이오넬은 쿡쿡 웃었다.

피리아레기스 공작령에서의 반란에 관료들은 술렁거렸으나, 라이오넬 형제는 크게 놀라지 않았다.

그 영지의 정치가 불안정하다는 사실은 알고 있었으며, 애초에 그것을 보고한 것은 에델하르트였다.

"자진해서 떠맡은 일입니다. 해내야 할 임무는 끝까지 수

행할 겁니다. ……신경 쓰이는 일도 있고 말이죠."

"……응? 뭐라고 했느냐?"

"아뇨. 아무것도 아닙니다. 그럼 전 그냥 가보겠습니다."

지금 에델하르트가 마지막에 작은 목소리로 뭔가를 말한 것 같은 느낌이 들었지만, 본인은 그것은 언급하지 않고 그대로 자리를 떠났다.

"……."

그리고 회의실에서는 오스왈드만이 여전히 의자에 앉아 혼자서 사색에 잠겨 있었다.

그런 아버지의 모습을 흘끗 보았지만, 말을 거는 일 없이 라이오넬도 가만히 방에서 퇴실했다.

"……언제의 일을, 떠올리고 계신 겁니까?"

문이 완전히 닫히기 직전, 오스왈드 이외에 아무도 없을 터인 회의실에서 노인의 목소리가 들려왔다.

그대로 물러나도 좋았겠지만, 라이오넬은 닫히기 직전의 좁은 문틈으로 실내의 모습을 들여다보았다.

방안에는 변함없이 오스왈드가 의자에 앉아 있었다. 그러나 혼자가 아니었다. 대체 언제, 어디에서 나타난 것일까. 왕의 바로 옆에는 검은 망토를 걸치고 하얀 수염을 기른 체구가 작은 인물이 서 있었다.

"……변함없이 너는 남의 생각을 정확하게 꿰뚫어보는군, 데이비드."

오스왈드는 검은 사람 그림자에게 그렇게 대꾸하며 하하하 하고 작게 웃음소리를 냈다. 재상인 시리우스에게도 보인 적이 없는 허물없는 태도였다.

그 정체불명의 노인에 대해 이야기를 들으려고 해도 오스왈드는 결코 그 이야기를 입 밖에 내려고 하지 않을 터였다. 그렇지만 같은 왕족인 라이오넬이나 에델하르트는 막연하게나마 그 존재를 알고 있었다.

그렇다고는 해도 라이오넬 형제가 아는 정보는 기껏해야 그 인물이 몇 대 전의 왕의 시대부터 줄곧 국왕의 곁, 그 그림자에 숨어 있었다는 것 정도였다. 그가 어떤 인물인지, 무슨 목적으로 줄곧 왕의 곁에 머물러 있는지는 전혀 알 수 없었다.

"그때로부터 11년인가……. 시간이 빠르군. 생각해 보면 13년 전의 밤, 하늘에 그 별이 떠오른 뒤로 죽 불온한 일만이 일어나고 있다고는 생각하지 않느냐?"

"붉은 별, 통칭 재앙의 별 말이시군요. 폐하께서는 붉은 별의 재액을 믿으시는 겁니까?"

"아니. 하나, 이 나라나 세계에서 사건이 일어나고 있다는 것은 틀림이 없지 않느냐."

"그건 그렇지요."

데이비드라 불린 노인은 거기서 일단 말을 끊고, 한 호흡 쉰 뒤 다시 이야기를 시작했다.

"……왜, 제3왕자 전하가 피리아레기스령으로 향하는 것을 허락하신 겝니까? 그 땅이 제3왕자 전하에게 어떤 의미를 갖는지 모를 폐하가 아니시잖습니까."

"아아. 알지. 에델하르트만이 아니다. 그 땅은 나와 라이오넬도 도저히 잊을 수 없을 곳이야. 하나, 녀석이 그것을 바랐느니라."

"……그 아가씨도 역시 그 장소로 향할 겝니다."

"……그 장소에서 그 두 사람이 재회하는 것인가……. 얄궂은 일이로고."

라이오넬은 그 이상 두 사람의 대화를 듣지 않고 회의실에서 떠나는 쪽을 선택했다. 11년 전의 사건은 지금도 기억의 깊은 곳에서 응어리져 있었다.

3장 피리아레기스 공작령

넓은 평원 속에 뻗은 한 줄기의 길을 한 대의 마차가 흙먼지를 피워 올리며 굉장한 속도로 달려 나갔다.

전방에서 뒤쪽으로 흘러나가는 강풍에 마부석에 앉은 인물이 눌러쓰고 있던 후드는 완전히 벗겨져서 은색의 긴 머리카락에 바람에 부대껴 거칠게 휘날리고 있었다.

"저, 저기! 이렇게 빨리 달려도, 괘, 괜찮은 겁니까?"

마부석 뒤에 있는 작은 창문이 열리고, 안에서 걱정스러운 눈치인 루빅의 목소리가 들려왔다. 기분 탓인지는 몰라도 목소리가 조금 떨리고 있었다.

"괜찮아요! 어쨌든 잘 붙잡고 있어요!"

"예, 예!"

흔들려 튕겨나가지 않도록 마차에는 마술로 강화와 고정, 진동경감을 걸어두었으나, 역시나 차내 공간 그 자체까지는 고정할 수 없었다. 때문에 그 안에 타고 있는 루빅에게는 꽤나 무리를 시키고 있었다.

루빅의 말에 레티시엘은 뒤를 돌아보지 않고 외쳤다. 요란하게 불어 닥치는 바람 소리가 시끄러워서 이렇게라도 하지 않으면 들리지가 않았다.

기억을 거슬러 올라가, 하루 전. 루카스에게 공작령에서 발발한 반란 소식을 들은 뒤 레티시엘은 지크와 헤어져 곧바로 저택으로 돌아왔다.

저택에 돌아와 보니, 루빅이 새파랗게 질린 얼굴로 신문을 움켜쥔 채 멍하니 서 있었다.

『조금 전에 저택에도 호외신문이 배달됐습니다만, 그것을 읽더니 저렇게 갑자기 넋을 잃더군요…….』

그를 대신해 클라우드가 사정을 설명해 주었다. 아무래도 반란의 중심지 부근에 니콜의 고향이 있어서, 걱정이 되어 제정신이 아니라고 했다.

니콜은 얼마 전에 레티시엘이 열흘간의 휴가를 줘서 때마침 귀성해 있었다. 설마 이런 타이밍에 반란이 일어날 줄이야.

레티시엘은 곧바로 영지에서 무슨 일이 일어나고 있는지 확인하러 가려고 했다. 그러나 니콜을 걱정한 루빅도 동행을 희망해서, 결국 함께 영지에 가게 되어 지금에 이르게 된 것이었다.

참고로 레티시엘과 루빅이 저택을 비운 사이에는 클라우드가 일시적으로 저택에 머물면서 빈 저택을 맡아주고 있었다.

그리고 본래 편도 이틀은 걸리는 거리를 마차의 구조 강화와 말의 신체강화를 최대한 활용해 레티시엘 일행은 하루 만에 공작령에 도착했다.

마침 마차가 영지의 경계에 들어섰을 무렵, 레티시엘은 그곳에 병사인지 용병인지는 몰라도 어쨌든 무장을 하고 검은 천을 두른 남자들이 있는 것을 알아차렸다.

'반란이 일어나서 공작가가 영지의 경계를 봉쇄하기 시작한 것일까?'

내심 그런 생각을 하면서도 레티시엘은 전혀 마차의 속도를 줄이려 하지 않았다.

남자들도 역시 맹렬한 속도로 돌진해 오는 마차를 이미 발견하고, 각자의 무기를 거머쥐고 멈춰 세우려고 하고 있었다.

레티시엘은 말고삐에서 오른손을 떼고 전방으로 손을 뻗어 마술을 발동했다. 녹색으로 빛나는 무수한 마도술식이 무작위로 지면에 떠오르더니, 그것에서 일제히 바람이 일어났다.

모래가 섞인 바람에 남자들도 눈을 뜨고 있을 수가 없었다. 그들은 무기를 든 채로 바람에 날아가 버리지 않도록 그 자리에 버티고 서는 것이 고작이었다.

마차는 그 옆을 맹렬하게 빠져나갔다. 몇 사람은 바람마술을 온몸으로 맞으면서도 추격해 왔으나, 마차는 눈 깜짝할 사이에 보이지 않게 되었다.

일단 경계를 돌파하자, 그 뒤로 병사들은 보이지 않게 되었다. 신문에서는 반란은 일부 장소만이라고 보도하고 있었다. 아무래도 대부분의 군세는 반란의 진압을 위해 출동한 모양이다.

"……루빅. 저기 보이는 마을일까요?"

그 뒤로도 한참을 더 계속 달려 태양이 서쪽 하늘에 걸릴 무렵, 마차의 진행 방향에 작은 마을이 보이기 시작했다.

레티시엘은 작은 창문을 열고 마차 안에 있는 루빅에게 물었다. 자신이 마차를 모는 것에 집중하고 있는 만큼, 마을과 코스의 확인은 모두 루빅에게 맡겨두고 있었다.

"……! 예! 맞습니다! 저기가 멜드 마을입니다!"

아무래도 니콜의 고향은 멜드 마을이라는 이름인 것 같았다. 레티시엘의 질문에 루빅은 마차 창문으로 얼굴을 내밀어 마을을 보고는 앗 하고 소리를 높였다.

그 대답에 레티시엘은 마차에 걸었던 마술을 풀어 속도를 늦추고, 말고삐를 조종해 천천히 멜드 마을에 가까이 다가갔다.

마을이 가까워져옴에 따라, 마을의 상태가 조금씩 보이기 시작했다. 만일을 위해 레티시엘은 벗겨졌던 후드를 다시 썼다.

울타리에 둘러싸인 멜드 마을은 정적 그 자체였다. 이 가을 무렵 수확 등으로 들려와야 할 터인 목소리도 들리지 않았고, 곳곳에 불탄 나무들의 잔해가 널려 있었다.

그 고요하고 쓸쓸한 경치는 울타리를 지나, 마을 안에서도 마찬가지로 계속되었다. 길에서는 사람 그림자를 볼 수 없고, 작물이 심어져 있었을 터인 밭에는 말라비틀어진 식물이 바람에 흔들리며 조금씩 그 형태를 잃어가고 있었다.

'……이곳은 반란의 중심지도 아니건만, 이렇게 황폐하다니.'

일부가 불에 타서 내려앉은 마을 입구에 마차를 세우고 레티시엘은 마부석에서 내려왔다. 눈앞의 광경이 천 년 전의 기억과 겹쳐져 가슴이 아팠다.

"……아무도, 없는 걸까요."

"니콜도 어머님도 무사하신 거겠죠……?"

"그렇다고 믿자고요. 분명히 괜찮을 거예요."

레티시엘을 뒤쫓아 마차에서 내린 루빅과 그런 대화를 주고받으려니, 닫혀있던 집들의 문이 열리고 그곳에서 몇 명의 주민이 밖으로 나왔다.

다들 불안해 보이는 표정으로 뭔가를 손에 들고 있었는데, 그것은 돌덩이이기도 했고, 괭이이기도 하는 등 사람마다 달랐다.

레티시엘이 사용하고 있는 마차는 소박하긴 하지만 공작가의 문장이 똑똑하게 그려져 있는 것이었다. 경계하는 것도 당연하리라.

'하지만 왜, 남성이 이렇게 적은 걸까?'

마을의 입구에 모여든 주민들을 보고 레티시엘은 의문을 품었다.

중년 이하의 남성의 모습은 거의 없고, 대부분 노인이나 여자, 아이들뿐이었던 것이다. 젊은 남성도 몇 명 있었지만, 다들 몸이 여위고 얼굴빛도 좋지 않았다.

"……뭐 하는 자들인가?"

마을 사람들 사이에 있던, 한층 더 고령에 촌장으로 생각되는 노인이 지팡이를 짚으면서 레티시엘을 날카로운 눈으로 관찰했다.

그것이 신호가 되어 다른 마을 주민의 시선도 일제히 레티시엘과 루빅에게 날아와 꽂혔다. 그들의 눈에는 하나같이 의심의 빛이 소용돌이치고 있었다.

뭔가를 말하려던 루빅을 제지하고, 레티시엘은 스스로 마을 사람들 앞으로 걸어 나갔다. 어차피 계속 숨길 수는 없었다.

레티시엘은 후드를 쓰고 있었지만, 이 지근거리에서는 후드가 있어도 없어도 얼굴이 다 보였기 때문에 별로 의미가 없었다.

투명한 백은의 머리카락, 적과 청의 서로 다른 색의 눈동자. 후드 밑으로 살짝 엿보이는 용모에 마을 주민들은 숨을 삼켰다.

"도로셀 노아 피리아레기스……."

누가 중얼거렸는지는 알 수 없었다. 그러나 이 용모를 모르는 사람은 없었다. 그만큼 도로셀의 외모는 공작가 안에서도 밖에서도 특이한 것이었다.

"……."

촌장도 역시 레티시엘의 등장에 눈을 크게 떴다. 하지만 이윽고 그는 조용히 미소를 지었다. 그랬다. 웃은 것이다.

"또다시, 이 땅을 찾을 결의를 하신 것이군요."

"……?"

이 노인은 대체 무슨 이야기를 하고 있는 것일까. 레티시엘은 저도 모르게 고개를 갸웃거리고 말았다.

폭동을 일으킬 정도이니, 백성들의 공작가에 대한 증오는 격렬할 터였다. 그 공작가의 일원이 눈앞에 있건만, 어떻게 이렇게 평온하게 있을 수 있는 것일까.

다른 마을 주민들도 레티시엘의 정체를 눈치 챈 뒤로는 분위기가 완전히 달라졌다. 경계를 완전히 푼 것은 아니었으나, 노골적으로 적대심을 드러내는 일은 없어졌다.

"도로셀 님. 한 가지, 여쭤도 되겠습니까?"

"뭔가요?"

"당신께서는 무엇을 이루기 위해 이 땅에 오신 것입니까? 단순한 변덕이십니까? 그렇지 않으면 가족 분들을 막으러 오신 것입니까?"

레티시엘의 눈을 똑바로 바라보며 촌장은 그렇게 물어왔다. 그 눈에 부정의 빛은 보이지 않았다. 그렇지만, 그는 이 질문으로 뭔가를 확인하려 하고 있다는 그런 느낌이 들었다.

"그렇군요. 그 두 가지 선택지에서 대답한다면, 후자가 제가 이 땅에 온 목적이긴 하네요."

이 시대에 귀족을 상대로 이렇게까지 의연하게 이야기를

할 수 있는 서민도 드물지 않을까. 그런 생각을 하면서 레티시엘은 촌장에게 대답했다.

“하지만, 그렇게 하려고 생각한 이유는 단순해요. 공작가가 백성을 괴롭히고 있다면, 똑같이 그곳에 몸을 둔 내게는 그들을 말릴 의무가 있다고 생각했다. 그뿐이에요.”

“……”

“게다가, 귀족이 영민을 지키는 것은 당연한 일이잖아요? 백성이 불합리하게 핍박 받는 일을 그냥 못 본 척 지나칠 수는 없어요.”

그 대답을 들은 촌장은 가볍게 한숨을 내쉬었다. 그들 앞에 갑자기 나타난 이 피리아레기스 가의 영애는 일말의 망설임도 없이 그렇게 잘라 말했다.

공작령에 살아가는 그들에게, 귀족이란 백성의 위에 서서 잘난 척 거드름을 피우고 무슨 일만 있으면 백성들을 착취하는 존재라고 여겨지고 있었다.

하지만 공작가에는 이렇게도 품격이 높고 고상한 분이 있었다. 촌장은 태양을 올려다봤을 때처럼 눈이 부시다는 듯이 눈을 가늘게 떴다.

“……그러셨지요. 당신은 그런 분이셨지요.”

“……?”

촌장은 뭔가를 납득한 것 같은 모양이었으나, 레티시엘은 변함없이 뭐가 뭔지 알 수가 없었다. 지금의 대화에서 그는 레티시엘의…… 아니, 도로셀의 무엇을 본 것일까.

"당신은 역시 백성에게 자애 깊은 분이시로군요……."

촌장은 어딘가 안심한 것처럼 그렇게 말하며 지팡이를 짚으며 레티시엘의 앞에까지 걸어왔다. 그리고 천천히 고개를 숙였다.

"자, 마을에 들어오십시오. 당신은 우리의 적이 아닙니다."

그것에 놀란 것은 레티시엘이었다. 자신은 일단 피리아레기스 가의 영애라는 입장이기도 했으니 틀림없이 한바탕 말썽이 일어날 것이라고 각오하고 있던 것이다.

"……루빅. 이게 어떻게 된 거죠?"

"그, 글쎄요……."

당황한 나머지 레티시엘은 루빅에게 그런 질문을 했으나, 되돌아온 것은 역시 레티시엘과 똑같이 당혹감을 감추지 못하는 대답이었다.

'도로셀은 옛날에도 이 마을에 온 적이 있는 것일까……?'

촌장이 한 말의 의미는 알 수 없었으나, 말투로 봐선 명백히 과거의 도로셀을 알고 있었다. 이 마을에 있어 『도로셀』은 어떤 존재였던 것일까.

어쨌든 이렇게 레티시엘은 무사히 니콜의 고향 마을에 발을 들여놓을 수 있었다.

***

멜드 마을에 들어선 레티시엘과 루빅은 촌장의 안내로 그의 집에 안내받았다.

"앉으십시오. 아무것도 없습니다만……."

"아뇨. 나는 단순한 동행이니 신경 쓰지 마세요."

자신을 단순한 동행이라고 말하는 공작 영애가 세상에 어디 있는가. 그렇게 태클이 들어올 것 같았으나 레티시엘은 매우 진지했다.

차를 준비하려고 하는 촌장을 레티시엘은 당황해하며 말렸다. 마을의 상황은 신문에서 읽은 것 이상으로 비참했다. 그런 상태에서 자신만 차 대접을 받을 수는 없었다.

창밖에는 더러운 옷을 입고 웅크려 앉은 사람, 먹을 것을 찾아 빈 바구니를 뒤지는 사람, 바짝 마르고 갈라져서 잡초도 자라지 않은 밭을 필사적으로 갈려고 하는 사람들의 모습이 보였다.

"……윽."

눈앞에 펼쳐진 광경 모든 것이, 천 년 전에 보던 경치와 겹쳐져 레티시엘은 숨이 막혔다.

당시에는 왕족이라 할지라도 사치가 허락되지 않을 정도로 빈곤해서, 항간에 이런 마을이 있는 것도 어쩔 수 없는 시대였다.

그러나 평화롭고 풍족할 터인 지금 세계에서, 전쟁이 아닌 이유로 발생한 이 비극에 레티시엘은 진심으로 애처로움과 분함을 느꼈다.

'……폭동이 일어난 것은, 분명히 이 옆 마을이었지.'

폭동에 직접 연루되지 않은 이 마을에서 이 정도의 피해를 입었다면, 옆 마을은 대체 어떻게 되었을까.

"왜 나를 마을에 맞아들인 건가요? 나는 피리아레기스 가의 인간인데."

레티시엘은 눈앞에 앉은 촌장에게 시선을 되돌리며 입을 열자마자 그렇게 물었다.

이곳에 오던 동안, 줄곧 그 일을 생각하고 있었다. 마을의 상황을 보고, 이 참상을 일으킨 것이 자신의 본가라면 자신은 원망을 사고 있어도 이상하지 않다고 생각했다.

암살이 목적일까……라는 험한 생각도 한순간 뇌리를 스쳤으나, 촌장의 눈이나 태도에서 그런 분위기는 조금도 느껴지지 않았다.

"그렇군요……. 분명히 당신은 공작가의 영애입니다만, 우리에게는 은인이기도 하십니다."

"……은인?"

레티시엘은 고개를 갸우뚱했다. 그녀가 아는 도로셀의 평가는 부정적인 것들뿐이었다. 그녀에게 감사하는 인간이 루빅 이외에도 있다니 의외였다.

“예. 당시 당신은 아직 어리셨기 때문에 기억하지 못하시리라고 생각합니다만…….”

그렇게 서론을 깔고 촌장은 레티시엘에게 11년 전에 있던 일을 이야기 해 주었다.

라피스 국과의 국경선인 보레아리스 산맥 기슭에 위치한 이 마을은, 이렇다 할 특산품도 없고 토양도 그렇게까지 비옥하지 않은 쇠퇴한 산촌이었다.

볼만한 것이라고는 기껏해야 마을의 변두리에 있는 꽃밭 정도. 마을 주민도 유복하지는 않아도 그럭저럭 생활을 영위하고 있었기 때문에 마을의 현 상황을 바꾸려는 의식은 없었다.

그런 때, 무슨 변덕인지 이 마을에 들른 어린 도로셀이 마을 변두리의 꽃밭을 보고 이렇게 말했던 것이다.

『여긴 무척 예쁜 꽃이 피는군요. 염료 같은 것으로 만들면 분명히 예쁘지 않을까요?』

어린아이의 발언이고 해서, 처음에는 마을 사람들도 그다지 진지하게 받아들이지는 않았다.

그러나 아무래도 그 말이 신경 쓰인 한 남성이 시험 삼아 꽃밭의 꽃을 이용해 천을 물들여 보았다.

그러자 그녀가 말한 대로, 완성된 천은 지금까지 자신들이 본 적이 없을 정도로 산뜻하고 아름다웠다.

남자가 시험 삼아 그것을 마을에 들린 행상인에게 팔아보니 상당한 비싼 값이 붙었고, 마을의 토양은 꽃을 키우는 것에 적합하다는 사실이 판명되었다.

“그 남자라는 건 혹시…….”

“예. 바로 저입니다.”

레티시엘의 질문에 촌장은 약간 쑥스러운 듯이 작게 고개를 끄덕였다.

그 뒤로 이 마을은 염색 마을로서 번창해 마을 사람들은 보다 안정된 생활을 보낼 수 있게 되었다.

“때문에 모두들 도로셀 님에게는 감사하고 있습니다. 당신이 의도해서 말씀하신 것인지는 알 수 없으나, 결과적으로 그 한 마디에 저희는 구원을 받았으니까요.”

“그랬나요…….”

이야기를 들으면서 레티시엘은 도로셀에 대해 생각했다.

주위 사람들의 말에서 받는 도로셀의 인상과 본래 도로셀의 성격이 동떨어졌다는 사실은 요즘 꽤 실감하고 있었다.

‘이 아이에겐, 대체 몇 개의 가면이 있는 거야……?’

타인에게 물을 때마다 그들에게서 튀어나오는 도로셀의 평가는 모두 달랐다. 그렇다면 도로셀은 혼자였을 때, 대체 어떤 사람이었던 것일까.

“감사의 인사를 드리고 싶었습니다만, 그 사건 뒤로 도로셀 님은 영지에 오지 않게 되셨기 때문에…….”

“……? 잠시만요. 『그 사건』이라는 건?”

레티시엘로서는 순수한 의문이었다. 그러나 그 질문을 받은 촌장은 눈을 크게 뜨며 눈에 보이게 동요했다.

"……윽. 죄, 죄송합니다. 무례한 말을 했습니다."

"아, 아뇨, 괜찮습니다……!"

촌장이 왜인지 기세 좋게 고개를 숙이는 바람에, 영문을 알 수 없는 채 레티시엘은 허둥지둥 그렇게 말하는 수밖에 없었다.

"아, 그러니까……."

"정말로 죄송합니다. 도로셀 님에게도 떠올리고 싶지 않은 일이 있으시겠지요. 잊는 편이 좋은 기억도 있으니까요."

촌장은 빠른 어조로 그렇게 잇따라 말을 쏟아내고는 물을 좀 마시고 오겠습니다, 라고 말하고 부리나케 주방 쪽으로 사라졌다.

"……루빅. 저게 무슨 말이죠?"

망연자실하게 촌장의 뒷모습을 바라보고 난 뒤, 레티시엘은 뒤를 돌아보며 줄곧 등 뒤에 서 있던 루빅에게 물었다.

"죄송합니다……. 저도, 뭐가 뭔지……."

루빅도 곤혹스러운 표정을 띠고 있었다. 그에게도 짐작 가는 바는 없는 모양이었다.

"분명히 저는 11년 전…… 아가씨가 여섯 살이실 때부터 아가씨를 모셨습니다만, 아가씨가 저를 고용하신 것은 연말 무렵이었기 때문에……."

그 이전에 있던 일은 모른다. 끝까지 말하지는 않았으나, 루빅은 그렇게 말하고 싶은 것이리라.

아무래도 도로셀이 루빅과 만나기 전, 여섯 살 때 영지에서 그녀의 몸에 무슨 일이 일어난 모양이었다. 그러나 촌장이 입에 올리는 것을 주저할 정도의 일이란 대체 어떤 일일까.

'……나 자신보다 주위 사람들 쪽이 나에 대해 잘 안다니, 이상한 느낌이네.'

촌장이 돌아올 때까지 그 사이, 레티시엘은 어두워지는 창밖을 바라보면서 복잡한 심정에 빠져들었다.

"죄송합니다, 도로셀 님. 보기 흉한 모습을 보이고 말았습니다……."

잠시 시간이 지나자, 촌장이 주방에서 돌아왔다. 물을 마시고 진정을 한 듯, 어조가 평범하게 돌아와 있었다.

"아뇨……. 아, 맞다."

또 한 가지 중요한 일이 있다는 사실을 기억해내고, 레티시엘은 촌장에게 물었다.

"니콜은 건강한가요? 며칠 전에 휴가를 줘서 돌아왔을 거라고 생각하는데요."

"아아! 예. 그 아이는 건강합니다. 지금은 자기 집에 있습니다."

"……다행이다."

아직 만나지는 못했으나 일단 니콜이 무사하다는 사실을

알고 레티시엘은 안도해서 가슴을 쓸어내렸다.

"그런데 저만 일방적으로 떠들고 있습니다만, 도로셀 님은 어디에서 밤을 보내실 생각이십니까?"

그 질문을 받고서야 비로소 레티시엘은 숙박에 대해 완전히 무계획이었다는 사실을 떠올렸다.

전생을 전란의 한복판에서 살았던 레티시엘로서는 천과 식량만 있으면 어디에서도 잘 수 있었기 때문에 전혀 신경 쓰지 않았지만.

"솔직히 어디라도 좋다고 생각하고 있어요. 형편에 따라서는 노숙이라도 상관없고요."

"……?! 그, 그건 안 될 말씀입니다!"

"안 됩니다, 아가씨!"

레티시엘은 제법 진지하게 말했지만, 촌장과 루빅이 동시에 반대를 하고 나섰다.

"이 계절에 야숙이라니, 감기라도 걸리시면 어쩌실 겁니까?"

"그건 마술로 추위를 막으면 괜찮을 거라고 생각하는데요……."

"어쨌든 안 됩니다!"

레티시엘과 루빅이 그런 대화를 주고받고 있으려니, 옆에서 촌장이 머뭇머뭇 끼어들었다.

"저…… 니콜의 집에 머무시는 것은 어떠하십니까?"

"니콜의?"

"예. 그 편이 도로셀 님도 안심하실 수 있지 않겠습니까?"

모처럼 가족과 단란하게 지내는 니콜의 집에 신세를 지다니 민폐가 아닐까. 그런 생각도 했지만, 일단 레티시엘과 루빅은 촌장의 안내로 니콜의 집으로 가기로 했다.

길을 가는 마을 사람들은 경계를 푼 것은 아니었지만, 스쳐지나갈 때 인사말을 건네거나 가볍게 고개를 숙여 인사를 하는 등 대응이 꽤나 부드러워져 있었다. 그래서 레티시엘로서는 오히려 거꾸로 진정이 되질 않았다.

"그런데, 촌장님. 이 마을의 남성들은 어디 간 건가요?"

니콜의 집으로 향하던 도중, 레티시엘은 촌장에게 그렇게 물었다. 마을에 도착했을 때부터 마을에 여자와 아이들, 노인밖에 없다는 사실이 레티시엘은 줄곧 신경이 쓰였던 것이다.

"아아…… 남자들이라면 대부분이 영도에 가 있습니다."

"영도에? 돈을 벌기 위해서인가요?"

"그런 셈입니다. 마침…… 2개월 전쯤일까요. 영도에서 새로운 사업이 전개되었느니 어쨌느니 해서 그…… 다들 그리로 떠났습니다."

아무래도 그 영도로 벌이를 떠나는 것이 유행하여 마을에 남자가 없는 모양이었다. 왠지 그 새로운 사업이니 뭐니 하는 것에 수상쩍음을 느끼는 건 레티시엘 뿐일까.

"도착했습니다. 이쪽입니다."

이윽고 촌장의 안내를 받아 도착한 곳은 마을 중심부에

서 매우 가까운 장소에 서 있는 한 칸짜리 허름한 집이었다. 촌장은 문 앞까지 걸어가서는 똑똑 가볍게 노크를 했다.

"네—에!"

안에서 여성의 목소리가 들리는 것과 동시에 문이 열리고, 니콜이 불쑥 얼굴을 내밀었다.

"아, 할아버지…… 어머! 아가씨하고 루빅 씨?!"

"이런 시간에 미안해요, 니콜."

"아뇨아뇨! 어서 들어오세요!"

니콜은 이곳에 레티시엘이 있다는 사실에 놀란 것 같은 기색이었지만, 곧바로 세 사람을 집안으로 맞아들였다.

니콜의 집은 도저히 넓다고는 말하기 어려웠다. 하지만, 실내는 깨끗하게 정리정돈 되어 있었고, 그것이 심플한 디자인의 가구와 맞물려 차분한 분위기를 주고 있었다.

집안으로 들어가자, 바로 정면에 문이 하나가 있는 것이 보였다. 그 방에는 침대가 하나 놓여 있어서, 니콜과 머리카락 색이 같은 한 여성이 누워서 조용히 숨소리를 내며 자고 있었다. 저 여성이, 혹시…….

"아아. 저기서 주무시는 건 어머니예요. 방금 전까지 깨어 계셨는데, 역시 금방 지치시는지 또 잠이 드셨어요."

어머니를 깨우지 않도록 니콜은 어머니가 자는 방의 문을 가만히 닫았다.

그래도 계속 잠을 자는 어머니의 용태가 마음에 걸리는

것일까. 문이 완전히 닫힐 때까지 어머니를 바라보는 니콜의 눈은 불안으로 흔들리고 있었다.

"안심해라, 니콜. 점심 때 수도사님이 오셔서 치료해 주셨지? 용태는 안정되었으니 너무 걱정하지 말거라."

"……네."

한순간 어두운 표정을 지은 니콜의 얼굴에 촌장은 그녀의 어깨에 툭 손을 올리며 위로의 말을 건넸다. 그 말에 니콜은 작게 웃었다.

"니콜, 뭔가 도울 일이 있으면 언제든지 말해줘요."

"고맙습니다. 하지만 괜찮아요! 이 정도로는 아직 한참은 더 힘을 낼 수 있으니까요!"

"……그래요? 무리는 하지 말아요."

"네!"

니콜은 두 손으로 승리 포즈를 취해보였다. 하지만 문득 뭔가가 생각난 것처럼 촌장 쪽을 돌아보았다.

"그러고 보면, 어머니한테는 묻지 못했지만, 할아버지. 레그 삼촌은요?"

"……아아. 레그 녀석이라면 지금은 다른 곳으로 돈을 벌러 갔다."

"아, 그렇구나. 삼촌도 건강하게 잘 있으려나."

삼촌이 대화의 화제에 오르자마자, 촌장은 왠지 말하기 껄끄럽다는 것 같은 기색을 띠었다. 그러나 니콜은 그것을 알아차리지 못했다.

방금 전 촌장은 마을의 남자들은 영도에 돈을 벌러 갔다고 말했지만, 말끝을 흐리는 모양으로 봐선 단순히 돈벌이는 아닌 것 같은 느낌이 들었다.

"니콜, 어머니는 자주 몸이 안 좋으셨나요?"

레티시엘은 니콜에게 그렇게 물었다. 그러자 니콜은 조금 안타깝다는 듯이 눈을 내리깔았다.

"예……. 어머니는 몸이 약하셔서, 이곳의 혹독한 기후 탓에 옛날부터 가을, 겨울만 되면 언제나 몸이 안 좋아지세요. 거기에 더해서 지금은 마을도 이런 상태라…… 정신적인 피로도 겹쳐져서 병이 오래가는 것 같아요……."

"그래요……."

마술로 치료할 수 있는 것이라면 치료해주고 싶었지만, 상처와 달리 병은 원인을 확실하게 알지 못하면 치료할 수 없었다.

"대충 앉아계세요. 지금 차를 내올게요!"

"차 같은 건 내오지 않아도 괜찮아요."

"제가 준비하고 싶어요! 차 내오는 정도는 대단한 일도 아니니까, 신경 쓰지 마세요!"

그렇게 말하고 니콜은 총총히 주방으로 향했다. 평소의 니콜보다 얼마간 더 기운찬 것 같았지만, 그것이 허세라는 사실은 어렴풋이 예상할 수가 있었다.

“니콜, 괜찮을까요……?”

“뭔가 조금이라도 해 줄 수 있는 일이 있다면 좋겠습니다만…….”

니콜의 뒷모습을 지켜보면서 레티시엘과 루빅은 나란히 지켜보는 것밖에 할 수 없는 자신들을 답답하게 생각했다.

“……촌장님. 조금 여쭙고 싶은 것이 있습니다만, 괜찮으실까요?”

“예. 무슨 질문이십니까?”

니콜이 차를 준비하러 간 사이에, 그저 기다리기만 하는 것도 지루했기 때문에 레티시엘은 촌장과 이야기를 하기로 했다.

“방금 전 수도사가 왔다고 말씀하셨는데, 이 주변에 수도원이 있는 건가요?”

“아뇨. 때때로 마을에 순회하러 와 주시는 수도사님이 계시는데, 오늘은 그 분이 오신 겁니다.”

“그랬나요. 어느 수도원의 수도사님이신가요?”

아무리 수도사라도 반란이 일어난 이 상황에 이 마을 저 마을을 돌아다니며 주민들을 위로하는 일에는 상당한 용기가 필요할 것이다.

그것을 실행하고 있는 사람이 있다면, 기회가 있다면 한 번 만나보고 싶다고 레티시엘은 생각했다.

“교회분이 아니실까요? 2인조 수도사님이십니다만, 늘 아무 예고도 없이 나타나셔서는 은혜를 베푸시고 떠나가시기 때문에, 저희도 잘은 모릅니다."

그러나 촌장의 입에서 나온 것은 레티시엘이 예상하지 않았던 답이었다.

'……그건 좀 수상쩍지 않나요?'

레티시엘은 그렇게 말을 하려고 했으나 온화한 미소를 띠고 이야기를 하는 촌장의 모습에 분위기를 파악하고 그 말을 다시 삼켰다.

"과연…… 진찰도 해 주는 수도사라니, 참 보기 드무네요."

"이 마을에는 의사도 없고, 의사에게 보이려도 해도 고액의 비용이 필요하니까요. 정말이지, 수도사님의 기적의 힘에는 큰 도움을 받고 있지요."

"……기적의 힘?"

"예. 손을 쬔 것만으로도 병도 상처도 금세 낫습니다. 그야말로 전설의 성녀님의 재래이지요."

진찰이라고 해서 틀림없이 평범하게 치료를 하는 것이라고 생각했는데, 그 힘이라는 것은 마법 같은 것일까.

적어도 이 시대의 마법에는 상처를 치료하는 술식은 있어도 병까지 낫게 하는 고도의 만능 술식은 존재하지 않을 터인데…….

"어이쿠. 이야기를 하는 사이, 해가 완전히 져버렸군요."

"돌아가시는 건가요?"

"도로셀 님도 피곤하실 테고, 또 니콜의 집에 제가 이 이상 눌러앉아 있으면, 괜히 더 신경을 쓰게 만들 테니까 말입니다."

니콜의 집에 왔을 때에는 아직 하늘도 밝았는데, 지금은 해가 저물어서 서쪽 하늘의 지평선이 희미하게 붉은 색으로 물들어 있을 뿐이었다.

"어라? 할아버지. 가는 거예요?"

마침 주방에서 차를 가지고 돌아온 니콜은 자리에서 일어나 현관으로 향하던 촌장에게 그렇게 물었다.

"그래. 이제 해도 저물었으니까 말이다. 나도 슬슬 쉬어야지."

"밖까지 배웅하겠습니다. 두 사람은 먼저 쉬고 있어도 상관없어요."

레티시엘은 루빅과 니콜에게 그렇게 말하고 곧바로 촌장을 뒤쫓아 집을 나갔다.

"그럼 저는 이만 실례하겠습니다."

"……예에."

촌장이 꾸벅 하고 이쪽을 향해 머리를 숙였다. 그러나 레티시엘은 뭔가 생각에 잠긴 것처럼 지그시 눈을 내리깔고 있었다.

"……촌장님."

촌장은 그대로 발길을 돌려 자신의 집으로 돌아가려고 했다. 지금을 놓치면 다시는 듣지 못할지도 못한다. 그렇게 생각해 레티시엘은 촌장을 불러 세웠다.

"예."

"……실제로는, 어떤가요?"

레티시엘의 그 말이 뜻밖이었는지 촌장은 눈을 크게 뜨면서 그 자리에 멈춰서 버렸다.

"마을에 남성의 모습이 보이지 않는 이유. 촌장님은 영도로 돈을 벌러 나간 것이 원인이라고 가르쳐 주셨습니다만, 달리 사정이 있는 것은 아닌가요?"

그렇게 말하면서 레티시엘은 마을의 길을 바라보았다. 메마른 바람이 불어와, 길에 떨어져 있던 쓰레기나 먼지를 퍼올렸다가 또다시 상공에서 떨어뜨렸다.

"방금 전, 니콜에게 그녀의 삼촌 이야기를 했을 때, 왠지 모르게 위화감이 들었습니다. 정말로 타지로 돈을 벌러 간 것이라면 말을 더듬을 필요가 없었을 터. 가르쳐 주세요. 이 마을에서…… 영지에서 정말로 무슨 일이 일어나고 있는 겁니까?"

"……."

촌장은 잠시 고개를 숙인 채 침묵했다. 그러다가 이윽고 얼굴을 들지 않은 채로 작은 목소리로 조금씩 이야기를 시작했다.

"……발단은 옆 마을이었습니다."

니콜의 고향의 옆 마을. 반란이 시작된 땅이기도 한 그 마을은, 원래부터 눈에 띄는 산업도 갖지 못해 오랫동안 쇠퇴했던 지방이었다고 한다.

그러나 대략 3개월 전, 그 마을 주변의 촌락을 공작가가 하나로 통합해 직할지로 정했다. 그리고 인근에 있는 크고 작은 마을들에 건강한 남성을 파견하도록 명령을 내렸던 것이다.

공작령에 한정된 일은 아니었으나, 최근 플라티나 왕국의 북부는 흉작이 이어져 이 마을도 역시 그 마을에 사람을 보낼 수 있을 정도의 여유는 없었다. 그러나 명령에는 거스를 수 없었다.

그렇게 명령을 받은 대로 마을 남성들을 보냈더니, 이번에는 옆 마을에서의 요청은 없어지고 대신 영도에서 한층 더 대규모의 인원 소집이 이루어졌다.

"그것이 2개월 전의 일이었다……."

"예……. 그래서 결국 이 마을도 남자들은 모두 끌려가고 말아서, 밭을 경작할 수 있는 사람도 없어져서 점점 더 황폐해졌지요……."

"2개월 전……. 분명히 그 무렵에 영도에서 새로운 사업이 일어났다고 하셨죠?"

"예에……."

마을을 이끄는 자로서, 마을을 지키기 위해 통치자의 불합리한 명령에 따르지 않을 수 없는 일이 답답하고 안타까운 것일까. 촌장은 입술을 깨물고 고개를 떨어뜨렸다.

'그 사업이라는 것이 관여하고 있을 가능성이 지극히 높네.'

레티시엘의 직감은 그렇게 말하고 있었다. 하지만 예의 사업이 무엇을 하는 것인지는 전혀 상상도 되지 않았다.

"왜 옆 마을이나 영도에서 사람 손을 필요로 하는지 뭔가 짐작 가는 건 있으신가요?"

"으음."

촌장은 뭔가 실마리를 알고 있지 않을까. 그렇게 생각했으나, 촌장은 탄식하듯이 고개를 가로저었다.

"저도 잘 모르겠습니다. 높으신 분들께서는 아무 정보도 알려주지 않고, 옆 마을은 직할지가 된 뒤로 자경단이 봉쇄해서 말입니다."

"자경단……. 그런 집단까지 있군요."

아무래도 그 실체는 피리아레기스 가가 최근 고용한 솜씨가 뛰어난 용병 집단인 모양이었다. 영지의 경계에 병사들과 함께 용병 같은 남자들이 있던 것을 레티시엘은 어렴풋이 기억하고 있었다.

그러나 자경단의 존재를 가르쳐 준 촌장은 마치 뭔가를 겁내는 것처럼 얼굴이 창백했다.

"저……."

자경단과 무슨 일이 있었나요? 그렇게 물으려다가 레티시엘은 말문이 막혀 말을 잇지 못했다. 촌장의 반응은 명백히 자경단을 두려워하는 것이었다.

"그, 그러고 보면 저는 아닙니다만, 우리 마을 주민이 옆 마을에서 정기적으로 짐마차가 나가는 것을 봤다는 말을 들은 적이 있습니다."

결국 말을 꺼내지 못하고 잠자코 있으려니, 촌장이 그렇게 말하며 화제를 전환했다.

"……짐마차? 뭔가를 나르는 건가요?"

"그것까지는……. 영내 전체에 엄격한 함구령이 내려졌기 때문에, 상세한 정보는 전혀 듣지 못하고 있습니다."

무엇을 옮기고 있다면, 마을 안에서 무엇인가가 만들어지고 있다는 뜻이다.

게다가 친절하게도 함구령까지 내렸다면 더더욱 수상쩍었다. 우선 지금 이 영지에서 전개되고 있는 『사업』이니 뭐니 하는 것을 알지 못하면 소용이 없을 것 같았다.

"뭘, 만들고 있는 것일까……?"

"……."

저도 모르게 작게 흘린 레티시엘의 혼잣말에 촌장도 침묵했다.

"옆 마을에서 돌아온 분은 계신가요?"

"있기는 있습니다만……."

그 질문에 돌아온 것은 촌장의 한숨 섞인 작은 신음소리였다. 촌장은 일단 거기서 말을 끊고, 벌레를 씹은 것 같은 표정을 지었다.

"몇 사람인가 돌아온 자가 있었습니다만, 다들 사람이 바뀐 것처럼 갑자기 화를 내거나, 멍한 눈을 하고 아무것도 없는 곳을 향해 말을 하거나, 자해 행위를 시작하더군요……."

레티시엘은 팔짱을 끼고 생각에 잠겼다. 그런 증상이 나오는 원인은 몇 개쯤 떠올랐다. 이 경우에는 어느 것이 들어맞을까. 전염병인가, 마법의 작용인가, 그렇지 않으면…….

"참고로, 지금, 이 영지는 누가 실권을 쥐고 있나요?"

이것은 레티시엘의 개인적인 의문이었다. 영지의 통지자라고 한다면 보통은 귀족가의 당주이겠으나, 스컬로가 영지에 발걸음을 한 기색은 본 적이 없었다.

"실권, 말입니까? 영지의 행정은 모두 프리드 님이 보고 계시다고 들었습니다만……."

"그런가요……. 고맙습니다."

촌장에게 감사의 인사를 하고 레티시엘은 곧바로 자신의 기억을 더듬어 올라갔다.

프리드……. 분명히 그런 이름의 오빠가 있던 것 같은 느낌도 들었지만 기억은 거의 없었다. 정말로 만난 적이 없는 것일까. 그렇지 않으면 단순히 레티시엘이 잊은 것뿐일까.

그 뒤, 레티시엘은 영민의 생활 상황 등에 대해 촌장에게 조금 더 이야기를 들었고, 그 이야기가 끝나자 촌장은 이번에야말로 자신의 집으로 돌아갔다. 그 모습을 배웅하고 레티시엘도 다시 집안으로 돌아왔다.

"아, 어서 오세요, 아가씨! 이야기는 끝나셨나요?"

안으로 들어가자 니콜이 먼저 이쪽을 알아차렸다.

니콜의 옆에는 행주를 든 루빅도 있었다. 두 사람이서 거실의 정리를 하는 참인 것 같았다.

"그래요. 혹시 기다리게 했나요?"

"아뇨아뇨. 저희도 작업이 막 끝난 참이니까요!"

아까 전 촌장이 있었을 때에는 탁자나 싱크대에 좀 더 너저분하게 물건이 놓여 있었는데, 지금은 깨끗하게 정리되어 있었다.

"어머니의 병세는 괜찮은가요?"

"예. 지금은 안정되셨어요. 이 뒤에 자기 전에 약을 드시게 하기만 하면 돼요."

"그래요. 잘 됐네요."

"예! 정말로 고맙습니다. 제 억지를 받아들여 주시고, 게다가 일부러 이런 곳까지 발걸음을 해 주시다니."

"억지라고 생각하지 않아요. 부모님의 안부를 걱정하는 건 당연한 감정이고, 이곳에 온 것도 그저 내가 니콜이 걱정됐기 때문에 불과한 걸요."

"아가씨……."

전쟁이나 반란 등에 직면하지 않아도 자신의 가까운 사람을 걱정하는 그 마음을 레티시엘은 천 년 전의 전란 속에서 몇 번이고 봤기 때문에 충분히 이해했다.
"니콜의 삼촌은 어떤 분인가요?"
방금 전 마시지 못했던 차는 아직 테이블 위에 놓인 채였다. 조금 미지근해진 그 차를 마시면서, 레티시엘은 니콜에게 그렇게 물었다.
"레그 삼촌이요? 삼촌은 굉장한 사람이에요!"
삼촌이 화제가 되자마자, 니콜은 눈을 반짝반짝 빛냈다.
"엄청 상냥한 사람이고, 삼촌이긴 하지만 제게는 아버지 같은 사람이에요! 마을 사람들도 많이 의지하고 있고, 병역의 의무를 진 적도 있어서, 그곳에서 훈련받은 덕택에 마을에서는 누구에게도 지지 않을 정도로 강해요!"
"병역의 의무……."
"예! 삼촌이 아직 20대이었을 때의 이야기라 조금 옛날 얘기이지만, 그래도 저한테는 자랑스러운 삼촌이에요!"
열변하는 니콜의 압박이 상당해서 레티시엘도 루빅도 거의 끼어들 수 없을 정도였다. 그만큼 니콜에게 삼촌의 존재는 거대했고, 또 존경할 수 있는 사람인 듯 했다.
"그런데, 우리는 어디에서 자면 좋을까요?"
이야기를 마치고 개운한 표정을 짓는 니콜에게 차의 마지막 한 모금을 다 마신 레티시엘이 질문했다.
"아! 그거라면, 루빅 씨는 레그 삼촌의 방을 쓰세요! 그리고, 조금 좁아서 죄송하긴 하지만, 아가씨는 제 방을……."

"잠깐만요. 그래서는 니콜이 잘 곳이 없어져요."

당연하다는 듯이 자신의 방을 빌려주려는 니콜을 레티시엘은 당황해서 제지했다.

이곳은 니콜의 집이라 레티시엘과 루빅이 자기 맘대로 아무 곳에서나 잘 수는 없다고 생각해서 그렇게 물은 것뿐이었다.

집에 묵게 해준 것만으로도 충분히 고마운데, 그렇게까지 신경을 쓰게 해서야 면목이 없었다. 뭣하다면, 레티시엘은 몸을 덮을 천 한 장만 얻어서 거실에서 잘 마음으로 가득했다.

"그건 괜찮습니다! 저, 오늘은 어머니와 같이 잘 거니까요!"

"나는 거실에서 자도 충분한데……."

"그럴 수는 없습니다!"

결국 니콜의 기세에 밀리는 것 같은 형태로, 레티시엘은 그녀의 말을 승낙했다.

니콜의 방은 분명히 본인이 말한 것처럼 좁았다. 침대와 책상, 옷장. 몇 개의 작은 수납장이 있을 뿐인 단출한 방. 하지만 그 좁은 면적이 오히려 묘하게 더 안락하게 느껴졌다.

자랑은 아니었으나, 리제네로제 왕국에서의 레티시엘의 방도 이것과 비슷한 정도의 크기였다. 그래서 솔직히 지금 저택의 방은 너무 넓어 제대로 활용하고 있다는 느낌이 전혀 들지 않았다.

레티시엘은 침대 끄트머리에 걸어앉아 창밖으로 시선을

향했다. 이 시대에도 서민의 밤은 빠른지, 거의 대부분의 집은 이미 불빛이 꺼져 있었다.

'……내일은, 어떻게 할까?'

레티시엘이 이 영지에 온 것은 니콜의 안위를 확인하기 위해서만이 아니었다. 이 반란의 원인을 만들었을 프리드를 찾아내 그를 막는 것도 목적이었다.

'우선 옆 마을에 가 볼 필요는 있을지도 모르겠네.'

촌장에게 들은 여러 가지 정보를 정리하면서 레티시엘은 어둠 속에 가라앉는 마을의 모습을 멍하니 계속 바라보았다.

***

좀처럼 잠이 들지 못하는 밤은, 다음 날 아침이면 으레 수면 부족에 시달렸기 때문에 좋아하지 않았다. 하지만 이날 밤은 그것이 오히려 도움이 되었다.

뒤척뒤척 침대 위에서 몸을 뒤치던 레티시엘은 지면에서 전달된 희미한 진동을 재빨리 알아차렸다.

레티시엘은 곧바로 몸을 일으켜 웃옷을 걸치고 집밖으로 나갔다. 학원에서 귀가해 곧바로 여로에 올랐기 때문에 레티시엘은 교복 차림이었다.

불빛이 사라져 쥐 죽은 듯이 고요해진 마을은 어둠에 싸여 있었다. 그렇지만 그 어둠의 건너편에서 오렌지색의 옅은 빛의 띠가 흔들리고 있었다. 잘 관찰하니 가로로 늘어선 횃불의 빛인 것 같았다.

레티시엘은 그대로 횃불이 늘어선 방향으로 달려갔다. 횃불이 있다는 것은 사람이 와 있다는 뜻이겠지만, 아무래도 불길한 예감이 들었다.

"뭐야? 무슨 일이 있어?"

"누가 온 거지?"

레티시엘이 마을 밖으로 향하는 사이, 이변을 알아차리고 잠에서 깨어난 마을 사람들 몇몇이 길가로 나왔다.

그것을 곁눈으로 살피며, 레티시엘은 큰길을 끝까지 달려 마을의 입구에 도착했다. 그 무렵에는 마을 사람들도 소란을 알아차리고 마을 입구 근처에 모여들었다.

'……저건?'

이 정도 거리까지 오면, 아무리 주위가 어두워도 횃불의 불빛으로 내방자들의 얼굴이나 복장을 알아볼 수 있었다.

마을 입구를 포위하고 있던 것은 허리에 검과 총을 찬, 힘이 세 보이는 남자들이었다. 전원이 레더 아머나 가슴보호대 등으로 무장하고 있었으며, 하나같이 몸의 어딘가에 검은 천을 두르고 있었다.

그와 비슷한 차림을 한 남자들을 레티시엘은 영지의 경계에서도 본 적이 있었다. 혹시 그들이 촌장이 말했던…….

"또 자경단 녀석이다……."

모여든 마을 사람들 속에서 그런 목소리가 새어나오는 것이 들렸다. 역시 이 무장 집단이, 프리드가 고용한 용병인 것 같았다.

'설마 이런 녀석들까지 연관돼 있다니.'

예전에 마주쳤던 『흑강기사단』이라는 용병단의 소속원도 전원이 검은 천을 두르고 있었다. 자경단과 관계가 없다고는 생각되지 않았다.

흑강기사단은 이리스 제국을 상대로 인신매매를 하고 있었다. 그들이 자경단이라고 이름을 댔던 이상, 영지의 집정자인 프리드와 협력적인 관계에 있는 것은 틀림없었다.

"……이 이상 우리에게 뭘 빼앗겠다는 거야……."

"우리의 소중한 곳을…… 이 이상 망치지 말아 줘……."

자경단의 모습을 확인하기 무섭게, 마을 사람들 사이에 불안과 공포, 원망이 눈 깜짝 할 사이에 퍼져나갔다.

영내의 치안을 지킬 터인 자경단을 영민들이 이렇게 미워하고 무서워하다니. 그들은 영지에서 대체 어떻게 행동하고 있던 것일까.

"……역시 공작 영애 같은 걸 받아들이는 바람에……."

마을 사람들 사이에서 오가는 말들 속에서 그런 중얼거림도 들려왔다. 주민들 중에는 난처하다는 시선으로 레티시엘을 힐끗힐끗 쳐다보는 사람도 있었다.

이 마을은 레티시엘에게 비교적 관대하긴 했으나, 그래도

『공작가』의 인간이라는 점에 대해서는 강한 경계심을 품고 있었다. 이런 반응을 보이는 것도 이상하지는 않았다.

레티시엘은 술렁거리는 마을 주민들을 잠시 지켜보다가, 이윽고 마을 입구를 지나 밖으로 나왔다.

"오. 그쪽에서 일부러 와 주다니, 영광이네."

레티시엘이 마을 밖으로 나오는 것을 보고, 병사들의 선두에 있던 리더로 생각되는 남자가 히죽 웃었다. 변변한 일은 아닌 것 같았지만, 아무래도 레티시엘에게 볼일이 있는 모양이었다.

"이건 대체 무슨 생각이죠?"

"무슨 생각이고 자시고, 이 마을에 공작가의 마차가 들어갔다는 말을 듣고, 상황을 살펴보려고 옆 마을에서 급하게 날아온 것뿐이야."

뭐가 재미있는지 킬킬 웃으면서 남자는 레티시엘의 질문에 대답했다. 레티시엘의 시선이 얼음 송곳처럼 날카롭게 그들에게 꽂히고 있다고는 알아차리지 못하고.

"옆 마을의 반란을 방치하고 이곳에 오다니, 꽤나 한가하군요."

"아하하하하!"

그러자 남자는 이번에야말로 배를 끌어안고 크게 웃었다. 그 등 뒤의 자경단원들도 마찬가지였다.

"아가씨. 너, 정보가 너무 오래됐어. 옆 마을의 반란 같은 건, 우수한 우리가 하루 만에 다 진압했으니까 말이지!"

"……."

"뭐, 그거에 편승해서 영도의 녀석들까지 소동을 일으킨 건 예상 외였지만, 그건 우리 일이 아니니까 말이지."

레티시엘의 시선이 점점 차가워지는 것을 여전히 알아차리지 못하고, 남자는 그렇게 말하면서 손에 들고 있던 검을 어깨에 걸쳤다.

"너, 미움 받는 몸이긴 하지만 공작 영애지? 이런, 언제 반역할지 모르는 녀석들 따위 내버려두고, 우리와 같이 영지의 평화를 지키자고."

"……그러네요."

레티시엘은 작은 목소리로 중얼거렸다. 그 표정은 앞 머리카락에 가려져서 보이지 않았다.

레티시엘의 대답에 동요한 것은 뒤쪽에서 그녀를 지켜보던 마을 사람들이었다. 그녀도 또 배신하는 것인가, 역시 공작가의 인간은 믿어서는 안 되었다 등등, 레티시엘의 등 뒤에서는 또다시 혼란이 커져갔다.

"헤에. 말귀를 잘 알아듣는 아가씨로군. 그럼 우리랑……."

리더 격의 남자가 레티시엘의 어깨를 잡으려고 손을 뻗어왔다. 그러나 그의 손은 레티시엘의 몸에 닿지 못했다.

"컥……!"

아무 전조도 없이 남자의 몸이 허공을 날았다. 기세 좋게 땅바닥에 내팽개쳐져, 격통과 함께 세찬 기침이 엄습해 와서 남자는 한순간 호흡 곤란에 빠져들었다.

"영지의 평화를 지키겠다고 호언하려면, 우선은 당신들부터 체포해야하겠네요."

남자의 팔을 뒤로 꺾은 채로 그 몸을 등 뒤에서 내리누르면서 레티시엘은 차가운 미소를 지었다.

남자의 몸이 갑자기 허공을 난 이유는 간단했다. 레티시엘이 자신에게 신체강화마술을 걸고 그에게 업어치기를 먹였기 때문이었다.

""""……""""

갑작스러운 사태에 그 자리에 있던 모두가 말을 잃었다. 무서울 정도의 침묵이 마을 사람들과 자경단 사이에 흘렀다.

"그래서? 당신들은 어쩔 건가요?"

방금 내던진 남자는 지면에 부딪친 충격에 그대로 기절한 모양이었다.

그 남자의 목덜미를 움켜쥐어 적당한 장소에 대충 내던지고는 레티시엘은 여전히 얼빠진 얼굴을 내보이고 있는 자경단의 남자들을 돌아보았다.

"……우, 우리를 바보 취급하다니!"

남자들은 잠시 멍하니 있었지만, 이윽고 차례로 손에 무기를 들고 이쪽을 향해 달려들었다.

레티시엘은 일제히 돌진해오는 자경단원들에 동요하지 않

고 슥 오른손을 높이 들어올렸다. 그 손바닥에 바람이 모여 희미하게 하얗고 둥근 공기탄이 만들어졌다.

"크억!"

레티시엘은 그대로 공기탄을 전방으로 내쏘았다. 탄은 직선을 그리며 날아가 선두에서 달리던 남자의 배에 파고들어 그 충격으로 그를 요란하게 날려버렸다.

"이럴 수가?! 너 뭘 한 거냐!"

동료가 날아간 남자들은 순간적으로 동요한 것처럼 자신들의 눈앞에 서서 백은의 머리카락을 출렁이는 소녀를 바라보았다. 그들의 얼굴에 비로소 공포와 닮은 표정이 떠올랐다.

"특별한 일은 아무것도 하지 않았어요. 단지 공격을 했을 뿐. 당신들의 폭거를 그냥 못 본 체 할 수는 없으니까요."

그렇게 말하고 레티시엘은 또다시 마술을 발동했다. 이번에는 선명한 오렌지색의 불덩어리가 레티시엘의 손바닥 위에 나타났다.

불덩어리의 열기가 흔들흔들 주위에 아지랑이를 만들어냈다. 레티시엘은 또 다른 한 손에 빛 덩어리를 만들어 그것들을 남자들의 발밑을 향해 일제히 쏘아냈다.

"우와아아?!"

"앗, 뜨거!"

눈앞에서 작게 폭발한 빛 덩어리의 섬광과 지면에서 한층 크게 불타오른 불꽃에 남자들은 기묘한 비명을 질렀다. 그

중에는 너무 놀란 나머지 있는 힘껏 엉덩방아를 찧는 자들도 있었다.

레티시엘은 자경단의 대형이 무너진 그 순간을 놓치지 않고, 다섯 개의 불덩어리를 더 만들어내 추격타를 가했다.

레티시엘은 딱히 자경단을 쓰러뜨리는 것을 목적으로 하지 않았다. 이렇게 사람들이 사는 마을 근처에서 커다란 싸움을 벌이면 사람들을 휘말리게 하니까, 가볍게 위협해서 철수시킬 생각이었다.

"아야야!"

불덩어리는 모두 지면에 흡수되어 폭발했지만, 한 사람의 남자가 다리를 부둥켜안고 몸을 웅크렸다. 폭발로 날아간 돌 등의 파편에 다리를 베인 것 같았다.

아군의 비명에 그 주변에 있던 자경단원들이 주춤했다. 전장에서 적의 전의를 꺾어놓는 방법은, 실은 적을 죽이는 것이 아니라 적에게 부상을 입히는 것이었다.

상대를 죽여 버리면 오히려 적의 복수심이나 전의를 부채질했다. 그러나 부상을 입히면 그 다친 사람의 모습이, 다음에는 자신의 차례일지도 모른다는 공포나 불안이 되어 주위에 전파되어 전쟁의 종결이 빨라지는 경우가 많았다.

이것도 전생에서 전쟁을 반복하는 가운데 길러진 경험이었으나, 이런 형태로 지금의 시대에 도움이 되다니 역설적인 일이었다.

"이, 이봐! 오늘은 이 정도에서, 봐, 봐 주……!"

빛 덩어리의 위력에 겁을 먹고 주춤한 남자들은 불타오르는 불덩어리를 보고는 그 압도적인 실력 차에 싸울 의욕을 잃고 그대로 꼬리를 말고 도망쳤다.

그것을 레티시엘은 딱히 쫓아가지 않았다. 이윽고 주위에서 자경단의 기척이 완전히 사라진 것을 확인하자 레티시엘은 후우 하고 작게 숨을 돌렸다.

'옆 마을의 반란. 이미 진압되었을 줄이야…….'

그곳이 반란이 시작된 곳이라고 들었기 때문에, 지금도 싸움은 계속되고 있다고 멋대로 생각하고 있었다.

그러나 잘 생각해 보면 산간의 쓸쓸한 마을이 무장 집단을 상대로 싸울 수 있을 정도로 충분한 물자와 무기를 얻을 가능성은 물리적으로 낮았다. 지배층의 착취가 계속되고 있었다면 더더욱 그랬다.

그렇다면 이번 반란은 옆 마을에서 시작된 폭동에 편승해 영도의 사람들이 봉기, 후자의 진압에 시간이 걸리고 있기 때문에 피해가 확대되고 있다, 라는 것일까.

"……저, 저기…… 도로셀 님……."

레티시엘은 자신의 이름을 부르는 목소리에 뒤를 돌아보았다. 그러자 촌장이 머뭇머뭇 이쪽에게 말을 걸어왔다. 적은 없어졌으나, 그 표정은 여전히 불안한 것 같았다.

"죄송해요. 제가 여길 오는 바람에 폐를 끼치고 말았네요."

"아, 아니요. 그렇지 않습니다. 오히려 저희 쪽에서 감사 인사를 드리고 싶을 정도입니다."

고개를 숙이는 레티시엘에게 촌장은 당황한 기색으로 머리를 절레절레 가로저었다.

"저 녀석들이 이곳에 온 것은 오늘이 처음이 아닙니다. 지금까지 반격할 수 있는 힘이 없던 저희는 잠자코 참는 수밖에 없었습니다만, 오늘은 도로셀 님이 도와주셨습니다. 정말로 고맙습니다."

그렇게 말하고 촌장은 깊숙이 허리를 숙여 인사를 했다. 뒤에 있던 마을 사람들 중에도 촌장을 따라 머리를 숙이는 사람이 몇 명이나 있었다.

"고개를 드세요. 저는 당연한 일을 했을 뿐입니다. 게다가, 그들을 불러들인 것도 저 자신이기도 하니 감사를 받을 정도의 일은……."

레티시엘은 당황해서 그렇게 말하며 촌장에게 머리를 들게 했다.

자신이 이 마을에 오지 않았다면, 자경단이 오는 일도 없었을 터였다. 이쪽이 휘말리게 해놓고 감사의 인사 같은 것은 받을 수 없었다.

"아니요. 저희가 인사를 드리고 싶습니다. 그렇다고 해도 도로셀 님은 저희를 내버리지 않으셨잖습니까?"

"그건 그렇지만요……."

"게다가 어쩌면 녀석들은 도로셀 님의 방문과 상관없이 처음부터 오늘 밤 마을에 올 예정이었는지도 모릅니다. 그렇다면 역시 도로셀 님이 계셔주신 덕분에 저희는 살았다고도 생각할 수 있지 않습니까."

"……."

길게 기른 턱수염을 매만지면서 촌장은 생긋 미소를 지었다. 왠지 좋은 느낌으로 설복당한 것 같은 느낌이 들었다.

'……우선, 이 남자를 이동시킬까요.'

레티시엘은 왠지 모르게 복잡한 기분이 들었지만, 동료에게 버림받은 자경단의 남자가 아직 지면에 뻗어 있었다. 그래서 우선 그에게 취할 조치를 생각하기로 했다.

공작가 스스로의 힘으로 폭동을 진압할 수 없다고 한다면, 아마도 나라에서 군이 파견될 가능성이 컸다.

그렇다면 이 남자는 일단 구속해서 나중에 군에게 넘겨야 할 것이다. 레티시엘은 아직 기절한 상태인 자경단 남자를 힐끗 쳐다보았다.

'그 전에 자경단의 목적이나 활동에 대해 알아내야지.'

여러모로 캐묻고 싶은 일은 많았지만, 아무리 그래도 마을 한복판에서 심문할 수는 없었다.

"촌장님. 이 마을에 지금 사용하지 않는 시설이 있나요? 가능하다면 마을 변두리 쪽이 좋겠는데요."

"사용하지 않는 시설 말씀입니까? 그런 것이라면 마을 변두리에 작은 창고가 있습니다."

촌장이 가리킨 끝에는 어둠 속에 희미하게 떠오른 낡은 창고가 보였다. 그곳이라면 마을에서 거리도 있고, 자경단 남자를 가둬두기에 딱 좋을 것 같았다.

"저 창고. 잠시 빌려도 괜찮을까요?"

"예. 그러시지요. 상관없습니다."

레티시엘의 부탁에 촌장은 흔쾌히 고개를 끄덕였다. 촌장에게 인사를 하고 레티시엘은 바로 이동하려고 했다.

"……?"

남자를 움직이려 했을 때, 레티시엘은 그의 손등에 낯선 문신이 새겨져 있는 것을 발견했다.

처음 보는 형태의 모양이었다. 대충 새긴 것인지 형태는 조금 일그러져 있었으나, 손잡이가 두꺼운 십자 형태의 장검에 긴 뱀이 휘감겨 있는 것 같은 문양이었다.

'뭘까? 이 문장…….'

그것이 뭔가의 의미를 가진 형태인지는 알 수 없었다. 그러나 나중에 신문할 때 모아서 물어보면 된다는 생각에 레티시엘은 남자에게 부유마술을 걸어 그대로 그를 데리고 창고로 향했다.

나무로 된 오래된 문을 열자, 풀썩 하고 먼지가 피어올랐다. 어슴푸레한 창고 안에는 지붕을 받치는 기둥이 몇 개인가 서 있을 뿐, 다른 것은 아무것도 없었다.

레티시엘은 흙이 드러나 있는 바닥에 자경단의 남자를 굴린 뒤, 손바닥에 물 덩어리를 만들어 그것을 남자의 머리 위에서 터뜨렸다.

"……?! 콜록! 콜록!"

대량의 물이 단숨에 남자에게 쏟아지고, 남자가 기침을 하면서 눈을 떴다.

"당신이 아는 것을 전부 말하세요. 누구의 지시로 움직이고 있는지, 이곳에서 대체 무엇을 하고 있었는지."

"……히이익! 마, 말할게! 말할 테니까 죽이지 말아 줘!"

눈을 뜨자 가장 먼저 날아 들어온, 자신을 때려눕힌 차갑고 무표정한 소녀의 얼굴에 남자는 한심한 비명을 질렀다.

"그럼 묻겠는데, 당신은 공작가 직할의 경비대가 아니죠? 그 손등에 있는 문장은 공작가의 것이 아니에요."

"우, 우리는, 흑강, 기사단, 이라는 용병단으로, 이건, 위의 명령으로 새겨 넣은 문장이다……."

"……."

그 검은 천을 본 시점 때부터 그 대답은 예상하고 있었다.

하지만 야외활동에서의 소동 뒤, 흑강 기사단의 잔당은 나라가 군을 편제해서 체포했다고 풍문으로 들었다.

그런데 어떻게 그들은 국가의 추적을 피해, 그것도 공작가의 자경단으로서 활동하고 있는 것일까.

'혹시 그 장검의 문장은, 다른 조직이라고 주장하기 위

해……?'

그런 가능성도 머리에 떠올랐으나 그것을 뒷받침할 근거는 없었다. 레티시엘은 일단 질문을 계속하기로 했다.

"당신들의 고용주는 누구죠?"

"공작가의 영식, 프, 프리드 님이다!"

"……그래요. 프리드에게 고용돼 있다면 알고 있겠군요. 당신들은 이 일대의 마을에서 뭘 하고 있는 거죠? 이 마을 남성의 숫자가 적은 것도, 이번의 폭동도 당신들이 원흉 아닌가요?"

그렇게 말하면서 레티시엘은 빙결마술을 발동했다.

레티시엘 발치의 흙이 탁한 빛의 하얀 얼음으로 뒤덮이고, 그것은 빠직빠직 소리를 내면서 뱀처럼 남자의 발에 휘감겼다.

물론 살아있는 얼음동상으로 만들 생각은 없었지만, 효과는 발군이었다. 남자는 얼굴이 새파랗게 질려 마치 강둑이 무너진 것처럼 주절주절 떠들기 시작했다.

"수, 술이야! 우리는 프리드 님의 지시로 그 마을에서 증류주의 원재료를 만들어서 나르고 있어!"

"……증류주? 영민들에게 식량 배급도 제대로 안 되고 있는데, 지금 공작령에 술을 만들 수 있을 정도의 식량이 있다고는 생각되지가 않는데요."

"우, 우리는 그저 지시에 따르고 있는 것뿐이야! 어둠의 루트로 물건을 빼돌리고 있는 건 프리드 님이니까……. 하, 한 번, 단장과 프리드 님이 이야기하는 것을 들었는데, 지원 물자가 어쩌고저쩌고 하는 이야기를 했어."

공작령의 기아는 수 년 전부터 계속되었다. 국가에서 식량이 지원되었어도 이상하지 않았다. 프리드는 그 지원 물자까지 자신의 배를 채우기 위해 쓰고 있는 것인가.

"남은 건 술에 납……인지 뭔지, 잘 모르는 것을 섞으면 달콤하고 맛있는 술이 완성된다고 해서, 그것을 왕도의 귀족들이 빠짐없이 사 줄 것이라고……."

남자가 말하는 주조법에는 레티시엘도 짐작 가는 바가 있었다. 레티시엘이 살았던 천 년 전에도 납은 달콤한 조미료로서 중요시되었다.

그러나 레티시엘의 고향인 리제네로제 왕국에서는, 납은 인체를 좀먹고 마술가동의 효율을 떨어뜨린다고 해서 금지되었다.

"프리드는 그 외에 뭘 하고 있죠? 아는 걸 깡그리 말하세요. 그것만이 아니잖아요?"

레티시엘은 끓어오르는 분노를 가까스로 삼키고 물었다. 프리드, 아니, 흑강 기사단의 악행이 이것만이 아니라는 것을 레티시엘은 눈치 채고 있었다.

"그, 그 이외에는 잡아온 여자나 아이들을 다른 나라에…… 이, 이건, 프리드 님도 묵인해주신 일로……!"

"……그렇군요. 그 외에는? 옆 마을에서 돌아온 마을 사람들이 모두 이상해진 것도 당신들의 짓 아닌가요?"

화르륵 시커먼 불꽃을 등 뒤에 피워 올리고 있는 레티시엘의 모습에 남자는 한심한 비명을 지르며 뒷걸음질을 치려고 했다.

백성을 마치 쓰고 버리는 도구로밖에 생각하지 않는 것 같은 그들의 행위에 레티시엘은 얼굴에 드러내지는 않았으나 내심 속이 뒤틀리고 있었다.

"그, 그건…… 나도 몰라! 나, 좋은 돈벌이가 있다는 권유를 받고 최근에 이쪽으로 온 참이라고…… 진짜야! 미, 믿어줘! 마, 말했잖아. 나, 다 말했다고! 그러니까 죽이지 말아 줘!"

남자는 흑강 기사단이라는 용병단을 이끄는 중간 간부이며, 프리드와 기사단은 조직 전체 규모로 협력관계를 구축하고 있는 것 같았다.

남자는 눈물로 얼굴을 엉망진창으로 만들면서 그렇게 애원했지만, 공작가의 죄를 파헤치기 위해 나중에 그를 군에게 넘기려고 했던 레티시엘은 처음부터 죽일 생각은 없었다.

레티시엘은 전격마술을 사용해 남자를 기절시킨 뒤, 그 자리에 웅크리고 앉아 지면에 손을 대고 마술을 발동했다.

주위의 흙이 솟아올라 남자를 빙글 둘러싸더니, 그대로 상자의 형태를 형성해갔다. 흙을 단단히 굳혀 만든 즉석 감옥이었다.

안쪽에서 부술 수 없도록 흙을 압축해 고정하고 나서, 레티시엘은 남자에게는 시선을 주지 않고 오두막을 떠났다.

동쪽 하늘은 이미 하얗게 밝아오고 있었다. 점차 지평선 위로 얼굴을 내미는 아침 해를 바라보며 레티시엘은 프리드를 만나기 위해 영도로 향하기로 결의했다.

막간 그녀를 쫓는 자

왕도 니르반의 교외에 있는 웰데 별궁. 크리스타는 오늘도 왕가가 소유하는 그 별궁에서 요양 중인 제1왕자를 간병을 하러 찾아왔다.

그 손에는 예전에 크로비스 수도원에서 정체불명의 남자와 거래해서 손에 넣은, 검은 물약이 담긴 작은 병이 쥐어져 있었다.

크리스타는 계속 잠을 자는 로시포드의 머리맡에 놓아둔 물병을 들고 옆에 있는 컵에 물을 따랐다. 그리고 작은 병의 뚜껑을 열고 그곳에 약을 몇 방울 떨어뜨렸다.

"로시포드 님. 약 드실 시간이에요."

크리스타는 로시포드의 몸을 일으켜서는 컵의 물을 먹였다. 옅은 회색으로 탁해진 물이 살짝 넘쳐 로시포드의 입가에서 흘러내렸다.

"……."

크리스타는 잠시 로시포드의 용태를 관찰했다. 그러나 로시포드가 눈을 뜰 기미는 보이지 않았다.

이 작업을 계속한 지 얼마나 지났을까. 약은 줄곧 먹이고 있었건만, 로시포드가 회복하는 기색은 전혀 없었다.

크리스타는 손에 든 약병을 내려다보았다. 정말로 이 약은 로시포드의 치료에 효과를 보이고 있는 것일까. 불안이 피어올라 참을 수 없었다.

"……으……."

그때, 침대 쪽에서 신음 소리가 들려 크리스타는 반사적으로 그쪽을 돌아보았다.

신음 소리의 주인은 역시나 로시포드였다. 줄곧 닫혀있던 눈꺼풀이 작게 떨리더니, 로시포드가 천천히 그 눈을 떴다.

"……! 로시포드 님!"

손꼽아 기다리던 순간에 크리스타는 눈물이 날 것만 같았다. 곧바로 침대 옆으로 달려가 로시포드의 손을 잡았다.

"……."

그러나 로시포드는 크리스타의 얼굴을 보고도 아무 반응을 보이지 않았다. 그저 뭔가 느껴지는 바가 있는 것일까, 물끄러미 이쪽을 응시하고 있었다.

"로시포드 님?"

"……넌, 누구지?"

"……예?"

그 한 마디에 크리스타 안에서 끓어오른 기쁨은 순식간에 산산이 흩어져 버렸다.

눈만 떠 준다면 다시 옛날처럼 함께 있을 수 있을 것이라고 믿어 의심치 않았다. 하지만 지금의 로시포드는 크리스타를 눈여겨보지도 않았다.

일시적으로 잊어버린 것일까, 그렇지 않으면 완전히 기억에서 사라진 것일까. 충격이 너무 큰 나머지, 크리스타는 할 말을 잃고 로시포드를 바라보는 것밖에 할 수 없었다.

"너는 나와 아는 사이인가? 내 이름을 아는 것 같은데……."

"……크리스타, 라 하옵니다."

크리스타는 비명을 지르고 싶은 충동을 뱃속으로 되돌리면서 애써 태연하게 자신의 이름을 고하고, 지금까지 그의 몸에 일어났던 일을 설명했다.

얼마 전까지 루크레치아 학원에 다녔던 일, 그곳에서 큰 사건이 일어나 건강을 해친 일, 왕가의 별궁에서 줄곧 요양을 했던 일, 모든 것을 그에게 들려주었다.

"그랬었나……."

이야기를 다 듣자, 로시포드는 작게 그렇게 중얼거리고는 자신의 두 손으로 크리스타의 손을 감싸 쥐었다.

"네가 나를 구해주었구나. 고맙다. 진심으로 사례하마."

"……아뇨."

아니. 그런 말을 듣고 싶었던 것이 아니야. 그것은, 그저 자신을 구해준 누군가에게 보내는 말일 뿐이었다. 이 사람은 더 이상 과거에 자신을 좋아하고, 자신이 사랑했던 사람이 아니었다.

지금의 그에게 자신은 그 밖의 수많은 낯선 사람들과 똑같은 존재였다. 이미, 타인이 되어 있었다.

"……저, 잠깐 밖의 공기를 쐬고 오겠습니다."

그 한 마디를 하는 것이 고작이었다. 크리스타는 로시포드의 손을 놓고 빠른 걸음으로 방을 떠났다.

문을 닫고 아무도 없는 복도로 나오자, 그때까지 참았던 눈물이, 실이 끊어진 진주목걸이처럼 크리스타의 눈가에서 흘러내렸다.

'어째서, 로시포드 님이……'

크리스타의 단정한 얼굴이 비통함에 일그러졌다. 굳게 쥔 주먹은 힘을 너무 준 나머지 하얗게 변했고, 온몸의 떨림이 멈추질 않았다.

무엇이 그의 기억에 영향을 준 것일까. 왜 그가 이런 일을 당해야만 하는 것일까. 어떻게 하면, 옛날의 그로 돌아올 것인가. 그런 생각을 시작하자, 끝이 없었다.

그래도 지금은 로시포드의 회복을 기뻐하고 싶었다. 이미 그것만이 크리스타와 로시포드를 이어주는 단 하나의 실이었으니까.

"……!"

다시 한 번 로시포드의 방으로 돌아갈까, 하고 고개를 든 크리스타는 문득 자신의 옆을 스쳐지나가는 작은 그림자를 보았다. 한순간, 은색의 가면을 쓴 얼굴이 보인 것 같은 느낌이 들었다.

크리스타는 당황해서 뒤를 돌아보았다. 하지만 은색 가면의 그림자는 어디에서도 찾아볼 수 없었다. 그러나 방금 전까지 아무것도 없었을 터인 복도에 한 장의 하얀 종이가 덩그러니 떨어져 있었다.

종이에는 뭔가 검은 글씨가 쓰여 있는 것 같았다. 크리스타는 그 자리에 쪼그리고 앉아 그 종이를 집어 들었다.

『누가 그를 이런 상태로 만들었는가.』

작은 종이에는 단 한 마디, 그렇게 쓰여 있었다. 하지만, 그 한 마디에 크리스타의 안의 무수한 의문들이 급속도로 하나의 답으로 이어졌다.

"……도로셀 언니야."

그 사람 탓이다. 직감적으로 크리스타는 그렇게 생각했다. 그 날, 그 장소에서, 도로셀이 로시포드와 대치하지만 않았다면, 그가 마녀살해의 괴물에게 그 몸을 침식당하는 일은 없었을 것이다. 그가 쓰러지는 일도, 자신을 잊는 일도 없었을 터였다.

"……쫓아가야 해."

크리스타는 주머니에 종이를 쑤셔 넣고, 마치 뭔가에 홀린 것처럼 별궁을 뛰쳐나가 공작령으로 향할 결심을 했다.

왜 갑자기 자신이 영지로 향하려 하는지는 전혀 알 수 없었다. 하지만 그곳에 도로셀이 있다. 단지 막연하게 그렇게 생각했다.

***

왕도에 있는 피리아레기스 공작저택에 체류하던 세리냐도 자신의 방에서 영지의 반란 소식을 들었다.

"이, 이게 어떻게 된 것이냐! 무슨 일이 일어나고 있는 게야!"

"영지에서 반란이라니, 평민 주제에 자신들이 귀한 몸이라도 된다고 생각하는 건가요?! 프리드는 대체 뭘 하고 있는 건가요?!"

"지, 진정해요, 디안느……!"

때때로 방 밖에서 고용인들의 어수선한 발소리와 스컬로와 디안느의 히스테릭한 외침이 울려 퍼졌다.

그러나 세리냐는 양친처럼 당황하거나 하지도 않았고, 충동에 사로잡혀 급히 영지로 향하려 하지도 않았다.

물론 세리냐도 가문의 영지에서 반란이 일어났으니 마음이 평온하지는 않았다. 하지만 자신이 안달 내며 영지에 가 봤자 아무것도 할 수 없었고, 오히려 사태가 악화될 가능성도 있었다.

'이 집안도 이제 끝일지도 모르겠네.'

왠지 그런 예감이 들었다.

오빠인 프리드가 영지에서 무엇을 하고 있었는지는 알지 못했고, 알려고 한 적도 없었다. 하지만 영민에게 버림받은 귀족의 말로 따위 상상하기 어렵지 않았다.

자기 집안의 일인데도 창밖을 바라보는 세리냐의 얼굴은 달관한 표정 그 자체였다.

"아가씨는 어디 계시지? 외출하신 뒤로 아직도 돌아오지 않으셨는데……."

"그, 글쎄……."

"보고 드립니다! 크리스타 아가씨가 마차로 그대로 영지로 향하셨다고 합니다!"

"크리스타 님이 영지로?! 왜?!"

놀라서 얼빠진 소리를 내는 고용인들의 목소리가 방안에까지 들려왔다. 이 상황에 영지로 향하다니 별일인걸. 그렇게 생각하면서 세리냐는 여동생의 행동에 그렇게까지 신경을 쓰지 않았다.

"왜 크리스타 아가씨가 영지로 가신 거지?"

"잘은 알 수 없습니다만, 도로셀 님을 쫓아 가셨다든가 뭐라든가……."

"……!"

그러나 도로셀이 영지에 갔다는 말을 듣자, 세리냐는 눈빛을 바꾸었다.

도로셀은 영지에서 일어난 그 사고 이후, 그곳에는 가지 않았다. 그런데 새삼 이제 와서 그녀는 무엇을 바라며 그곳으로 향한 것인가.

'만약 그 아이가 『그것』을 기억해 낸다면……!'

그렇게 생각하자 가만히 있을 수가 없어서 세리냐는 고용인도 거느리지 않고 방을 뛰쳐나갔다.

고용인들은 갑자기 방에서 나온 세리냐를 보고 놀랐으나, 세리냐는 그 시선을 모두 무시했다.

이렇게 하여, 세리냐 또한 도로셀을 쫓아 영지로 향하게 되었다.

4장 교차하는 분노의 끝에

도로셀이 귀환하고, 자경단과의 교전 끝에 승리했다는 소식은, 다음 날 아침 영도에 있는 프리드에게도 전해졌다.

“…….”

보고서를 든 손에 힘이 들어가 종이가 와그작 하고 구겨졌다.

프리드는 초조해하고 있었다. 영지의 변경에서 일어난 반란을 바로 진압할 수 있던 것까지는 문제가 없었으나, 그 틈에 영도에서도 폭동이 일어나리라고는 생각하지 못했다.

그리고 그것을 진압하는 데에 이 정도로 애를 먹으리라는 것도 프리드는 전혀 예상하지 못했다.

‘모처럼 백성들의 입을 틀어막고 억지로 수행했던 사업이 궤도에 올랐건만…….’

집안 사람들은 도로셀을 혐오했지만, 프리드는 솔직히 도로셀이 이단이든 마력이 없는 자이든 아무래도 상관없었다.

심지어 가족 그 자체에도 흥미가 없어서, 돈을 벌어서 생활을 유지하고 안정시킬 수 있으면 그걸로 족하다고까지 생각하고 있었다.

그러나 자신을 방해하는 인간은 누가 됐든 용서할 생각이 없었다. 뭔가 방법이 없을까. 프리드는 필사적으로 머릿속으로 방책을 강구했다.

"어—라라. 영주님, 혹시 대핀치~?"

"……닥쳐."

도로셀에 대한 정보를 가져온 장본인인, 무늬 하나 없는 순백의 망토를 입고 단안경을 쓴 수도사 자크가 얄미운 소리를 해댔다.

프리드는 이 수도사들과 협력관계에 있었다. 영지 내 백성들의 상황을 하나하나 자세히 보고받는 대신에 그들의 영지 내에서의 행동을 허가하고 있었다.

애초에 그들이 줄곧 모든 것이 순조롭다고 보고해 왔기 때문에 프리드는 지금까지의 정책을 강행했던 것이었다. 이래서야 무엇을 위해 이 녀석들과 협력했단 말인가.

짜증스럽게 손가락으로 책상을 두드리는 프리드에게 또 한 사람의 수도사 그레인이 말을 걸었다. 그는 늘 망토의 후드를 깊숙이 눌러쓰고 있어서, 프리드는 한 번도 그 얼굴을 본 적이 없었다.

"아직 역전할 수 있는 가능성은 남아있을지도 모릅니다."

"……뭐라?"

그레인의 그 한 마디에 프리드가 움찔 하고 눈썹을 치켜세웠다.

뒷말을 기다리는 프리드에게 개의치 않고, 그레인은 어디에서인가 지팡이와 비슷한 물체를 꺼내더니 그것을 프리드 눈앞의 책상 위에 올려놓았다.

"뭐냐, 이것은?"

"우리 교단에 전해지는 성스러운 무기입니다. 반드시 방해꾼의 항복을 받아낼 수 있을 것입니다."

프리드는 신이라든가 기적이라든가 그런 것은 믿지 않았지만 그 지팡이에서는 시선을 뗄 수 없었다.

언뜻 색다를 것이 없는 지팡이처럼 생각되었지만 왜인지 정체를 알 수 없는 공포가 느껴졌다. 물끄러미 바라보고 있으려니 마치 지팡이 그 자체에 생명이 깃들어 있는 것처럼 지팡이가 맥동하는 착각까지 품게 되었다.

"왜 이것을 내게 주는 게냐?"

"당신이 신의 가호를 받을만한 선택된 자이기 때문입니다. 그 하사받은 기적의 힘을 우리가 이끌어내 보여 드리지요."

후드의 가장자리에서 가까스로 보이는 그레인의 입술이 호(弧)를 그렸다.

"이제부터 이 무기를 사용할 때에는 이곳이 아닌 다른 장소로 이동해 주십시오."

"내게 명령하지 마라. 도대체 이해할 수 없는 말이군. 이런 것, 어디에서 사용하든 다를 것 없잖아."

"아뇨. 당신은 모르십니다."

남에게 간섭받는 것을 좋아하지 않는 프리드는 적당히 흘려들으려 했으나, 그레인은 작게 머리를 가로저으면서 말을 계속했다.

"이 무기는 성인의 가호와 힘이 깃든 특별한 무기. 그 진정한 힘을 발휘하기 위해서는 특별한 무대가 필요합니다. 그렇게 한다면 당신이 가진 선택받은 힘도 한층 더 빛나게 될 것입니다. 다시는 누구도, 당신의 길을 방해하지는 못할 것입니다."

"……."

프리드는 가만히 지팡이를 손에 들었다. 지팡이에 닿는 순간, 지팡이에서 강력한 뭔가가 흘러든 것 같은 느낌이 들었다. 방금 전까지의 초조함은 거짓말처럼 사라지고, 지금은 몸속에 힘이 넘쳐흐르고 있었다.

"물론 믿을 수 없다고 말씀하신다면 이곳에서 사용하셔도 상관없습니다만."

"……성지는 어디에 있지?"

"지금은 잠시 기다려 주십시오. 그때가 오면 반드시 안내하겠습니다."

그레인은 프리드의 질문에 그렇게 대답하고, 자신의 가슴에 조용히 손을 얹었다. 위대한 분이 이끄시는 대로…… 그렇게 중얼거리면서.

***

자경단이 습격한 다음 날. 레티시엘은 자신이 결의한 대로 영도로 통하는 거대한 성문 앞에 서 있었다.

영도로 가겠다고 말했을 때에는 니콜이나 루빅만이 아니라 마을 사람들도 맹렬하게 반대를 했다. 하지만 프리드를 막기 위해서라도 영도에 가지 않으면 안 된다는 것을 설명하고 반드시 돌아오겠다고 약속을 해서 그들을 납득시켰다.

'뭐…… 다들 마지못해 했으니, 반쯤은 억지로 밀어붙인 것이나 마찬가지이지만.'

참고로 마을에는 결계마술을 쳐놓고 왔다. 레티시엘이 없어진 것을 알아차리고 어젯밤의 남자들이 화풀이 삼아 공격해 올 가능성도 적지 않았기 때문이었다.

그런데 영도의 문은 어느 것이든 굳게 닫혀 봉쇄되어 있었다.

마술로 파괴하고 억지로 돌파해도 아무 문제는 없었지만, 공성전도 아니고, 그런 짓을 해 봤자 안에 있는 적이나 주민들을 자극할 뿐이었기 때문에 그 안은 채택하지 않았다.

어딘가 몰래 들어갈 수 있을 것 같은 장소는 없을까. 레티시엘은 성벽 주변을 이동하기 시작했다.

'좀 더 경비가 엄중할 거라고 생각했는데……'

시선이 닿는 범위 안에 병사나 용병의 모습은 현재로서는 보이지 않았다. 내부의 반란 진압만으로도 힘에 겨운 것일까.

성벽을 따라 걷고 있으려니, 벽이 약해진 부분을 한 곳 찾을 수 있었다. 주위에 적의 모습이 없다는 것을 확인하고, 레티시엘은 작은 공기탄을 만들어내 그것을 벽에 쐈다.

둔탁한 소리와 함께 성벽에 구멍이 뚫렸다. 그렇다고는 하나, 허리 높이까지밖에 오지 않을 정도의 구멍이라 레티시엘은 몸을 숙이고 그곳을 빠져갔다.

벽을 통과한 그 끝을 주택가인 것 같았다. 그러나 집들의 벽이나 지붕은 일부가 부서졌으며, 갈라진 도로에서는 물이 새어나와 도저히 사람이 산다고는 생각되지 않았다.

옛날에는 아름다웠을 영도의 거리는 너덜너덜하게 빛이 바랬고, 여기저기에 붉은 색이 튀어 있었다. 불길이 솟아오르는 집도 보였고, 길거리에는 몇 구나 되는 시체가 누워 있었다.

영도에서는 프리드와 흑강 기사단의 공포 정치가 자행되고 있어서, 폭동을 일으킨 주민과 기사단이 지금도 무력 충돌을 반복하고 있다고 들었다.

이대로 프리드의 집무실로 쳐들어간다는 선택지도 존재했으나, 이 상황을 본 이상 주민들의 안위 쪽이 걱정되었다.

멀리서 금속끼리 격렬하게 부딪치는 소리가 희미하게 들려왔다. 싸움은 지금도 계속되고 있는 것이다.

그 밖에는 폭발음과 누군가의 비명. 들리는 것은 그런 잔

혹한 소리들뿐이었고, 몇 가지 냄새가 뒤섞인 죽음의 내음이 코를 스쳤다.

그것이 무슨 냄새인지, 레티시엘은 잘 알고 있었다. 누군가의 피 냄새, 뭔가가 타는 냄새. 그것은 예전의 시대와 마찬가지로, 죽음과 등을 맞대고 존재하는 것들이었다.

거리에 떠도는 공기, 기척, 냄새. 그 모든 것을 끌어안고 메마른 바람은 으르렁거리며 구름 낀 하늘을 향해 슬프게 울부짖었다.

'……우선, 사람이 있는 장소를 찾자.'

레티시엘은 일단 소리가 나는 쪽으로 향했다. 지금도 전투가 계속되고 있다면 내버려둘 수는 없었다.

중심가에 다다르자, 그곳에서는 주민들과 기사단이 난투에 돌입해 있었다. 주민들의 외침에 녹아들듯이 비명과 기사단의 웃음소리가 울리고 발포음과 폭발음이 메아리쳤다.

"최전열! 너무 앞으로 나가지 마라! 후열도 되도록 활과 화살로 엄호해라!"

리더의 지시 아래 주민들은 열심히 저항하고 있었다. 그러나 무기와 전투력의 차이가 너무 큰 탓에 좀처럼 열세를 뒤집지 못하고 있었다.

"……."

그 모습을 말없이 지켜보다가 레티시엘은 일직선으로 그곳으로 향했다.

"……엉?"

마을 주민 중 한 사람에게 마지막 일격을 가하려던 기사단의 남자는 뒤쪽의 길에서 백은발의 소녀가 걸어오는 것을 보았다.

붉은 꽃이 피어나는 전장에서 붉은 색에 물들지 않은 그 너무나도 새하얀 모습은 이질적이었다. 남자는 저도 모르게 소녀를 응시했다.

이쪽의 시선을 알아차리고 소녀가 오른손을 앞으로 들어 올렸다. 뭘 하는 것인가. 의아하게 생각할 틈도 없이 검이 지면을 구르는 소리가 울려 퍼졌다.

"어……."

남자는 자신의 손에 시선을 떨어뜨렸다. 그러나 그곳에 그의 손은 없었다. 팔에서 잘려나간 남자의 오른손은 검을 쥔 채로 땅을 구르고 있었다.

"……으, 으아아아아아아아!"

자신의 눈에 비친 광경을 믿지 못하고 남자는 절규를 내뱉었다. 갑작스러운 그 비명에 그 자리에서 싸우고 있던 다른 단원들이나 마을 주민들도 무슨 일인가 해서 싸움의 손길을 멈추었다.

"이봐. 시끄러워! 뭘 하는 거야?!"

"손이…… 내, 손이……!"

가까이에 있던 다른 남자가 그렇게 목소리를 높였으나 손이 잘린 남자는 그 자리에 웅크린 채 자신의 오른 손목을 감싸 쥐면서 헛소리처럼 계속 같은 말을 중얼거렸다.

정신을 차리고 보니 은발을 나부끼던 소녀는 기사단원들의 눈앞에까지 와 있었다. 그 소녀의 정체를 알아차린 남자들과 마을 주민 사이에 당황한 기색이 퍼져나갔다.

"뭐, 뭐냐, 너!"

"그것에 대답할 필요가 있나요?"

혼란에 빠진 기사단원들에게 개의치 않고 레티시엘은 마술을 계속 전개했다. 무수한 칼날이 허공을 날고 바람을 가르며 남자들을 덮쳤다.

"끼아아아아아!"

"내, 내 검이……?!"

칼날에 닿은 무기나 물체는 어느 것이나 부드러운 버터처럼 둘로 쪼개졌다.

레티시엘이 사용한 것은 간단한 바람마술이었다. 그것을 제어할 수 있는 최대수까지 전개하고, 가능한 한 압축하는 것으로 위력을 높였다.

주민들도 기사단원들도 뒤섞인, 난투로 발전한 이 자리에서는 주민들에게 괜한 피해를 입히고 싶지 않았기 때문에 대규모의 마술은 최대한 사용하지 않으려 하고 있었다.

개중에는 단원들의 몸에 닿은 바람의 칼날도 있었지만 그 위력은 어깨나 팔을 찢어놓는 것에 그쳤고, 물론 급소도 벗어나 있었다.

"으…… 큭……."

피투성이가 되어 포석이 깔린 도로 위에 쓰러져 있던 청년이 신음 소리를 내뱉었다. 방금 전, 기사단원이 숨통을 끊어놓으려고 했던 사람이었다.

레티시엘은 손바닥 위에 작은 빛 덩어리를 만들어내, 그곳을 청년의 몸 위로 떨어뜨렸다. 그것을 공격이라고 인식해, 주위에 있는 마을 주민들은 이쪽으로 무기를 향하려고 했다.

그러나 빛 덩어리가 청년의 모습을 빼앗는 일은 없었다. 그 몸에 떨어진 빛 덩어리는 그대로 부드럽게 형태를 바꾸어 그의 상처를 통해 스르륵 체내로 미끄러져 들어갔다.

그러자 상처가 빛을 내뿜었다. 이윽고 청년의 몸 전체가 옅게 빛나기 시작했다. 빛은 점점 강해졌고, 그것이 흩어져 사라질 무렵에는 청년의 몸에서는 모든 상처가 사라져 있었다.

"어? ……어어?"

치료를 받은 본인은 자신의 몸이나 얼굴을 만지작거리면서 마치 여우에게 홀린 것 같은 멍한 표정을 짓고 있었다.

그것은 이쪽에 무기를 향하고 있던 마을 주민들도 마찬가지였다. 레티시엘의 정체를 아는 이들에겐 자신들이 싸우고 있는 공작가의 딸이 적을 치료해줬다는 사실도 놀라움에 박차를 가하고 있는 것 같았다.

"너 이 자식! 방해를 하겠다면 용서하지 않겠다!"

그 자초지종을 지켜보던 기사단의 단원들은 레티시엘을 완전히 적대자로서 인식한 모양이었다.

그들은 지금까지 싸우고 있던 주민들에게는 눈길도 주지 않고 각자의 무기를 고쳐 쥐고 일제히 레티시엘에게 달려들었다. 혼자서 덤비는 것보다 여럿이서 덤비는 쪽이 승산이 있을 것이라고 판단한 것이리라.

"먹어라!"

가장 먼저 레티시엘의 곁까지 다가온 남자가 의기양양한 얼굴로 검을 크게 휘둘렀다.

"……그 정도의 검은 내게 닿지 않아요."

레티시엘이 담담하게 말하는 것과 동시에 남자가 검을 내리쳤다. 날카로운 칼끝이 레티시엘의 몸을 파고들……지 않았다.

챙그랑!

"우앗!"

남자가 내리친 검은 공중에 전개된 반투명한 벽에 가로막혀 튕겨나고, 남자는 튕겨난 반동에 몸을 크게 뒤로 젖혔다.

공중에는 레티시엘을 지키듯이 구체의 결계가 펼쳐져 있었다. 그것에 부딪친 남자의 검은 작게 이가 빠졌고, 남자는 슬금슬금 뒷걸음질을 쳤다.

그것은 가장 간단하고 약한 결계마술이었다. 마술로 강화

된 무기의 사용이 당연했던 천 년 전에는 전혀 쓸모가 없었으나, 평범한 무기를 상대하기에는 아무 문제가 없었다.

"저, 정체가 뭐야? 너!"

"정체? 그건 당신들이 가장 잘 알지 않나요?"

"……그렇다면 왜 우리를 방해하는 거냐?!"

방금 전 공격이 튕겨난 남자가 격분해서 그렇게 외쳤다. 피리아레기스 공작가의 인간인 레티시엘이 그들을 적대하는 이유를 이해하지 못한 모양이었다.

"그 이유, 정말로 모르나요?"

"우와아아!"

질문과 함께 남자의 시야에서 레티시엘의 모습이 사라졌다. 곧바로 주변을 둘러본 남자는 어느샌가 등 뒤에 서 있던 소녀의 존재에 비명을 질렀다.

"공작가의 인간이, 전원 당신들의 아군이라고는 생각하지 말아요."

허를 찔린 탓에 태세를 제대로 가다듬지도 못하고, 소녀가 내리친 손칼을 목에 맞고 남자의 의식은 순식간에 어둠 속에 잠겼다.

그것을 확인한 레티시엘은 양손에 두 개의 공기탄을 만들어 뒤를 돌아보는 순간 그것을 발사했다.

"꺅!"

"크억!"

공기탄은 활에 화살을 메겨 이쪽을 노리려고 하던 남자와, 혼란을 틈타 도망치려고 이쪽을 등진 남자에게 각각 명중했다.

"젠장…… 얕보지 마라!"

두 사람이 쓰러진 뒤에서 뭔가 원통형의 물체를 이쪽에 향한 남자의 모습이 보였다.

'……? 기묘한 도구네.'

천 년 전에는 본 적이 없는 물체였지만, 이 상황에서 그것을 이쪽으로 향했다는 것은 그 물체에는 레티시엘을 공격할 힘이 있는 것이리라.

무슨 무기인지는 알 수 없었으나 사용하기 전에 무력화할 수 있으면 아무 문제없었다. 레티시엘은 정체불명의 무기를 조준하고 손가락으로 잡아당기는 동작을 했다.

"우왓!"

탕

밑에서부터 잡아당기는 힘에 무기를 쥔 남자가 균형을 잃고 비틀거렸다. 그와 동시에 정체불명의 무기에서 그런 파열음이 들리며 통 부분이 향하고 있는 지면의 일부가 날아갔다.

"우, 움직이지 마라!"

문득 뒤쪽에서 다시 한 번 그런 외침이 들려왔다. 그 소리에 레티시엘은 뒤를 돌아보았다. 그랬더니 기사단의 남자가 소년을 붙잡아서 그 목에 칼끝을 겨누고 있었다.

그 남자는 마지막 한 사람이었다. 그런데 아무래도 레티시엘이 다른 기사단원을 상대하는 사이에 인질을 잡은 것 같았다.

"조금이라도 움직이면, 이 녀석의 목을 베어버리겠다!"

"……."

남자가 말하는 대로 레티시엘은 그 자리에서 움직임을 멈추었다. 그것을 확인하자, 남자는 이긴 것 같은 미소를 띠고는 인집을 붙잡은 채 전선을 이탈하려고 했다.

"……아?"

그러나 남자의 다리는 그 자리에서 움직이지 못했다. 자신의 발밑으로 시선을 향한 남자는 거기서 자신의 발에 휘감겨 있는 무수한 하얀 손을 보았다.

"와아아아아아!"

물론 그것은 마술의 산물이었다. 레티시엘이 사용한 것은 두 종류의 마술로, 하나는 식물을 조종하는 마술, 다른 하나는 환영마술이었다.

'딱히 움직이지 않고도 마술은 쓸 수 있는걸.'

과장된 영창과 오버액션이 필요한 마법과 달리, 마술은 술식을 전개할 수 있으면 어떤 자세라도 발동할 수 있었다.

포석이 깔린 도로는 돌과 돌 사이에 잡초가 자라있는 경우가 많았다. 그 풀에 환각을 부여하고, 남자의 발에 휘감기도록 조작한 것에 지나지 않았다.

그러나 효과는 발군이었던 듯, 환각에 현혹당한 남자는 겁을 먹은 나머지 검을 떨어뜨리고 그대로 거품을 물고 기절했다.

주위에 그 이상 적의 모습이 없다는 것을 꼼꼼하게 확인하고, 레티시엘은 해방된 소년에게 손을 내뻗었다.

"괜찮은가요?"

"어, 예, 예……."

땅바닥에 엉덩방아를 찧었던 소년은 자신에게 손을 뻗은 소녀를 멍하니 바라보며 거의 반사적으로 그렇게 대답하고는, 그 손을 붙잡고 자리에서 일어났다.

""""……""""

그리고 전장에는 또다시 정적이 되돌아왔다. 시간으로는 10분도 경과하지 않았는데 십 수 명의 용병들이 길에 쓰러져 굴러다니는 상황에 주민들은 할 말을 잃었다.

이윽고 최전열에 서 있던 한 명의 남성이 무기를 손에 쥔 채로 천천히 레티시엘 쪽으로 걸어왔다.

"……당신은 대체……."

믿을 수 없다는 것처럼 눈을 크게 뜬 남성은 분명히 방금 전 싸우는 마을 주민 사이에서 전투 지시를 내리던 사람이었다.

"이—봐. 아까부터 뭐가 그렇게 시끄러워? 뭘 하는 거야?!"

그때 멀리서 굵직한 남자의 목소리가 들려왔다. 그것을 들은 순간, 사람들이 어깨를 흠칫 떤 것을 보아, 아마도 목소리의 주인은 흑강 기사단 단원인 것이리라.

"……이, 일단 후퇴한다!"

주민들을 지휘하던 남성은 전원을 향해 호령을 내렸다. 그러고는 몸을 돌리며 레티시엘의 팔을 낚아채고 달리기 시작했다.

눈을 껌벅거리는 레티시엘에게는 아랑곳하지 않고 주민들은 남자의 지시에 따라 상처 입은 동료들을 데리고 각각 자신에게서 가장 가까운 뒷골목으로 뛰어들었다.

"우와! 뭐냐, 이거?"

"이봐. 왜 쓰러져 있는 거야?!"

잠시 시간이 지나자, 다른 장소에 있던 기사단 용병들이 모습을 나타냈다. 그러고는 한 명도 빠짐없이 길거리에 쓰러져 있는 동료들의 모습에 흠칫 놀란 것처럼 목소리를 높였다.

"안 되겠습다. 이 녀석들, 깰 생각을 안 해요."

"게다가 뭐냐? 손이 잘린 녀석도 있어. 이봐, 너! 주변을 철저히 수색해라. 어쩌면 반란군이 아직 근처에 있을지도 몰라."

그 모습을 뒷골목에서 물끄러미 지켜보던 남성은 잡고 있던 레티시엘의 팔을 놓고 마을 사람들을 돌아보았다.

"너희는 부상자를 데리고 먼저 돌아가."

"하지만……."

"걱정하지 마. 이야기를 하려는 것뿐이다."

사람들에게 지시를 내리는 사이에도 남성은 결코 레티시엘에게 등을 보이려 하지 않았다. 지금 상황에서의 공작가의 위치를 생각하면 어쩔 수 없는 일이라고는 생각했지만, 꽤나 이쪽을 경계하고 있었다.

주민들은 잠시 불안한 듯이 남성과 레티시엘을 번갈아 바라보았다. 그러나 여럿이서 줄곧 이곳에 머물러 있으면 기사단이 냄새를 맡을 수 있었기 때문에, 마지못해 뒷골목 안쪽으로 사라졌다.

남은 것은 리더격의 남성과 그를 지키려는지 무기를 들고 있는 몇 사람의 주민뿐이었다.

"이야기를 하기 전에 장소를 바꾸지 않으시겠어요?"

"……그렇군요."

인원이 줄었다고는 하나, 이대로는 기사단에게 발견되는 것도 시간문제였다.

레티시엘이 그렇게 제안하자, 남성은 짧게 대답을 하고 이동을 개시했다. 그를 따르는 사람들은 남성의 주변을 단단히 지키면서 레티시엘이 도망치지 않도록 이쪽을 지켜보았다.

이윽고 몇 개인가의 거리를 지나 안전한 곳까지 오자, 남성은 다시금 레티시엘 쪽으로 돌아섰다.

"……목적이 뭡니까?"

위협적인 낮은 목소리로 남성은 그렇게 물었다. 혹시 레티시엘이 타산이 있어서 그들을 도와줬다고 생각하는 것일까.

“프리드를 막는 일입니다. 그 이외의 목적은 없고, 당신들과 적대할 생각도 없습니다.”

때문에 레티시엘은 간결하게, 그들이 원할 정보만을 전달했다. 여기서 장황하게 설명을 늘어놔 봤자, 오히려 수상하게 여겨질 뿐이었다.

“프리드를……? 왜 당신이…….”

레티시엘의 이야기를 들어도 남성은 점점 더 미간에 주름을 모을 뿐, 레티시엘의 말을 믿는 기색은 보이지 않았다.

‘뭐, 이게 일반적인 반응이지.’

그런 남성의 모습에 레티시엘은 놀라지 않고, 오히려 내심 납득했다.

멜드 마을의 사람들이 특별했던 것일 뿐, 대다수의 영민들에게 도로셀은 그저 공작가의 영애에 지나지 않았다.

즉, 지금 그녀의 눈앞에 있는 그들에게는 공작가의 일원인 레티시엘 역시 쓰러뜨려야할 적으로 비치고 있는 것이다.

“이유는 간단합니다. 이 이상 영지에 사는 백성들이 괴롭지 않기 위해서 한시라도 빨리 프리드와 그의 군대를 막아야 하기 때문입니다.”

본래 백성을 지켜야 할 존재인 귀족이, 백성을 학대하는 일 따위 있어서는 안 되었다. 그것이 레티시엘의 지론이었다.

그러나 실제로는 프리드의 압정으로 반란이 일어난 이상,

그것을 못 본 체 할 수는 없었다.

"이것은 공작가의 실태로 일어난 비극입니다. 같은 피리아 레기스 가의 인간으로서 내게는 그것을 바로잡을 의무가 있어요."

게다가 공작가의 인간이면서 사건이 일어날 때까지 아무것도 알아차리지 못했던 것은 레티시엘도 마찬가지였다. 그렇기 때문에 더더욱 아무것도 하지 않을 수는 없었다.

"……."

레티시엘의 말을 남성은 말없이 듣고 있었다. 잠깐 동안의 침묵 뒤, 남성은 경계를 푸는 일 없이 다시 입을 열었다.

"그렇다면, 당신은 이 뒤, 어떻게 할 생각입니까?"

"내일 아침까지는 대기할 생각이에요. 적의 본거지로 향하는 이상, 그 나름대로의 정보가 필요하니까요."

과연 레티시엘도 도착한 첫날부터 갑자기 프리드의 집무실로 쳐들어가는 무모한 짓을 할 생각은 없었다.

적의 총대장이라고 할 수 있는 위치에 있는 프리드가 있는 영저(嶺邸)는, 아마도 기사단이 가장 중점적으로 지키고 있을 장소다.

때문에 높은 곳에서 적의 배치 등을 살피고 전황을 파악할 필요가 있다고 생각한 끝에 전한 대답이었는데, 남성은 왜인지 의아한 표정을 지었다.

"대기라니…… 어디에서 대기할 생각입니까?"

"……?"

"지붕 위인데요?"

"……예?"

공작 영애의 대사라고는 생각할 수 없는 그 한 마디에, 남성은 입을 쩍 벌리고 할 말을 잃고 말았다. 게다가 그 말을 한 장본인은 그것이 사뭇 당연하다는 것처럼 아무 의문도 갖고 있지 않았다.

'……이 분, 정말로 그 도로셀 양인가??'

남성이 저도 모르게 그렇게 생각한 것도 어쩔 수 없는 일이리라.

그리고 바로 그 당사자…… 레티시엘은 이미 지붕 위에서 노숙하는 것을 전제로, 뒷골목에서 언뜻 보이는 거리의 건물을 바라보면서 대기하는데 적합할 것 같은 지붕을 찾기 시작하고 있었다.

'지붕 위에서라면 해가 뜬 뒤에 곧바로 행동할 수 있고, 마술로 빛의 각도를 조정하면 밑에서도 알아보기 어렵지.'

천 년 전의 전쟁에서는 건물의 옥상도 중요한 전장이었다. 그래서 밑에서 올려다봤을 때에 사각이 생기기 쉬운 평평한 지붕이 주류였으나, 지금 시대에는 삼각형의 기울어진 지붕들뿐이라 미끄러지기 쉬울 것 같았다.

"……당신은 우리의 거점까지 같이 가 주셨으면 합니다."

그런 레티시엘의 대기에 안성맞춤인 지붕 찾기를 중단시

킨 것은 남성의 그 한 마디였다.

"이유를 물어도 될까요?"

"……."

그들에게 레티시엘은 적의 관계자이자, 아군인지 무엇인지 알 수 없는 정체불명의 존재였다.

보통이라면 자신들의 거점으로 적극적으로 안내하려는 마음은 들지 않을 터인데, 그는 무엇을 의도하고 그 발언을 한 것일까.

"솔직하게 말씀드리면, 당신을 완전히 신용할 수 없기 때문입니다."

레티시엘에게 똑바로 눈을 향하고 남성은 감추는 것 없이 그렇게 말했다.

"우리의 적이 아니라고 당신은 말씀하시지만, 그것이 단순한 구두약속이 아니라는 보증 또한 어디에도 없습니다."

"과연…… 그러니까 멋대로 돌아다니는 것보다 자신들의 눈이 닿는 곳에 있는 편이 감시하기 쉽다, 라는 것이군요. 알았습니다."

레티시엘은 고개를 한 번 끄덕이고 남성의 의견에 동의했다. 만약 자신의 그의 처지였다면 분명히 자신도 같은 결단을 내렸을 것이다.

"……응?"

설마 레티시엘 쪽에서 그 말을 꺼내리라고는 생각도 못한 것일까. 남성은 저도 모르게 얼빠진 소리를 내고 말았다.

"알았습니다. 당분간 여러분과 함께 행동하도록 하죠."

"……."

"왜 그러시죠?"

"아뇨……."

그 질문에는 대답하지 않고, 남성은 발길을 돌려 걷기 시작했다. 설마 이렇게 선뜻 그녀가 자신의 제안을 받아들이리라고는 생각하지 않았던 듯했다.

'……정말로 별난 분이군.'

이 은발의 영애가 별난 사람이라는 것은 영내에서도 꽤 오래 전부터 유명한 이야기였다. 그리고 지금, 남성은 그 소문이 틀림없는 사실임을 절실히 실감하고 있었다.

'이곳은…… 슬럼가일까?'

한편, 남성의 뒤를 따라가는 레티시엘은 점차 쇠락해가는 주위의 풍경에 내심 그런 생각을 하고 있었다.

복잡하게 뒤얽힌 통로의 끝에는 낡고 허물어져가는 민가가 밀집한 구획이 펼쳐져 있었다. 위치로는 영도의 구석에 존재하는 듯, 도시를 둘러싼 성벽의 모퉁이가 가까운 곳에 솟아있었다.

이 구획에 들어온 뒤로 남성은 한층 더 주위를 경계하면서 나아갔다.

뒷골목 등 사람 눈에 띄지 않는 장소를 골라 안쪽으로 나아간 끝에, 이윽고 일행이 도착한 곳은 성벽의 거의 바로 밑에 있는 우물이었다.

주위에는 잡동사니 더미와 무너지다 만 나무로 된 작은 오두막 등이 밀집해서 교묘하게 우물의 존재를 감추고 있었다.

"주위를 경계해 줘. 무슨 일이 있으면 바로 이쪽으로 알려 주고."

"예!"

남성은 마을 사람들에게 그렇게 전하고, 자신도 우물 속을 확인한 뒤 레티시엘을 돌아보았다.

"제가 먼저 내려가겠습니다. 따라서 내려와 주십시오."

"알았습니다."

아마도 레티시엘이 혼자 행동할 수 있는 시간을 만들지 않기 위해, 굳이 자신과 마을 사람들 사이에 순서를 집어넣은 것 같았다.

안을 들여다봐도 빛이 닿지 않는 탓에 바닥 쪽은 캄캄했다.

남성은 우물로 늘어뜨린 밧줄을 붙잡고 재주 좋게 밑으로 내려갔다. 그의 모습은 금방 어둠 속에 녹아들었으나, 잠시 기다리자 탁 하는 둔탁한 착지음이 들려왔다.

남성과는 달리, 레티시엘은 밧줄을 잡지 않고 우물의 가장자리에 올라선 뒤 그대로 망설임 없이 우물 안쪽으로 뛰어들었다.

'수직 낙하 쪽이 더 빠르고 간편하지'

머리 위에서 마을 사람들의 놀라는 소리가 들린 것 같은 느낌이 들었지만, 그 무렵에는 레티시엘은 이미 우물 바닥에 착지해 있었다.

착지하기 직전에 마술로 아래쪽에 바람을 일으켜, 낙하속도와 충격을 경감시킬 뿐인 간단한 작업이었다.

"……."

리더 격인 남성인 한순간 당황한 것 같은 표정을 지었지만, 곧 표정을 바로 하고 또다시 걷기 시작했다.

우물 바닥에 내려서자 우물의 벽에 가로로 구멍이 뚫려 있는 것이 보였다. 그 안을 나아가는 남성의 뒤를 이어, 레티시엘도 몸을 숙여 구멍으로 들어갔다.

남성의 뒤를 쫓아 그저 열심히 구멍을 나아가자, 이윽고 넓은 동굴로 빠져나왔다.

천장 등의 암석에 생긴 모양이나 균열 등을 보면 천연 동굴인 것 같았지만, 벽에 곡괭이의 굴삭 자국이 남아 있는 점을 보아 원래 있던 동굴을 후에 인공적으로 넓힌 것으로 보였다.

굴에서 빠져나간 바로 그 끝은 광장과도 같은 곳이었다. 중앙에 놓인 복수의 랜턴이 주위를 비추고, 벽 쪽에는 앉아 있거나 누워있는 사람들의 모습도 보였다.

'이곳이 이 사람들의 거점이구나.'

그 중에는 무기나 방어구를 손질하는 남성들도 있어서,

그것을 보고 레티시엘은 속으로 그렇게 납득했다.

"……어!"

남성이 돌아온 것을 보고 일부의 사람들이 가까이 다가왔는데 레티시엘의 모습을 보고 누군가가 외치는 소리가 들려왔다.

"고, 공작 영애가 있다! 적인가……?!"

"잠깐. 일단 다들 진정해."

갑자기 반란군의 거점에 나타난, 이 자리에 매우 어울리지 않는 공작 영애의 모습에 사람들의 얼굴에는 하나같이 놀람과 당황한 표정이 떠올랐다. 그들은 상황을 파악하기 위해서인가 주위 사람들과 이야기를 하면서 술렁거렸다.

그중에는 공작 영애라고 말하면서 무기를 향하는 자도 있었으나 리더인 남자가 타일렀다.

"무기를 내려. 그녀는 우리 적이 아니다."

"하지만……."

"그렇다고는 하나 완전히 신용한 것은 아니다. 묘한 행동을 하지는 않을지 감시하기 위해 이곳에 데려온 것뿐이다."

리더의 설명에 그 주민은 못 마땅하다는 듯이 눈썹을 찌푸렸다. 그러나 곧 한숨을 쉬며 뽑아든 검을 다시 거두었다.

"……알았어요. 레그 씨, 당신이 그렇게 말한다면 따르겠어."

다른 사람들도 마지못해 무기를 내렸다. 아무래도 이 리더인 남성은 사람들로부터의 신뢰가 꽤 두터운 모양이었다.

'……응? 레그……?'

묘하게 귀에 익은 이름에 레티시엘의 머릿속에 의문표가 떠올랐다 니콜의 삼촌의 이름도 그런 느낌이 아니었던가?

묘하게 귀에 익은 이름에 레티시엘은 머릿속에서 의아하게 생각했다. 니콜의 삼촌의 이름도 그런 느낌이 아니었던가?

"도로셀 님."

"……."

"도로셀 님!"

"……! 예."

딴 생각을 하고 있었더니 이름을 불린 것을 전혀 알아차리지 못했다. 제정신을 차린 레티시엘은 곧바로 레그 쪽을 바라보았다.

"왜 그러십니까?"

"아뇨. 아무것도 아니에요."

레그는 한순간 눈썹을 찌푸렸으나 레티시엘의 그 말을 깊이 추궁하지는 않았다.

"방으로 안내하겠습니다. 따라오십시오."

그렇게 말하고 레그는 걷기 시작했다. 그 말만으로 알 수 있는 것이 있었다.

아무래도 거점 내에서 레티시엘에게 요구되는 행동은 주어진 방에 틀어박혀 있는 것인 모양이었다.

주민들의 거점인 이 동굴은 입구 부분에 있는 광장에서

안쪽으로 몇 개인가의 지하도가 더 갈라지는 형태로 파여 있었다. 그 이외의 통로는 현 시점에서는 보이지 않았다.

그래서 지하도를 걸으면서 필연적으로 민중과 서로 엇갈렸다. 빠른 걸음으로 지나쳐 가는 주민들이 대량의 상자나 무기를 나르는 모습을 레티시엘은 곁눈으로 살폈다.

상대도 이쪽을 신경 써서 작은 목소리로 이야기를 했기 때문에 대화의 내용까지는 들리지 않았다. 그러나 전생에서 빈번하게 전장에 섰던 경험이 있는 레티시엘은 이 감각을 기억했다.

'습격 준비라도 하고 있는 것일까?'

천 년 전에도 대규모 작전이 개시되기 전날에는 병사들이 마지막 준비와 확인을 위해 바쁘게 돌아다녔다. 그리고 작전의 성패에 대한 걱정이 원동력이 되어 병사들의 사기와 진지 전체의 열기가 높아지는 현상으로 이어졌다.

레그는 결코 어떤 말을 하려 하지 않았으나 멀리 보이는 주민들의 총망함에서 레티시엘은 그렇게 추측했다.

몇 번이나 갈림길을 지난 끝에 두 사람은 넓은 공간에 도착했다.

중앙에 작은 지저호가 있는 광장이었다. 광장을 비추는 랜턴 빛이 수면에 반사되어 주위의 암벽에 물결치는 광채를 비추고 있었다.

광장은 그런 환상적인 분위기에 둘러싸인 모습이었으나

한편으론 슬픔과 탄식으로 가득 차 있었다.

숨이 끊어진 유체를 옮기는 남자들. 이미 움직이지 않는 여성에게 매달려 우는 아이. 전신에 피가 번진 붕대를 감은 채 이를 악물고 있는 자.

"……!"

그것만으로도 이곳이 무엇을 위한 장소인지 알 수 있었다. 레티시엘은 튕기듯이 앞으로 뛰어나갔다.

"어? 도로셀 님?!"

갑자기 달려 나간 레티시엘의 행동에 등 뒤에서 레그의 놀란 것 같은 외침이 따라왔다.

호수의 광장에 발을 들여놓은 레티시엘에게 수많은 시선이 모였다. 그 대부분은 경계심을 그대로 드러내며 그녀를 거부하고 있었다.

그러나 기사단과의 싸움으로 이만큼 많은 사람이 목숨을 잃고 부상으로 괴로워하고 있었다. 자신의 마술로 구할 수 있는 사람이 한 사람이라도 있다면, 그것을 그냥 내버려둘 수 없었다.

레티시엘은 양 손바닥을 위로 향하고 숨을 깊게 들이쉬며 눈을 감았다.

두 손의 손가락 사이로부터 태양과도 같이 눈부신 빛이 흘러나왔다. 마술의 발동에 따라, 마소가 레티시엘을 향해 일제히 모여들어 소용돌이를 일으켰다.

레티시엘의 손바닥에 만들어진 빛은 백금의 빛을 내뿜으면서 형태를 바꾸어, 화살과도 같이 가늘고 길게 변하더니 똑바로 위를 향해 일직선으로 튀어 올라갔다.

빛이 암석에 부딪치고, 유리가 깨지는 것과 같은 소리와 함께 동굴의 천장에 옅게 빛나는 빛의 고리가 출현했다.

고리의 안쪽에는 기하학과도 같은 신비한 문양이 그려져 있었다. 그것이 방울과도 같은 맑은 소리와 함께 확산하자, 빛의 입자가 눈처럼 훨훨 내려앉았다.

"……아름답다……."

그것은 대체 누구의 목소리였던가. 어슴푸레한 동굴을 밝게 비추며 하늘하늘 내려앉는 빛의 눈은 환상적이어서, 누구나가 시간이 멈춘 것처럼 숨을 삼키며 머리 위를 올려다보았다.

빛의 눈은 상처입고 쓰러진 사람들의 몸에 천천히 녹아들어갔다. 그러자 빛이 사람들의 몸을 감싸고, 그 몸에 새겨진 애처로운 상처 자국은 시간을 되감은 것처럼 사라졌다.

"……후우."

레티시엘이 사용한 것은 최상급의 치유마술이었다. 큰 기술을 발동한 레티시엘은 후우 하고 한숨을 내쉬었다.

광범위하게 마소를 움직이는 마술은 소모가 심했다. 거기에 더해, 이곳은 동굴 안이라 공기 중의 마소 함유량도 한계가 있었기 때문에 역시 조금은 피로가 느껴졌다.

그러나 이곳에 쓰러져 있는 사람은 백 명은 가볍게 넘었다. 그것을 한 사람씩 치유하려면 시간이 너무 오래 걸렸다.

그래서 레티시엘은 그 부상자들을 한꺼번에 치료했다. 이 치유마술은 효과가 미치는 범위를 지정하면, 효과범위에 있는 모든 살아있는 사람의 타박상과 베인 상처를 다 같이 한꺼번에 고칠 수가 있었다.

"……어라? 어……?"

"거짓, 말……."

천천히 움직이기 시작한 마을 사람들이 자신의 몸과 레티시엘을 믿을 수 없다는 눈으로 번갈아 바라보았다. 그것을 곁눈으로 살피며 레티시엘은 치료소 안을 누볐다.

방금 전 사용한 치유마술은 어디까지나 상처를 낫게 하기 위한 것으로, 응급 처치에 불과했다. 부상자 중에는 중상을 입은 사람들도 많아서, 그들을 개별적으로 독자의 마술로 치유할 필요가 있었다.

몸의 일부를 잃어버린 — 물론 시간이 너무 지나서 잘린 손발을 접합할 수 없게 돼 버린 자도 있었으나 — 사람에게는 진통과 접합치료 마술을 걸고, 열이 나는 사람에게는 염증억제의 마술을 사용했다.

총상을 입은 사람의 치료는 레티시엘도 처음이었으나, 그것에는 천 년 전의 화살에 맞은 상처에 대한 처치를 응용했다.

이렇게, 본래라면 터무니없이 시간이 오래 걸릴 터인 백 명

이상의 치료를 레티시엘은 불과 한 시간 만에 모두 끝냈다.

치료를 완료하자, 레티시엘은 구호 담당으로 생각되는 여성들에게 말을 걸어서 처치할 때의 주의 사항을 설명했다.

어쨌든, 천 년 전에는 이런 부상자의 처치를 지겹게 했던 그녀다. 사람들은 부자연스러울 정도로 적확한 레티시엘의 지시를 어안이 벙벙해하면서도 따랐다.

"이걸로, 일단 사망자가 늘어나는 일은 없을 거예요."

사람들이 조금씩 침착함을 되찾는 것을 보고 레티시엘은 방금 전부터 줄곧 어안이 벙벙해서 굳어있던 레그에게 말했다.

"고, 고맙습니다…… 도로셀 님."

"아뇨. 당연한 일을 한 것뿐이에요."

게다가 기사단이 존재하는 한…… 그 배후에 프리드가 있는 한, 사태는 해결되지 않는다.

이 이상 희생을 늘리지 않기 위해서도, 한시라도 빨리 기사단을 쓰러뜨리고, 원흉인 프리드를 끌어낼 필요가 있었다.

"……여러분을 지켜야만 하는 처지에 있건만, 이런 사태가 될 때까지 눈치 채지 못한 것은 내게도 죄가 있습니다."

그렇게 말하고 레티시엘은 주민들을 향해 깊이 머리를 숙였다. 누군가가 숨을 삼키는 소리가 들려왔다.

"자경단…… 더 나아가 말한다면 공작가의 죄는 제가 갚게 하겠습니다. 그러니 여러분, 조금만 더 참아 주세요."

처음에는 사람들 사이에 침묵이 찾아왔다. 그러나 이윽고 한 사람 또 한 사람 고개를 끄덕이는 사람이 늘어나고, 그것은 광장 전체로 번져나갔다.

이쪽을 바라보는 주민들의 눈에는 다양한 감정이 담겨 있어서, 그 감정이 일제히 레티시엘의 두 어깨에 무겁게 실렸다.

그것들을 전부 받아내며 레티시엘은 조용히 미소를 지었다. 그 기대와 신뢰, 그리고 그 책임의 무게가, 무척이나 반가웠다.

다시 한 번 사람들에게 공손하게 인사를 하고 나서 레티시엘은 왔던 길을 되돌아갔다.

올곧고 고상한 그 뒷모습을 주민들은 감탄과 함께 공포와 존경이 뒤섞인 시선으로 배웅했다.

기적의 힘으로 주민을 구하고, 주민을 지킨 공작 영애. 이제 아무도 그녀를 의심하는 자는 없었다.

"죄송합니다. 잠시 다른 길로 샜네요."

그런 줄도 모르고, 광장을 떠난 레티시엘은 레그에게 제멋대로 행동한 것을 사죄했다.

"아니요. 오히려 저도 감사의 인사를 드리고 싶습니다."

레그는 고개를 절레절레 흔들며 그것을 책망하지 않고, 오히려 레티시엘을 향해 공손하게 인사를 했다.

"귀족으로서 당연한 책무입니다. 감사의 인사를 받을 정도의 일이 아니에요."

"그런 말을 하시는 귀족들이 더 보기 드뭅니다. 그러니 감사 정도는 하게 해 주십시오."

레그는 주머니에서 낡은 회중시계를 꺼내 그 뚜껑을 열었다. 그리고 그것에 표시된 시간에 한순간 얼어붙었다.

"뭔가 다른 예정이라도 있으신가요?"

"예에. 이 뒤에……."

"아, 있다있어! 레그 씨!"

전방에서 한 청년이 레그의 이름을 부르면서 총총히 달려왔다.

"무슨 일이냐?"

"그게 레그 씨하고, 그…… 상의하고 싶은 일이……."

그렇게 말하면서 청년은 빈번하게 이쪽을 신경 썼다. 레티시엘이 이곳에 있는 상태에서 그 이상 이야기를 해도 좋은지 감을 잡지 못하고 있는 것 같았다.

"전 물러날까요?"

물러난다고 해도, 이 거점의 구조를 거의 모르기 때문에 그저 헤매기만 할 것 같은 느낌도 들었지만 그때는 그때였다.

"……."

레그는 잠시 침묵하고 눈을 내리깔았다. 하지만 곧 시선을 들고 고개를 가로저었다.

"괜찮습니다. 그곳에서 들으셔도 상관없습니다."

리더의 허가가 떨어지자, 청년도 그대로 이야기하기 시작했다. 혹시 방금 전 주민들을 치료한 이야기가 벌써 퍼진 것일까. 일제히 경계가 느슨해진 것 같은 느낌이 들었다.

"재고의 총탄 수에 대해서입니다만, 이대로는 부족할지도 모른다고……."

"응? 어제 확인했을 때에는 다른 무기들과 함께 문제가 없지 않았던가?"

"그렇습니다만, 뭐랄까, 일부 동굴의 습기에 못 쓰게 된 상자가 있는 모양입니다. 그래서 상의를 드리러 왔습니다만."

"그런가……. 알았다. 이 뒤에 열릴 회의에서 그 부분도 포함해서 이야기를 해 보지."

가볍게 협의를 마치고 난 뒤, 청년은 다시 왔던 길을 돌아갔다. 그 뒷모습이 모퉁이를 돌아 사라지자, 레티시엘은 내심 줄곧 품고 있던 의문을 입에 올렸다.

"뭔가 대규모 작전의 실시가 가까운가요?"

"예에, 그래서……."

레그는 고개를 끄덕이며 대답을 하려다 말고 위화감을 알아차리고 눈을 동그랗게 뜨고 레티시엘에게 물었다.

"어라? 작전에 대해 이야기를 했던가요?"

"아뇨. 다만 여러분의 분위기를 보고 그냥 그렇게 생각한 것뿐이에요."

보통 그 정도만으로 거기까지 추측할 수 있는 것인가. 레그는 눈을 깜빡였다. 방금 전부터 자신은 이 공작 영애에게 놀라기만 하는 것 같은 느낌이 들었다.

"……그것만으로 안 겁니까?"

"정말로, 그냥 그렇게 생각한 것이지만요."

한 마디로 간결하게 정리하자면, 감이었다.

"그, 그렇군요……."

그녀와 만난 지 이제 겨우 몇 시간밖에 되지 않았으나, 귀족의 아가씨가 곱게 자란 영애라는 레그의 상식은 이미 벌써 뒤집히려 하고 있었다.

역전의 용사가 아니면 알아차릴 수 없는 것 같은 일이건만, 그만큼 그녀의 통찰력이 예리하다는 뜻인 것일까.

"저는 이 뒤 작전 회의에 참가할 예정입니다만, 도로셀 님은 어쩌시겠습니까?"

"……제가 가도 괜찮은 건가요?"

"예. 애초에 지금부터 방으로 안내해 드리려고 해도, 그렇게 하면 회의에 늦을 테니까요."

안내는 회의 뒤에 다시 하기로 하고, 루트를 변경해 레티시엘은 레그와 함께 회의실로 생각되는 방으로 향했다.

간소한 구조의 나무 탁자와 의자가 몇 개인가 놓여있고, 탁자 위에는 누렇게 바래고 쭈글쭈글 구겨진 지도가 펼쳐져 있었다.

방에 있는 사람의 수는 한 손으로 셀 수 있을 정도로 적었다. 지금 한창 소집을 하고 있는 중인 듯, 전원이 다 모이려면 좀 더 시간이 걸릴 것 같았다.

"레그 씨는, 혹시 사관 경험이 있으신가요?"

사람이 모이는 것을 기다리는 사이, 레티시엘은 잡담삼아 레그에게 그런 것을 물어보았다.

"있습니다만…… 설마 그런 것도 아시는 겁니까?"

"전투 지휘나 사람을 움직이는 방식이 무척 능숙하셔서 소대장 정도의 경험은 있는 것이 아닐까 하고 생각했습니다. 게다가 제 지인에게 같은 이름의 친척이 있는데, 그 분이 병역 경험자여서 말이죠."

"도로셀 님의…… 지인이요……?"

레그가 흠칫 하고 한순간 얼어붙었다. 『도로셀의 지인』이라는 단어에 묘하게 반응하는 것 같았다.

"그 지인…… 혹시 이름이 니콜이지 않습니까?"

"!"

레티시엘은 눈을 약간 크게 떴다. 그 단어를 들은 것만으로 핀 포인트로 그 이름이 나왔다는 것은…….

"니콜의 삼촌인 레그 씨…… 본인이셨군요."

멜드 마을의 촌장에게서 니콜의 삼촌이 영도로 돈을 벌러 갔다는 이야기는 들었으나, 설마 반란군의 리더를 맡고 있었다니 놀라운 일이었다.

"니콜은 건강하게 지내고 있습니까?"

"예. 어머니의 건강을 걱정하기에 얼마 전에 휴가를 줘서 지금은 멜드 마을에 있습니다."

"누님이...... 그렇습니까."

두 사람이 대화를 나누는 한편에서는 사람들이 속속 방 안으로 모여들고 있었다. 몇 사람인가 모습이 보이지 않는 사람도 있는 듯, 찾아오라고 외치는 목소리가 들려왔다.

그 뒤에도 레티시엘은 레그가 청하는 대로 그에게 니콜과 마을의 상황 등을 들려주었다. 반란군의 리더와 공작가의 아가씨가 대화를 나누는 것에 위화감을 느끼는지 주위 사람들은 어딘가 안절부절 못하고 있었다.

"촌장님이 말씀하시길 수도사......? 가 진찰을 해 줘서 큰 일은 없을 거라고 하셨는데요."

"그렇군요. 수도사님이 봐 주셨다면 안심이 되는군요."

처음에 촌장에게서 그런 얘기를 들었을 때, 레티시엘은 솔직히 수상하지 않은가 생각했다. 그러나 레그를 비롯한 주민들은 오히려 수도사님이니 뭐니 하는 것에 전면적인 신뢰를 안고 있는 것 같았다.

"이 지방에서는 수도사의 순회 진찰이 자주 있나요?"

"드물지는 않다고 생각합니다. 요즘 같은 시대에 저희 같은 서민이 의사의 진찰을 받기에는 비용이 너무 비싸니까요. 그렇기에 무상으로 치료나 설교를 받을 수 있는 수도사님의 존재는 무척이나 감사하지요."

"흐응......"

그만큼 일상적으로 수도사가 주민들의 생활에 녹아들어

있다면, 분명히 사람들로부터의 존경이나 신뢰가 두터운 것도 이상하지는 않군. 레티시엘은 혼자서 그렇게 납득했다.

"원래부터 성 레티시엘 님이 빈번히 행하셨다고 하니, 그 흔적으로 지금도 성행하고 있는 것이겠지요."

"……예?"

지금 막 레그의 입에서 나온 이름에 레티시엘은 머리를 둔기로 세게 얻어맞은 것 같은 충격을 받았다.

"성…… **레티시엘**……?"

심장 박동이 점점 빨라졌다. 그 이름을 입에 올린 순간, 스스로 자신을 부른 것 같은 묘한 감각이 느껴졌다.

"이 부근에서는 꽤 이름이 알려진 성인이십니다. 뭐, 이 지방만의 신앙 같으니 왕도 쪽에서는 잘 알려지지 않았을지도 모르지만요."

여기에 『레티시엘』이 있건만, 그 『성 레티시엘』이란 대체 뭐지? 레티시엘이 그 성인을 모르는 것에 레그는 딱히 의문을 품은 것 같지 않았다.

"……처음 들었습니다."

레티시엘은 목소리가 뒤집히려는 것을 필사적으로 억누르고, 그렇게 대답하는 것이 고작이었다.

'내가, 성인화되어있다……?'

레티시엘은 천 년 전의 시점에서는 대륙 남부에 있는 나라에 대해서는 전혀 파악하고 있지 않았다. 그렇다면 이 이름은 풍문이라도 타고 흘러든 것일까.

그러나 애초에 레티시엘의 고국인 리제네로제는 지금으로 말하면, 라피스 국의 변경에 있었다.

당시 대륙 남부의 사정 따위 전혀 알지 못했던 천 년 전의 레티시엘과 보레아리스 산맥을 넘은 이 지방은 접점이 전혀 존재하지 않았다. 소문조차 나지 않았을 터였다.

"……저, 그 성인의 전승에 대해 가르쳐 주실 수 있나요?"

"예. 좋습니다."

레티시엘이 그렇게 부탁하자, 회의 시작까지는 조금 더 시간이 있다며 레그는 선뜻 여러 가지 이야기를 들려주었다.

이야기를 요약하자면, 성 레티시엘은 플라티나 왕국 베바르 왕조 무렵에 살았다고 전해지는 여성이라고 했다.

시대로서는 대륙력이 도입된 지 얼마 되지 않은 때. 아직 맹인왕이 등장하지 않은 시대인지라, 이 북부 지방 일대도 왕국령이 아닌 몇 개의 소국이 흩어져 있는 장소였다.

당시 이 북부지방은 아스트레아 대륙전쟁의 영향으로 곤궁했고 기아와 전염병이 만연하고 있었다.

만족스러운 치료도 받지 못하고 식량도 얻지 못한 채 죽어가는 사람들을 가엾이 여긴 성 레티시엘은 각지를 순회하며 사람들을 치료하며 돌아다녔고, 그것이 풍습으로써 이 지방에 뿌리내려 지금에 이르렀다고 했다.

"결국, 최후에는 그녀 자신도 사람들과 같은 병에 걸려,

지금까지 그녀가 구한 사람들이 지켜보는 가운데 숨을 거두었다고 전해지고 있습니다."

"……."

"성 레티시엘 님 자신이 매장을 희망하지 않았기 때문에 사후 그 유체는 화장되었고, 사람들은 그 재를 갖고 보레아리스 산맥의 최고봉에 올라, 그곳에서 재를 뿌렸다고 합니다. 때문에, 이 지방에 사는 사람들은 모두 태어나면서부터 성 레티시엘의 가호를 받았다는 말을 듣기도 하지요."

그렇게 말하고 레그는 웃었다.

그의 이야기를 들은 느낌으로는 『성 레티시엘』과 『왕녀 레티시엘』은 별로 관련성이 없는 것 같았다.

'……그저 나와 이름이 같은 사람이 있었다, 라는 것뿐일까?'

레티시엘이라는 이름은 일반적이라고 말하긴 어려웠지만, 그래도 같은 이름을 가진 사람이 있는 것 자체는 별반 이상하지 않았다.

그렇지만 레티시엘의 마음은 여전히 개운하지가 않았다. 자신과 같은 이름의 다른 사람이 받들어 모셔지고 있는 것이 마치 자신의 일처럼 생각되어 진정이 되지 않기 때문이다.

"다만, 요즘에는 자경단 녀석들도 성인의 이름을 등에 업고 자신들의 행위를 정당화하고 있기 때문에 솔직히 복잡합니다만."

"그런가요?"

"예. 장검에 뱀이 감긴 문장을 본 적이 없으십니까?"

그 말을 듣고 레티시엘의 머리에 가장 먼저 떠오른 것은, 멜드 마을에서 붙잡은 단원의 손에 있던 문신이었다. 그것이 분명히 레그가 말하는 것과 똑같은 모양이었다.

"……있네요."

"그건 성 레티시엘 님을 주신으로 받들고 있는 성 레티시엘 교회의 문장입니다. 그것을 녀석들은 멋대로 악용하고 있는 겁니다."

잘은 모르지만 그 교회는 오래 전부터 이 지방에 뿌리를 내리고 있는 조직이며, 수도사들의 소속을 결정하는 것도, 수도사를 순례에 파견하고, 수도사의 순례를 허가하는 것도 모두 이 조직이 행하고 있다는 것 같았다.

'……역시, 일부러 그런 것일까?'

그때, 그 남자는 윗사람이 시켜서 문신을 새겼다고 말했다. 그것이 유명한 교회의 문장이라면 그 사람들이 제대로 알지 못하는 것은 이상하단 느낌이 들었다.

"그러고 보니, 여러분의 작전에 대해 물어도 될까요?"

프리드와 만나면 추궁해 보자. 지금은 이 이상 생각해도 답은 나오지 않았기 때문에, 레티시엘은 그렇게 생각하면서 화제를 전환했다.

"아아…… 영저 바로 옆에 독주의 제조와 저장을 겸하는 창고 구획이 있어서 말입니다. 그곳을 습격해 탈취하려는 계획입니다."

"그렇군요."

납이 들어간 술을 주민들은 독주라고 부르는 것 같았다. 멜드의 옆 마을에서 생산한 원재료를 그 창고까지 옮겨 제조하고 있었다는 것일까.

또한, 작전 개시는 내일 이른 아침인데, 너무나도 시의적절한 레티시엘의 등장에 작전이 적에게 들통난 것일까 하고 일부의 주민은 걱정했다고 했다.

"……그 작전, 저도 돕게 해주실 수 없을까요?"

이야기를 다 듣고, 레티시엘은 레그에게 그렇게 요청했다. 기사단의 악행을 들은 이상, 아무리해도 남의 일이라며 내버려둘 수가 없었다.

"하지만…… 당신의 목적은 프리드인 것이 아닙니까?"

레티시엘이 설마 그런 말을 하라고는 생각도 하지 않았던 것일까. 레그는 한순간 굳은 표정을 지었다.

"그렇습니다만, 그 창고 구획에서 혼란이 일어나면 근처에 있는 영저에서도 증원을 내보낼 겁니다. 그렇게 되면, 필연적으로 저택의 경비는 허술해질 테지요. 저한테 불리할 일은 아무것도 없어요."

시원스럽게 그렇게 말하는 레티시엘에게 레그는 잠시 생각에 잠겼다. 그러나 이윽고 결심한 것처럼 얼굴을 들었다.

"……그럼, 작전에 동행해주실 수 있겠습니까?"

"예. 물론이죠. 좋을 대로 부려먹어도 상관없어요."

"그건 아무래도……."

레티시엘은 고개를 끄덕이며 즉답했고, 그런 그녀의 패기에 레그는 쓴웃음을 지었다.

"레그 씨. 전원 다 모인 것 같아."

마침 이야기가 끝난 그 타이밍에, 가까이에 있던 남자가 레그에게 귓속말을 했다. 회의에 참가하는 멤버가 모두 모인 모양이었다.

"알았다. 그럼 지금부터 회의를 시작하겠어."

그리고 그 레그의 한 마디에 작전 회의가 개시되었다.

회의에 참가해 때때로 의견을 내놓으면서도 레티시엘의 뇌리에는 줄곧 『성 레티시엘』의 전승이 어른거려서 떨어지질 않았다.

***

영도에 온 지 이틀째. 레티시엘은 레그 일행과의 약속대로 이른 아침부터 반란군과 함께 창고 구획 앞의 뒷골목에 숨어 있었다.

"적의 상황은 어떻습니까?"

바로 옆에서 활을 손질하면서 레그가 작은 목소리로 물었다.

"그게 말이죠……."

그것에 대답하는 레티시엘의 얼굴은 정면의 거리를 향하고 있었으나, 그 눈은 어딘가 먼 곳을 바라보고 있었다.

'……가장 가까운 거리에는 정기 순찰을 하는 용병이 네 명, 인가…….'

그것도 그럴 터였다. 레티시엘은 현재 원시마술과 탐색마술을 자신에게 걸어, 한창 기사단의 인원수와 그들의 배치 등을 관찰하는 중이었다.

"안쪽 거리까지는 파악할 수 없습니다만, 앞쪽의 세 거리에는 자경단이 각각 다섯 명 정도 순회하고 있네요. 아마도 가장 안쪽에는 좀 더 배치되어 있겠죠."

"……생각했던 것보다 수가 많은걸……."

레티시엘의 보고를 듣고 레그는 미간에 주름을 잡더니, 턱에 손을 대고 복잡한 얼굴로 생각에 잠겼다.

"레그 씨…… 어떻게 할까요?"

"어제의 계획을 그대로 실행하는 건, 좀 무리가 있지 않을까……."

"음. 루트를 변경하는 편이 좋을지도 모르겠군."

"안쪽의 옆길은 어떻습니까? 적어도 양쪽에서 한꺼번에 공격을 받을 일은 없을 것 같아요."

"다른 길보다는 안전하지만, 정면에서 집중 공격을 당할 가능성도 부정할 수는 없다. 방패를 전면에 내세우는 것도 방법이긴 하지만……."

레티시엘은 작전 행동에 대해 계획을 재구성하는 레그 일행의 모습을 잠시 잠자코 바라보았다. 그러나 생각하는 바가 있어서 그 대화에 끼어들었다.

"제가 맨 앞에 설까요?"

"예?"

레그만이 아니라, 그와 이야기하던 다른 남성들까지도 일제히 어안이 벙벙한 표정으로 레티시엘 쪽으로 시선을 향했다.

'별로 이상한 말은 하지 않았다고 생각하는데…….'

그들은 다들 왜인지 놀란 기색이었으나, 작전에 동행한 이상 레티시엘은 싸울 마음으로 가득했다. 그녀는 신경 쓰지 않고 말을 계속했다.

"이 작전은 제조 시설의 제압과 파괴가 목적이지만, 적의 수가 많은 이상 무턱대고 돌격해 부상자를 내는 것도 좋은 계책은 아닙니다."

나름대로 무장을 하고 있다고 해도, 이 작전에 출격한 사람들은 지금까지 전투 경험이 전혀 없는 일반인.

그에 반해 상대는 전투경험이 풍부하고, 공작가의 지원을 받는 용병단, 전력 면에서도 장비 면에서도 이쪽이 뒤떨어졌다.

"그러니 이렇게 하는 것은 어떨까요? 제가 적에게 공격을 가해 활로를 열겠습니다. 가능한 한 적을 무력화하도록 하겠으니, 여러분은 타이밍을 봐서 쫓아와 주세요. 그렇게 하면 최소한의 피해로 원활하게 가장 안쪽까지 도달할 수 있을 겁니다."

수에서도 뒤지는 이 상황을 타개할 가장 손쉽고 빠른 방법은 단순하게 상대의 인원수를 반란군보다 적게 만드는 것이었다.

레티시엘의 제안은 분명히 이치에 맞는 납득할 수 있는 것이었다. 그러나 레그는 크게 주저했다.

"역시나 그건 무모합니다. 너무 위험해요."

그녀가 강하다는 것은 이해하고 있었지만, 그래도 몇 십 명이나 되는 적이 있는 적진 한가운데 뛰어들어서 무사할 수 있으리라고는 도저히 믿을 수 없었다.

"괜찮습니다. 상대는 많이 잡아도 백 명 정도이니, 그렇게 쉽게 당하지는 않을 거예요."

그런 사람들의 불안에는 아랑곳하지 않고, 당사자 본인은 아무렇지도 않은 듯이 태연하게 그렇게 잘라 말했다. 이번에야말로 레그 일행은 기가 막혀 입을 떡 벌렸다.

"'……지금, 정도, 라고 말한 건가? 백 명을 상대로 **정도**라고 말한 거야?'"

그 얼굴에는 비장감도 없을뿐더러 긴장감도 없었다. 그녀의 사뭇 당연하다고 말하는 것 같은 어조에, 그 자리에서 그 이야기를 듣던 모든 마을 주민은 하나같이 마음속으로 태클을 걸고 말았다.

'옛날이었다면 백 명을 상대하는 건 그럭저럭 힘이 들었지

만……'

지금은 마술이 당연했던 천 년 전과는 달랐고, 야외활동 때와 같은 묘한 무기를 사용하는 자들도 없으니 문제없을 것이다.

한 줄기의 회오리바람이 뒷골목을 빠져나갔다. 사람들은 몸을 낮게 해서 그것을 받아 흘렸으나, 길가에 굴러다니던 쓰레기가 그 바람에 휘말려들어 소리를 냈다.

"……응? 뭔가 건너편에서 소리가 났어."

아주 작은 소리였으나, 운이 나쁘게도 거리를 걷던 한 자경단원의 귀가 그 사소한 소리를 줍고 말았다.

"이봐, 어딜 보는 거야?"

"지금 건너편에서 소리가 났으니까 잠깐 보고 올게."

그렇게 말하고 남자는 이쪽으로 걸어왔다. 서둘러 그곳에서 철수하고 싶어도 괜히 움직여서 한층 더 소리를 낼 수도 없는 노릇이었다.

절체절명의 상황에 사람들의 얼굴이 창백해졌다. 그 직후, 뒷골목에서 요란한 번개와 흙먼지가 작렬했다.

"으억!"

번개의 직격을 가죽 갑옷으로 받아낸 남자가 연기와 함께 기세 좋게 튕겨나가 건너편 건물에 있는 힘껏 충돌했다.

이윽고 거리에 가득 찼던 흙먼지가 걷히자, 그곳에는 레티시엘이 혼자 서 있었다.

원래의 예정에는 없는 행동이었으나 긴급 사태였기 때문에 어쩔 수가 없었다. 일부러 요란한 기술을 쓴 것은 기사단의 의식을 이쪽으로 집중시키기 위함이었다.

"어…… 뭐, 뭐냐?"

그리고 그런 레티시엘의 의도는 멋지게 성공해서, 기사단원들은 아무도 뒷골목에 숨어있는 레그 일행을 알아차리지 못했다.

상황을 이해하지 못한 남자의 그 한 마디가 신호가 된 것처럼 대지가 소리를 내며 흔들리기 시작했다.

레티시엘의 발밑에서 몇 줄기나 되는 균열이 일제히 달려나가고, 그것은 남자들의 발밑에 도달하자 마치 지상에 있는 것들을 삼키려는 것처럼 지면을 갈랐다.

"우와아아?!"

"위, 위험해라! 뭐야, 이거!"

약 절반 정도의 남자들이 미처 반응하지 못하고 균열에 빨려 들어갔으나, 남은 자들은 간발의 차로 그것을 피했다. 그러나 지상에 남겨진 남자들을 기다린 것은 한층 더 지독한 지옥이었다.

입을 쩍 벌린 대지의 빈틈에서 날카롭고 우렁찬 외침이 울려 퍼지고, 눈부시게 빛나는 무수한 백룡이 그 몸을 지상에 드러냈다.

그 하얀 모습을 지키듯이 작열하는 불꽃이 용의 몸을 감싸고, 그것에서 방출된 열기가 주위에 아지랑이를 만들었다.

물론 진짜 용은 아니었다. 빛 속성의 마술로 형성한 용에 불속성의 마소를 두른 것뿐이었다. 그러나 그 정도로도 남자들의 공포를 증폭시키는 데에는 충분했다.

"괴물?!"

"이 마, 마녀……!"

기사단을 구별하는 것은 간단했다. 그들은 각각 방어구 등의 장비를 몸에 걸치고 있었고, 그 장비나 몸에는 반드시 예의 문장이 그려져 있었다.

"히이익! 가까이 오지 마! 오지 마, 오지 말라고!"

불꽃을 휘감은 빛의 용은 문장을 가진 자들만을 노려 그 이빨을 드러냈다.

도망치려고 하는 자들의 발을 물어 꿰뚫고 저항하려고 하는 자들의 어깨를 깨물어 바수면서, 적확하게 급소를 벗어난 곳을 노려 기사단을 무력화시켜갔다.

깊은 상처를 입혀도 불꽃이 상처 자국을 지져서 막고, 그 몸에 선혈을 뒤집어써도 진홍의 불꽃이 아무것도 없었던 것처럼 그것을 증발시켰다.

종횡무진으로 전장을 달리는 순백의 용들은 그들의 눈에 어떻게 비쳤을까.

'우선, 밖으로 나갈 수 없도록 덮개를 씌워두자.'

기사단이 전원 전투 불능에 빠지자, 레티시엘은 조작하던 용을 흩어뜨렸다.

그리고 마술을 사용해 지면에 흩어진 나무토막이나 기사단의 무기 등을 모아 창살 형태로 만들어 균열의 구멍 부분에 덮어 씌웠다.

지상에 있는 자들도 역시 즉석에서 감옥을 만들어 거기에 던져 넣었다. 그런 뒤, 또다시 탐색마술을 발동해 주위에 기사단이 몇 사람 정도밖에 남지 않은 것을 확인하고, 레티시엘은 길을 서둘렀다.

한편, 기사단과 싸우고 있던 주민들은 기사단의 괴멸로 갑자기 끝난 싸움에 어안이 벙벙해서 주위를 두리번두리번 돌아보았다.

어제 싸움을 지켜보았던 자들은 별로 놀라지 않았으나 그렇지 않은 사람 쪽이 압도적으로 많았다.

그들은 자신이 목격한 광경을 믿지 못하고 그 꺼림칙하면서도 거룩한 분위기의 용을 만들어낸 자의 모습을 찾아 시선을 바쁘게 움직였다.

눈부신 빛이 쏟아지는 가운데, 많은 사람들은 그 모습을 포착할 수 없었다. 그러나 자욱하게 피어오른 흙먼지 속에서 모래의 회색을 지워버릴 정도로 아름답게 빛나는 백은의 머리카락을 본 자도 분명히 있었다.

"……저건……?"

기사단을 쓰러뜨리고 한동안 달리고 있으려니, 거리 안쪽에 이곳에는 어울리지 않을 정도로 새롭고 커다란 건물이 보였다.

건물에 가까이 다가가자 발포음이 연속으로 울리고 화약 냄새가 강해졌다. 그것을 만들어내는 그 원통형의 무기는 총이라고 한다는 것을, 어제 저녁 레그가 가르쳐 주었다.

'과연……. 총이라고 하는 것은 성가신 물건이네.'

어제 전투에서는 총을 발사하기 전에 기사단을 쓰러뜨렸기 때문에 그 위력이나 구조 등을 확인할 수 없었는데, 이건 한시라도 빨리 무력화시켜야겠다는 생각이 들었다.

레티시엘은 자신에게 방어마술과 신체강화마술을 걸고 포석의 지면을 힘차게 차고 나갔다.

길에서 레티시엘의 모습은 순식간에 사라지고, 그 대신 휙 하는 바람을 가르는 소리만이 여운을 남겼다.

"……응?"

건물을 지키던 단원 중 가장 오른쪽에 있던 남자가 기묘한 소리를 듣고 그 방향을 돌아보았다.

그리고 그는 눈앞에서 날아온 커다란 돌멩이를 피하지 못하고 이마로 받아내고는 기절했다.

그 둔탁한 소리에 남자들이 일제히 돌아보자, 그곳에는 고속으로 이쪽으로 향하는 레티시엘의 모습이 있었다.

"너……! 그 모습은 도로셀 님……!"

"헉?! 거짓말이지?!"

레티시엘이 기사단의 집단 쪽으로 다가가자 단원들 중 누군가가 그렇게 외쳤다.

기사단의 면면은 공작 영애의 등장에 놀람을 감출 수 없는 듯, 무기를 손에 들고 경계를 강화하는 사람도 있는 한편, 어쩔 줄 몰라 당황하는 사람도 있었다.

어제 전투에 대해서 그 자리에 있던 단원들을 통해 전해지지 않은 것일까. 그렇게도 생각했지만, 실제로 목격하지 않은 탓에 참으로 받아들이지 않았던 것일지도 몰랐다.

'나는 마력이 없는 자이기도 하니까.'

마법밖에 존재하지 않는 이 시대에 마력이 없는 자인 레티시엘이 『마법』을 썼다는 얘기를 들으면 아무래도 믿기 힘들 것이다.

"공작가의 영애가 왜 이런 곳에 있는 거냐!"

"왜냐니, 그런 건 뻔하잖아요?"

기사단을 이끌고 있다고 생각되는 남자의 외침에, 레티시엘은 별 일 아니라는 것처럼 대답했다.

"이 비극의 연쇄를 끊으러 온 거예요. 당신들을 쓰러뜨려서 말이죠."

그 한 마디에 기사단은 소란스러워졌다. 기사단이 보기엔 공작가는 자신들의 고용주로 아군일 터……였으니 당연했겠지만.

"당신들이 이 주변만을 엄중히 지키고 있는 것을 보니, 아무래도 그곳이 주류 제조의 본거지인 것 같네요."

기사단이 등 뒤로 지키고 있는 거대 건축물을 가리키면서 레티시엘은 말했다.

"그, 그게 어떻다는 거냐! 애초에 너 같이 곱게 자란 영애가 혼자서 태연하게 전장에 나오다니, 머리가 이상한 거 아니냐?!"

"네가 뭘 할 수 있다는 거냐! 얼른 꺼져라!"

상황을 이해하고 조금 진정이 된 것일까. 기사단의 면면은 각각 무기를 쥐고 레티시엘과의 거리를 좁히기 시작했다.

그런 무장한 남자들의 집단에, 레티시엘은 꽁무니를 빼기는커녕 오히려 스스로 한 걸음 앞으로 내디뎠다. 분명히 그들이 말하는 대로 곱게 자란 영애라면 할 수 있는 일은 아무것도 없었다. 곱게 자란, 영애라면…….

"그럴까요? 분명히 반란이 발발한 현 상황을 뒤집을 수는 없지만."

고작 여자 한 명에게 질 자신들이 아니다. 기사단은 아마 그렇게 생각하고 있으리라.

레티시엘은 작게 미소를 지었다. 사나운 바람이 부는 전장에서의 미소는 아름다운 동시에 어딘가 이상했다.

"당신들을 쓰러뜨리는 것 정도는 손쉬운 일이에요."

그 말이, 자신들을 바보 취급한 것이라고 느꼈는지 남자들은 관자놀이에 핏대를 세우고 외쳤다.

"이 계집애가…… 우쭐해하지 마라! 이봐. 총을 들어라! 저 녀석은 적이다! 쏴도 상관없어!"

지휘관의 지시에 따라 남자들은 각각 총을 들고 레티시엘을 향해 일제히 발포했다.

수많은 총탄이 눈앞으로 육박해도 레티시엘은 당황하지 않았다. 그 총탄이 자신에게 도달하지 않으리라는 것을 알았으니까.

레티시엘을 향해 날아간 총알은 그 직후, 그녀의 주변에 전개된 보이지 않는 벽에 소리도 없이 빨려 들어갔다.

마치 작은 돌이 수면에 떨어지는 것처럼, 총탄을 빨아들인 벽은 작은 파문을 만들면서 흔들흔들 흔들렸다.

남자들이 깜짝 놀라는 것도 잠시. 다음 순간에는 그 보이지 않는 벽에 작은 번개와도 같은 것이 내달리고, 방금 전 사라졌을 터인 총탄이 원래의 모습 그대로 남자들에게 힘차게 도로 날아왔다.

"아야야! 팔…… 내 팔이!"

"끄어억!"

기사단이라도 해도 어차피 단순한 용병. 마술의 공격에 대한 대책 따위 있을 리가 없었다. 원래부터 공동체의식 따위 전무한 것인지 동료를 버리고 도망치는 자도 속출했다.

"기, 기다려라! 네놈들! 도망치다니……."

"시끄러워! 우린 아직 죽고 싶지 않다고!"

기사단의 단장으로 생각되는 남자가 그들을 붙잡으려고 했으나 전혀 의미가 없었다.

레티시엘은 만신창이가 되어 뿔뿔이 흩어져 도망치는 기사단을 힐끗 쳐다보고, 그 자리에 무릎을 꿇고 앉아 지면에 집게손가락을 갖다 대었다.

그녀가 손가락을 갖다 댄 부분부터 마술이 지면에 간섭해 대지에 작은 흔들림을 가져왔다. 남자들이 무슨 일인가 하고 당황한 사이, 지면에서 무수한 덩굴이 하늘을 향해 튀어나왔다.

"으, 으아아! 이, 이번엔 뭐냐?!"

"히이익! 오, 오지 마!"

덩굴은 대지를 흔들며 마치 의사를 갖고 있는 듯이 일제히 남자들에게 덤벼들었다.

레티시엘은 기사단을 이 자리에서 놓아줄 생각은 조금도 없었다. 저항하려고 하는 자, 도망치려고 하는 자, 덩굴을 자르려고 버둥거리는 자.

덩굴은 그것을 모두 집어삼켜서는 남자들의 몸에 휘감겨 그 자유를 빼앗았다. 불과 몇 분 만에 그 자리에 있던 남자들은 전원, 덩굴에 몸의 자유를 빼앗겼다.

레티시엘은 그 자리에서 흙으로 된 감옥을 만들어 남자들을 그 안에 가둬 넣고 가공장 안으로 발을 들여놓았다.

건물 안에서는 술을 제조하기 위한 기계가 빼곡하게 늘어서서 둔한 광택을 발하고 있었다. 그 외에도 몇 개인가 저장실이 있었고, 그 중 한 곳에 대량의 납이 보관돼 있었다.

사실은 이 이상 또 다른 피해자를 늘리기 않기 위해서라도 모조리 소각해 버리고 싶었지만, 이것은 증거로서 남겨둬야 했다.

주민들을 괴롭히게 된 기계이긴 했으나, 모든 것이 수습된 뒤에 주민들이 살아가기 위해선 충분한 이용 가치가 있었다.

'……어떻게 멈추는 것일까.'

기계에는 아마도 각종 기능을 제어하기 위한 레버나 스위치가 어지러이 달려 있었으나, 기계 따위 변변히 알지 못하는 레티시엘이 그 조작 방법을 알 수 있을 리 없었다.

뭐가 뭔지 알 수 없었기 때문에, 레티시엘은 일단 달려있는 레버들을 닥치는 대로 파괴했다. 꽤 거친 수단인 것 같은 느낌도 들었으나, 어쩔 수 없었다.

파괴를 완료하자 시설 내부에서 기계의 가동음이 모두 사라졌다. 그것을 확인하고, 레티시엘은 다시 밖으로 나왔다.

"전위! 일단 물러나라! 방패를 앞으로 돌리고, 총은 이틈에 장전해 둬라!"

거리에서는 마침 레그가 이끄는 반란군 세력이 기사단의 잔당과 한창 싸움을 벌이는 중이었다.

"레그 씨. 가세하겠어요."

"아니, 걱정하실 필요는 없습니다. 이 정도 수라면 별 것

아닙니다."

레티시엘은 곧바로 레그의 가까이로 뛰어갔으나, 그는 사람들에게 지시를 내리면서 고개를 가로저었다.

"그보다, 이틈에 프리드에게로 가십시오."

"하지만……."

"이러는 사이에 녀석은 도망치고 있을지도 모릅니다. 도로셀 님의 목적은 원래부터 프리드였을 터입니다!"

"……알았어요. 그럼, 이 자리를 부탁할게요."

분명히 이만큼 요란하게 싸우면, 영저에 있는 프리드에게도 그 상황이 전해졌을 것이다. 그것을 듣고 도망칠 가능성도 충분히 있을 수 있었다.

레티시엘은 조금 걱정이 남기는 했으나 그래도 레그에게 뒷일을 맡기고, 그의 호의에 감사하며 싸움의 자리를 뒤로 했다.

영저는 그곳에서 그리 멀지 않았다. 하지만 창고 구획을 벗어나자 갑자기 거리에 사람의 기척이 확 줄었다.

레티시엘은 일단 적의 기습을 경계하면서 나아갔으나 결국 저택의 바로 앞에 도착할 때까지 한 번도 적다운 그림자를 보지 못했다.

레티시엘이 예상했던 대로, 영주의 저택 주변에는 기사단원들의 모습이 거의 보이지 않았다.

'경비의 수가 생각했던 것보다 훨씬 적네.'

창고 구획의 전투에 지원군으로 나갔기 때문이라고 생각되었지만, 명색이 영지의 중심이기도 한 이 장소가 반란이 한창 중인 가운데 이렇게나 경비가 허술해도 되는 것일까.

"……."

그 상황에 조금 부자연스러움이 느껴졌지만, 그렇다고 해서 언제까지고 여기서 꼼작 않고 기다릴 수도 없는 노릇이다.

레티시엘은 파수꾼이 한 명도 없는 장소를 찾아 재빠르게 담을 뛰어넘었다. 그리고 서둘러 저택의 정면으로 돌아와 현관문을 열었다.

"……?"

저택에 발을 들여놓자마자 바로 레티시엘은 위화감을 느꼈다. 주위에 사람의 기척이 전혀 없었던 것이다.

마치 저택에서 모든 사람들이 갑자기 사라진 것 같았다. 너무나도 조용해서 뭔가 함정이라고 설치된 것일까 싶어 레티시엘은 주위를 경계했다.

"이야. 생각했던 것보다 빨리 왔네~."

문득, 어딘가 즐거운 것 같은 목소리가 홀에 울려 퍼졌다. 그 목소리에 레티시엘은 뒤를 돌아보았다. 그러자 언제부터 그곳에 있던 것일까, 홀 중앙에 있는 화려한 계단의 층계참에 무늬 하나 없는 순백의 로브를 걸친 남자가 서 있었다.

청년의 얼굴을 보기 무섭게 레티시엘의 표정이 험악해졌다. 그는 얼마 전 레티시엘의 저택을 습격한 그 남자와 동일

인물이었다.

“어째서 당신이 이런 곳에 있는 거죠?”

“으—음…… 내게는 일단 자쿠도라는 이름이 있는데 말이지.”

레티시엘에게 『당신』이라고 불리는 것이 마음에 들지 않는지 청년은 입을 삐죽거리면서 툴툴 그렇게 말했다.

일단, 이 남자가 적이라는 사실은 틀림없었다. 레티시엘은 곧바로 임전 태세를 취하고 한 걸음 그와의 거리를 좁혔다.

“어이쿠, 잠깐, 잠깐! 오늘의 나는 단순한 전령이야. 그러니까 호의적으로 서로 이야기를 하자고.”

그러나 자쿠도라고 이름을 댄 청년은 두 손을 머리 위로 올리고 실실거리며 항복하는 자세를 취해 보였다.

싸우려는 의사를 전혀 보이지 않는 자쿠도에게 레티시엘은 한층 경계심을 강화했다. 그는 대체 무슨 목적으로 이곳에 있는 것일까.

“아가씨의 목적은 오라버니지? 그 오라버니에게서 전언을 부탁받았어. 듣고 싶지 않아?”

그런 레티시엘의 경계심을 꿰뚫어본 것처럼, 자쿠도는 히죽거리면서 미끼를 슬쩍 내비쳤다.

“……프리드는 어디 있죠?”

“그렇게 서두르지 마~. 금방 알려줄 테니까 말이야.”

레티시엘이 그의 말을 무시하고 질문을 하자, 자쿠도는 과장된 동작으로 탄식조로 고개를 흔들고는 말했다. 왠지 언동 하나하나가 사람을 짜증나게 만드는 남자였다.

"프리드는, 여기서 북쪽에 있는 별장터에서 널 기다리고 있어."

"……별장터?"

레티시엘은 의아하다는 표정을 띠었다. 영도의 북쪽에 별장 터가 있다는 사실도 금시초문이었다. 의미심장하게 별장터라고만 말해도 무슨 얘기인지 전혀 알 수가 없었다.

"어라~? 혹시 기억 못 하는 거야? 네게는 꽤 깊은 트라우마가 있는 곳이라고 생각하는데."

그런 레티시엘의 반응이 의외였던 것일까, 자쿠도는 한순간 고개를 갸우뚱했다. 그러나 곧 다시 평소의 태도로 돌아왔다.

"뭐, 됐어. 일단 난 제대로 전했어. 나머지는 자신의 기억에 의지해서 열심히 해 봐~."

"……! 잠깐 기다……."

"그럼 안녕~."

레티시엘이 마술을 발동하는 것보다도 빨리, 자쿠도의 모습은 층계참에서 홀연히 사라졌다. 레티시엘은 곧바로 층계참으로 달려갔으나, 그곳에는 이미 희미한 바람만이 남아 있을 뿐이었다.

'……내게 있어…… 트라우마라고?'

방금 자쿠도에게 들은 말이 레티시엘의 머릿속에서 몇 번이나 메아리쳤다.

그것이 『도로셀』을 말한다는 사실은 예상할 수 있었다. 그러나 레티시엘이 떠올린 기억 속에 그럴듯한 것은 발견할 수 없었다.

"……."

프리드가 이곳에 없다면, 이 이상 이곳에 있을 필요는 없었다. 하지만 그가 지금 있다고 하는 별장터의 장소도 알 수 없어서 레티시엘은 꼼짝할 수가 없었다.

레티시엘이 어떻게 하면 좋을지 알지 못해서 홀에서 움직이지 못하고 있으려니, 문득 현관 밖에 누군가가 멈추어 서는 소리가 들려왔다. 탁, 하는 구두소리가 작게 들려왔다.

새로운 적인가. 레티시엘은 경계태세를 취했다. 그러나 문을 열고 들어온 것은 너무나도 뜻밖인 인물이었다.

"……어머? 크리스타?"

그곳에는 교복 차림의 크리스타가 서 있었다. 평소에는 정성스럽게 정리돼 있는 앞 머리카락은 아무렇게나 눈앞에 늘어져 있어서 그녀의 표정을 감추고 있었다.

"……."

아무 말도 없이 크리스타는 한 걸음 한 걸음 이쪽으로 다가왔다. 그 발걸음은 비틀비틀 불안정했다.

"……여긴 무슨 일인가요?"

상태가 이상한 크리스타에게 레티시엘도 가만히 손을 뻗

었다.

그러나 그 손이 그녀의 어깨에 닿기 직전, 시야의 끄트머리에 반짝 하고 빛나는 하얀 선을 포착한 레티시엘은 순간적으로 뒷걸음질을 쳤다.

그 직후, 레티시엘의 눈앞을 진한 회색의 단검이 스치고 지나갔다. 그것이 한순간, 머리카락 끝을 잘라내어 백은의 머리카락이 먼지처럼 허공에 흩어졌다.

"겨우…… 찾았어요, 언니."

크리스타가 칼날 폭이 좁은 단검을 오른손에 쥐고 얼굴을 살짝 들었다. 머리카락 아래에서 나타난 그녀의 연보라색의 눈동자에서는, 빛이 사라져 있었다.

초점이 맞지 않는 눈에 공허한 표정을 한 크리스타의 모습에 레티시엘은 그저 어찌할 바를 몰랐다. 대체 그녀의 몸에 무슨 일이 일어난 것인가.

"내게, 뭔가 볼일이 있나요?"

"……훌륭하시네요, 언니."

그렇게 물어보았으나 크리스타는 그것조차 들리지 않는 것일까, 전혀 엉뚱한 대답을 했다.

"들었어요. 언니가 학대당한 민중을 이끌고 오라버니의 군세를 쳐부수었다고요."

"……그게 어쨌다는 건가요?"

자신의 세계에 빠져 대화가 통하지 않는 크리스타를 레티시엘은 그저 지켜보는 것밖에 할 수 없었다.

"굉장하세요. 옛날부터 그랬죠. 상냥하고, 뭐든지 완벽하게 해내고, 영지의 사람들에게도 감사를 받고, 재수 없는 아이라는 말을 들어도, 결코 고개를 숙이지 않는 나만의 도로셀 언니."

크리스타는 웃고 있었다. 비꼬는 기색이 없는 자연스러운 미소였으나, 단검을 한 손에 들고 있는 지금, 그것은 어딘가 광기어린 인상을 주었다.

"그런 언니가…… 전 정말 싫었어요!"

크리스타는 그렇게 외치고는 단검을 크게 휘두르며 레티시엘에게 덤벼들었다. 레티시엘은 순간적으로 전방에 결계를 펴서 받아냈다.

계속해서 단검이 심장을 노리고 찔러 들어왔으나, 그것은 몸을 비트는 것만으로도 쉽게 피할 수 있었다.

"……윽."

상태가 이상하긴 했지만, 그래도 본래 크리스타의 힘이 강하지 않았기 때문에 공격 하나하나가 그렇게까지 묵직하지는 않았다.

그래도 단검을 쥐고 있는 것은 크리스타였고, 그녀는 이번 생의 자신에게는 『쌍둥이 여동생』이었다. 그녀를 상처 입히고 싶지 않았기 때문에 레티시엘은 반격을 할 수 없었다.

"있죠, 언니. 이번에도 그런 거죠? 오라버니 때문에 괴로워하던 사람들을 구해서 감사받고 떠받들어져서 내게 과시하는 거죠? 나와 언니는 다르다고, 나 같은 건 발끝에도 미치지 못한다고."

크리스타는 계속 웃고 있었다. 그러나 그 웃는 얼굴은 일그러져서, 마치 고통을 참는 것 같은 괴로운 표정이 되어 있었다.

"그럴 생각은 없어요. 단지 이렇게 하는 것이 당연하다고 생각한 것뿐. 감사받고 싶다고도, 우러러 받들어지고 싶다고도 생각하지 않아요."

"……언니는 늘 그래요. 늘 새침 떠는 얼굴로 옳은 말을 하고, 모범이 될 것 같은 행동을 해서 자신은 특별하다고 널리 알리죠. 나 따윈, 싫어하죠? 내심 바보 취급하고 있지요? 그때와 똑같이……!"

크리스타의 어조가 점점 빨라지고 단검을 휘두르는 속도도 조금씩 올라갔다. 결계와 단검이 부딪치는 소리가 홀에 끊임없이 울려 퍼졌다.

기세에 맡긴 그녀의 이야기는 엉망진창이었다. 하지만 비로소 크리스타의 심정을 직접적으로 듣게 된 것 같은 느낌이 들었다.

크리스타가 말하는 『그때』가 언제를 가리키는지는 알 수 없었으나, 레티시엘은 그저 크리스타의 말에 계속 귀를 기울였다.

이것이 크리스타에게 있어서 『도로셀』인 것이다. 레티시엘이 알지 못하는 『도로셀』이었지만, 이것도 『도로셀』의 하나의 모습인 것이리라.

"이번에도 역시 모두가 하나같이 언니를 칭송하고 있어요. 어째서 늘 당신이죠? 내가 해 온 일은 전부 헛수고라고 말하고 싶기라도 한 건가요?"

끊임없이 눈앞으로 달려드는 칼끝 하나하나가 마치 크리스타의 감정 그 자체인 것 같았다. 몸에 상처는 나지 않아도 마음이 아팠다.

"인정받고 싶었던 것뿐인데, 뛰어넘고 싶었던 것뿐인데, 내 생각은 누구도 이해해주지 않고. 그렇다면 내 이 10년은 대체 뭐였던 건가요?! 나한테는 그것 말고는 아무것도 없는데!"

레티시엘로서의 자신은 크리스타에 대해 거의 알지 못했다.

하지만 크리스타에게 자신은 지금도 옛날도 도로셀이었으며, 그녀의 인생 그 자체. 그 정도로까지 거대한 존재였다고 비로소 알게 되었다.

목을 찢어놓을 것처럼 달려드는 칼날을 뒤로 훌쩍 뛰어 피하고, 거기서 레티시엘은 멈추어 섰다.

이 시대에 눈을 떠, 자신과 관련된 수많은 것들에 레티시엘은 무관심으로 일관하며 눈을 주지 않았다. 하지만 분명 크리스타에게서 눈을 돌려서는 안 된다.

때문에 단검을 움켜쥔 크리스타의 돌진을 레티시엘은 피하지 않았다. 짙은 회색의 칼끝은 똑바로 이쪽으로 육박해

와 레티시엘의 오른쪽 옆구리에 깊숙히 박혔다.

"……?!"

크리스타가 검을 쥔 채 튕기듯이 시선을 들어 올려 레티시엘을 직시하며 눈을 크게 떴다. 설마 그녀가 피하지 않으리라고는 생각하지도 않았던 것 같은 얼굴이었다.

"겨우, 이쪽을 봤네요."

얼어붙은 채로 움직이지 못하는 크리스타의 손을 레티시엘은 두 손으로 감쌌다.

그 순간, 시계가 새하얗게 변했다.

무슨 일인가 당황하기도 전에 눈앞에 수많은 영상이 마치 홍수처럼 단숨에 쏟아져 들어왔다.

『봐봐, 언니! 언니의 초상화를 그렸어!』

『언니! 왜 그래?!』

『나랑 너는 달라. 그러니까 이제, 가까이 다가오지 마.』

『……! 로시포드 님!』

『누가 그를 이런 상태로 만들었는가.』

『……도로셀 언니야.』

메아리치는 목소리와 함께 무수한 장면이 눈앞을 지나갔다.

꽃밭에 앉아 책을 한 손에 들고 독서를 하는 은발의 어린 소녀에게 기세 좋게 스케치북을 내미는 장면.

왼팔 위쪽에 베인 상처가 생겼어도 눈앞에서 웅크린 채

괴로워하는 은발의 소녀를 걱정해 외치는 장면.

가슴에 몇 권의 책을 끌어안은 은발의 소녀가 차갑게 내뱉고 떠나는 장면.

사랑하는 사람이 눈을 떴지만 모든 것을 다 잊어버리고 말았다는 사실을 알게 된 때의 장면.

그리고 시작했을 때와 마찬가지로 비전은 갑자기 사라지고 주위의 경치가 돌아왔다.

눈앞에는 멍한 표정을 짓고 있는 크리스타의 얼굴이 있었다. 아마도, 자신도 비슷한 표정을 하고 있을 것 같은 느낌이 들었다.

"……어, 어째서……."

크리스타는 단검에서 확 손을 떼고는 레티시엘의 손에서 도망치듯이 비틀비틀 뒷걸음질 쳤다.

그 연보라색의 눈동자에는 빛이 돌아와 있었다. 그녀는 지금의 비전이 레티시엘이 보인 환각이라고 생각하는 것일까.

하지만 레티시엘은 아무것도 하지 않았다. 크리스타가 느끼고 있을 당혹감을 레티시엘도 역시 느끼고 있었다.

'……뭐지? 지금 그건…….'

머릿속에서는 방금 전 본 섬광이 여전히 어른거리고 있었다. 낯선 경치, 들은 적이 없는 말.

그리고 그 대부분의 장면에는 어딘가 쓸쓸해 보이는 표정을 띤『도로셀』이 비치고 있었다.

'……혹시, 그건 크리스타의……?'

그 비전에 크리스타는 한 번도 등장하지 않았다. 그것은, 이 장면을 보고 있던 것이 그녀였기 때문인 것이 아닐까.

"……윽."

레티시엘은 상처에 박힌 단검을 뽑아 그것을 손이 닿지 않는 곳으로 던져버렸다.

바닥에 떨어진 단검은 그대로 빙글빙글 회전하면서 홀을 미끄러져갔다. 하얀 타일에는 단검이 회전하는 박자에 튄 붉은 피가 점점이 남았다.

"……당신은, 뭘 하러 여기에 온 건가요?"

일단 마술로 피부를 연결할 뿐인 간단한 응급처치를 한 뒤, 레티시엘은 크리스타를 똑바로 바라보았다.

"예……? 뭘 하러라니…… 그건, 언니를……."

"그것이 목적이 아니었을 거예요."

살짝 엿보인 기억이 어느 시기의 것인지는 알 수 없었으나, 로시포드가 눈을 뜬 그 광경이 최근이라는 것은 알 수 있었다.

그리고 그 일에 대해 받은 크리스타의 충격도, 도로셀에 대해 끓어오른 격정도.

"……이건 분명히 당신이 바라던 답이 아닐 거라고 생각해요. 하지만 전하가 왜 그런 상태가 됐는지는, 나도 몰라요."

"……아."

방금 전의 비전을 믿는다면, 그것이야말로 크리스타의 목적이었을 터였다.

로시포드가 모든 것을 잊어버린 사실을 믿을 수 없어서, 받아들일 수 없어서, 충동적으로 그 원인을 만든 쌍둥이 언니에게 답을 구하려고 했다.

"당신의 인생에 달리 아무것도 없다고요? 그 말은 틀려요. 어떤 인간이든 고뇌하고 생각해서 자신이 옳다고 믿은 길을 선택해 살고 있어요."

그렇게 고뇌한 끝에 그 사람이 살아가는 의미가 있었다. 아무것도 갖지 않은 인간 따위 존재하지 않았다.

"당신이 반복해 온 결단을 나는 알지 못해요. 앞으로도 틀림없이 알아줄 수는 없겠죠."

아무리 혈연이 가깝더라도, 쌍둥이로 태어났다고 해도, 자신과 그녀는 별개의 인간이었다.

그랬기에 크리스타가 자신의 인생에서 의미를 찾을 수 없다고 한다면, 그것을 레티시엘이 이러쿵저러쿵 말할 수는 없었다.

"하지만…… 전하에게 바친 과거도, 마음도, 당신은 스스로 부정해 버릴 건가요?"

"……!"

그 한 마디에 크리스타는 크게 숨을 들이쉬었다.

크리스타가 로시포드에게 품고 있는 감정은 결코 도로셀

에 대한 경쟁심에서 비롯된 것만은 아니었다.

그렇지 않으면, 그를 위해 위험한 일에 손을 대거나, 레티시엘을 추궁하고자 일부러 전쟁터에 뛰어들지는 않았으리라.

"다른 모든 것을 부정해도, 그것만큼은 당신의 것이라고 가슴을 펼 수 있지 않을까요?"

"……."

크리스타는 아무 말도 하지 않고 그저 멍하니 그 자리에서 있을 뿐이었다.

이윽고 크리스타는 홀 바닥에 맥없이 풀썩 주저앉았다. 그녀의 눈이 레티시엘의 시선과 마주쳤다.

"……왜."

작게 툭 속삭이듯이 크리스타의 입에서 말이 흘러나왔다.

"왜…… 그때, 나를…… 거부한 거야……."

"……."

거기서 크리스타의 목소리는 끊어지고, 레티시엘은 침묵했다.

지금이라면, 크리스타가 말하는 『그때』가 언제인지 알 수 있었다. 쌍둥이 언니에게 차갑게 내쳐진 그 순간, 그때 들은 한 마디가 크리스타의 인생 그 자체를 비틀어버리는 계기가 되었다.

"……미안해요."

분명히 그녀는 지금도 그때 거절당한 이유를, 언니가 던진 그 말의 진짜 의미를 알고 싶어 하고 있었다.

하지만 레티시엘은 그 의문에 되돌려줄 수 있는 답을 갖고 있지 못했다. 『그때』의 기억을 떠올렸어도, 그때의 감정까지 떠올리는 것은 불가능했다.

그대로 쓰러진 크리스타를 레티시엘은 끌어안았다. 그 충격에 오른쪽 옆구리에 찌릿하고 통증이 달리고, 옷에 묻은 붉은 핏자국이 한층 더 커졌다.

아무래도 크리스타를 끌어안으며 무게 중심이 오른쪽으로 기울어져서 방금 전 찔린 상처가 벌어진 것 같았다.

레티시엘은 크리스타를 왼손으로 고쳐 안고 바닥에 무릎을 꿇었다. 그리고 오른손을 상처에 갖다 대고 치유마술을 발동시켰다.

쾅!

그때, 정면 현관이 기세 좋게 열리는 소리가 들리고, 분주한 발소리와 함께 세리냐가 현관 홀에 뛰어 들어왔다.

냉정하게 등장한 크리스타와 달리, 세리냐는 호흡이 거칠어서 자력으로 달려온 것임을 예상할 수 있었다. 어지간히 급했던 것일까.

그러나 크리스타만이 아니라 세리냐까지 영지에 와 있었을 줄이야. 예상외의 일이라 레티시엘은 크리스타를 끌어안은 채 살짝 눈을 크게 뜨게 떴다.

"……!"

현관홀은 방금 전까지 크리스타와 벌인 싸움의 결과, 여기저기가 꽤나 크게 파손돼 있었다.

그런 너덜너덜한 홀의 중앙에는 피가 묻은 단검이 구르고 있었고, 크리스타는 정신을 잃고 있었으며 레티시엘은 그녀를 끌어안고 서 있었다.

레티시엘은 정신을 잃은 크리스타를 끌어안고 서 있었다.

정신을 잃은 크리스타와 그녀를 끌어안은 레티시엘.

그 상황만 놓고 보면 누구든 착각을 해도 이상하지 않았다. 세리냐도 역시 헉 하고 숨을 삼키고 얼굴을 창백하게 물들였다.

두 사람의 모습을 보고, 아마도 레티시엘이 크리스타에게 뭔가 위해를 가했다고 생각한 것이리라.

애초에 직전까지 싸우고 있었으니 그 인식은 어떤 의미로는 틀리지 않았는지도 모르지만.

"……살인자……."

레티시엘에게만 들릴 정도의 작고 떨리는 목소리로 세리냐가 그렇게 말했다.

그 말은 도로셀의 꿈에서 들은 적이 있는 것 같았다. 과거, 어린 도로셀에게 세리냐가 던졌던 말이었다.

하지만 지금의 그것은 이전에 들은 것과는 뉘앙스가 꽤나 다르게 들렸다.

꿈에서 들은 것은 좀 더 모멸과 조소의 울림을 강하게 두르고 있었으나, 지금은 그런 것들이 전혀 느껴지지 않았다.

마치 감정을 그대로 노출시킨 것 같은, 감정을 쥐어짜낸 것 같은 솔직하고 무거운 그런 말이었다.

『살인자…… 살인자!』

세리냐의 말이 문득 과거의 기억과 링크했다. 똑같은 말을, 자신은 전생에서도 누군가에게 들었다.

그것과 동시에, 홍련의 불꽃이 기억의 한 구석을 스치고 지나갔다. 레티시엘은 조용히 눈을 내리뜨고, 그 말을 부정하는 일 없이 그저 작게 미소만 지었다.

어떤 말도 목에 걸려서 입으로는 나오지 않았다. 부정하려고 해도, 해서는 안 되지 않느냐고 무의식이 외치고 있었다.

『레티시엘』이 가슴에 품은 죄의식이, 『도로셀』이 끌어안은 죄의식이, 『살인자』라는 것을 인정하고 말았다.

"……."

"……."

잠시 동안, 레티시엘도 세리냐도 한 마디도 하지 않았다. 정적이 두 사람 사이에 내려앉았다.

"……크리스타를 부탁합니다."

이윽고 레티시엘은 크리스타를 세리냐에게 맡기고, 그대로 돌아보지 않고 말없이 저택을 뒤로 했다.

등 뒤에 있는 언니의 기척이 레티시엘을 쫓아오는 일은 없었다.

막간 나의 죄

—나는 가면을 쓴 인형이다.

만약 누군가가 자신을 어떤 인간이라고 생각하느냐고 묻는다면, 세리냐는 틀림없이 그렇게 대답할 것이다.

지금으로부터 11년 전. 세상이 스피리아 전쟁의 화제로 연일 떠들썩했던 그 뒤에서, 전쟁의 그늘에 가려지듯이 공작령에서 어떤 사건이 일어났다. 왕녀 알렉시아가 불에 타 사망한 사건이었다.

당시, 공작령에는 제1왕녀 알렉시아와 요양처에서 왕도로 돌아오는 도중이었던 왕비 조세피나가 체류하고 있었다.

왕녀 알렉시아의 이름은, 지금은 많은 사람들이 잊어버렸을 것이다. 제3비 소피리아를 어머니로 두고 세 명의 왕자를 오빠로 가진 이 왕녀는, 몸이 매우 약해서 사람들 앞에 나서기는커녕, 왕성에서 나오는 일도 거의 없었다.

그 때문에 알렉시아의 모습을 본 적이 있는 사람은 극히 일부였으며, 세간에서는 한때 환상의 왕녀라고 불릴 정도로 존재감이 희박했다.

그런 왕녀가 공작령에 온 것은, 동시기 영지를 방문했던 도로셀에게 놀러오기 위함이었다. 좀처럼 왕성에서 나올 수 없는 왕녀의 간만의 외출이었다고 했다.

세리냐도 왕녀에 대해서는 잘 알지 못했지만 그녀가 도로셀과 사이가 좋다는 것은 알았다. 영지에 있는 공작가의 영저에서도 두 사람이 정원에서 노는 모습을 때때로 본 적이 있었다.

그 무렵부터 공작가의 사람들은 도로셀을 좋아하지 않았으며, 당시 여덟 살이었던 세리냐도 역시 그 여동생이 거북했다.

외모가 어떤지 기분 나빴던 것도 이유이긴 했으나, 무엇보다 도로셀은 매우 우수했다. 귀족 사이에서는 마력이 없는 자라는 이유만으로 도로셀을 무능하다고 경멸하는 자가 많았으나, 세리냐는 도로셀과 가장 가까이에 있었기에 그 평가가 얼마나 잘못되었는지를 잘 알고 있었다.

그때까지 공작가의 유일한 영애로서 모든 이의 칭찬과 관심을 한 몸에 받던 세리냐에게 여동생의 존재는 매우 달갑지 않았다.

왕녀 알렉시아는 영지에 체류하는 중, 요양에서 돌아오던 왕비 조세피나와 함께 영도 교외의 별장에서 생활했다. 세리냐도 이따금 그곳을 방문했다.

그런데 그 별장에서, 어느 날 한밤중에 불이 났다.

그로 인해 별장의 대부분은 불에 타 무너져 내렸고, 일부 관계자의 근소한 증언에 의지해 화재의 원인은 창고의 촛불이 융단에 옮겨 붙은 것이라고 결론이 났다.

하지만 세리냐만은 그것이 거짓말이라는 것을 알고 있었다. 그 날, 창고에는 촛대 같은 것은 놓여있지 않았던 것을 세리냐는 보았다.

그렇다면 불의 발생원은 무엇인가. 세리냐는 짐작 가는 물건이 있었다. 그것은 화재가 일어난 날, 낮에 세리냐가 별장에 갖고 들어간 한 장난감이었다.

도로셀의 보호자로서 별장으로 향하던 도중, 길가에 있던 행상인이 시작품이라며 무료로 준 장난감.

특별한 조건 아래에서 갖고 놀면 불을 뿜는 광대가 튀어나온다고 그 행상인은 말했다. 선택받은 사람만이 다룰 수 있는 장난감이라고.

재미있을 것 같아 세리냐는 장난감을 여러모로 조작해 보았다. 그러나 장난감은 조금의 반응도 보이지 않았다. 그것이 몹시 시시해져서 세리냐는 장난감을 별장의 창고에 두고 그대로 저택으로 돌아갔던 것이다.

창고에는 불씨가 될 법한 것은 아무것도 없었다. 그렇다면 그날따라 외부에서 갖고 들어간 물건이 가장 수상쩍었다. 그것은 어린 세리냐도 상상하기 어렵지 않았다.

그 날은 마침 도로셀도 별장에 머물고 있었다. 아버지 스컬로를 비롯한 많은 어른들이 격렬한 불길이 치솟는 별장 주변에서 그저 화재를 지켜볼 수밖에 없던 가운데, 그 불바다에서 왕비와 도로셀이 나왔다.

『왕비님. 알렉시아 님께서는…….』

누군가가 입에 올린 그 질문에 조세피나는 그저 말없이 고개를 저었다.

도로셀은 줄곧 별장을 보고 있었다. 때때로 활활 타는 별장으로 돌아가려는 그녀를 왕비는 필사적으로 말렸다.

별장을 집어삼킨 불의 기세는 좀처럼 꺾이지 않아서, 겨우 진정이 된 것은 동트기 직전이었다.

하지만 알렉시아가 별장에서 나오는 일은 끝까지 없었다. 화재가 진화된 뒤 전원이 불탄 자리를 수색했으나, 재가 되어버렸는지 시체도 발견되지 않았다.

『세리. 너도 어제 별장에 있었지? 괴로우리라고 생각한다만, 아는 것이 있으면 알려주지 않으련?』

아버지의 말은 상냥했다. 하지만 세리냐는 그 상냥함이 너무나도 무서웠다.

자신이 원인일지도 모른다는 걸 알게 되면 아버지는 어떤 반응을 보일까. 어떤 벌이 내려질까. 혹시 살해당하는 것은 아닐까.

그렇게 생각하자 세리냐는 도저히 자신이 가져간 장난감의 이야기를 털어놓을 수가 없었다.

『……도로셀.』

그 이름은 놀랄 정도로 자연스럽게 입에서 흘러나왔다. 그것이, 세리냐가 처음으로 한 거짓말이었다.

그 이상은 말문이 막혀서 아무 말도 할 수 없었다. 그러나 그 한 마디 만으로 아버지는 멋대로 머릿속에서 이론을 완전히 보완했다.

『그 역병신이……!』

그 뒤로는 눈 깜짝할 사이에 일이 진행되었다. 화재에서 생환한 도로셀에게 어른들은 온갖 욕과 독설을 퍼부었다.

당시부터 이미 많이들 싫어했기에 도로셀의 결백을 아무도 믿지 않았다.

그 자리에 있던 모든 이가 도로셀을 화재의 원흉이라고 믿어서, 이제 세리냐가 그 말은 거짓말이라고 정정할 여지조차 남겨지지 않았다.

『…….』

하지만 그 아이는 아무 말도 하지 않았다. 부정도, 긍정도 하지 않았다. 때문에 세리냐도 마음이 가는 대로 외쳤다.

『……사, 살인자. 너는, 살인자야!』

도로셀을 향해 외친 말이었건만, 그것은 마치 날카롭게 벼려진 나이프처럼 세리냐 자신의 마음을 후벼 팠다.

그것은, 자기 자신에게 해당하는 말이기도 했던 것이다.

왕녀 알렉시아의 죽음은 결국 사고로 정리되었다. 도로셀이 원인이라는 직접적인 증거도 발견되지 않아, 진상은 그대로 유야무야 되었다.

그로부터 몇 달 뒤, 스피리아 전쟁이 종결되기 직전에 왕비 조세피나가 독배를 마셨다는 것을 풍문으로 들었다.

공작령을 떠난 뒤, 왕비가 어째서 처형되게 되었는지는 세리냐도 알 수 없었다. 다만, 왕비에게 선고된 죄명에는 공작령에서의 왕녀소사사건에 대한 책임도 포함돼 있었다고 했다.

그 무렵이 되어, 세리냐는 한 가지 알아차린 것이 있었다. 그것은, 범인은 누구라도 좋았다, 라는 사실이었다.

왜냐하면, 그 무렵에는, 이미 아무도 화재의 원흉이 누구였는지 마음에 두지 않았으니까.

『알렉시아 공주의 건은 정말로 간담이 서늘했어. 그 재수 없는 아이도 가끔은 도움이 되는군 그래.』

아버지가 서재에서 어머니에게 그렇게 말하는 것을 세리냐는 들었다.

그것은 어른들의 책임 전가였다. 어떤 이유가 됐어도 왕족을 죽게 한 책임은, 벌은, 지고 싶지 않아했다.

때문에 세리냐가 도로셀의 이름을 거론한 것은, 그것이 거짓말이 됐든 뭐가 됐든 그들에게는 딱 안성맞춤이었다.

일설에 따르면, 왕녀의 죽음에 대한 책임은 왕비가 몸소 처벌받는 것을 바란 끝에 나온 죄상이었다고 했다. 혹시 왕비는 자신이 모든 책임을 뒤집어쓰는 것으로, 중상 비방의 대상이었던 도로셀을 지키려 했던 것일까.

아버지는 세리냐의 거짓말을 이용했고, 주위 사람들은 그것에 편승했다. 그리고 모든 것이 원만하게 수습되자, 그대로 없는 일로 했다.

하지만, 세리냐는 그 거짓말을 없던 일로 할 수는 없었다. 그 날의 거짓말이 원인이 되어 왕가가 바뀌고, 왕비가 죽는 등, 정신을 차리고 보니 이제는 돌이킬 수 없는 곳까지 와 있었다.

그때부터 세리냐는 다른 사람과 관계를 맺는 것을 거부하게 되었다. 다른 누구의 탓도 아니었다. 그저 세리냐가 사람을 믿지 못하게 되었을 뿐.

일단 알아차리고 나니, 사교계가 거짓말과 허구로 가득 찼다는 것은 금방 깨달을 수 있었다. 늘 어디선가 누군가가 다른 이의 소문을 이야기했다.

그것이 사실인지 아닌지 따위, 이야기하는 사람도 듣는 사람도 신경 쓰지 않았다. 그들에게 소문은 단순한 오락 혹은 화제 만들기였고 지겨워지면 간단하게 방치해 버렸다.

그리고 뒤에 남겨진 진위가 뒤섞인 거짓말만이 사람들에게 잊혀도 사라지지 않고, 언제까지고 사교계의 어둠에 달라붙어 있었다. 세리냐는 그런 세계가 싫어졌다.

하지만 귀족가의 인간인 이상, 사교계에서 도망칠 수는 없었다. 그래서 세리냐는 또 한 사람의 자신을 만들어냈다. 사교적이고, 대화에 능숙하며, 누구에게도 의심받지 않는 『세리냐 역』을.

연기를 하고, 또 연기를 하고, 그렇게 계속해서 연기를 한 끝에, 지금은 그 역 이외에 가슴을 펴고 『자신』이라고 단정할 수 있는 것을 달리 발견할 수 없었다.

옛날의 세리냐는 어떤 아이였는가. 분명히 아무도 기억하지 못하리라. 세리냐 자신조차도 알지 못했다.

거짓말을 지키기 위해 거짓말을 거듭하면서 기어 올라간 그 끝에 지금의 자신이 있었다. 돌아보는 일 따위 할 수 없었다. 왜냐하면 뒤에는 아무것도 없었기 때문이다. 자신에게는 이 가면 하나와 거짓말로 단단히 다진 그릇밖에 없었다.

그런 것은 이미 한참 옛날부터 깨닫고 있었건만, 그래도 그것을 인정하는 것이 무서운 자신은 정말로 별 수 없는 인간이라고 생각했다.

바로 방금 전, 도로셀이 자리를 뜨기 전에 보인 미소가 눈꺼풀 뒤에 새겨져서는 떨어지질 않았다.

별장이 재가 된 그날 밤. 세리냐에게 살인자라고 불린 도로셀은 아무 반론도 하지 않고 지금과 똑같이 그저 조용히 미소만 짓고 있었다.

"……."

세리냐는 무릎 위에서 눕힌 크리스타에게 시선을 떨어뜨렸다.

처음에는 그저 거짓말로 도배한 자신을 무조건적으로 긍정하고 받아들여줄 순종적인 존재가 필요했던 것뿐이었다.

그래서 크리스타의 도로셀에 대한 감정이 비틀렸을 때, 그 원망을 거꾸로 이용해 세리냐는 크리스타에게 접근했다.

자신과 똑같은 열등감을 도로셀에게 품은 그녀를 아군으로 삼는 것은 간단해서, 크리스타의 감정을 헤아려 상담에 응해 주는 것만으로 크리스타는 곧바로 세리냐에게 마음을 열었다.

줄곧 자신이 크리스타를 이용하고 있다고 생각하고 있었다. 하지만 세월이 지남에 따라, 세리냐의 안에서 크리스타의 존재 의의가 점점 달라졌다.

모든 일을 타산적으로 생각하는 세리냐를 언니라며 무조건적으로 믿고 의지하고 받아들여주는 크리스타는 세리냐 안에서 갈 곳을 잃어버렸던 공허를 채워주었다.

크리스타는 어떤 세리냐도 부정하지 않았다. 그녀와 함께 있을 때만큼은 세리냐는 가면을 쓰지 않고 있을 수 있었다.

그런 크리스타의 존재가 있었기에 세리냐는 거짓말의 가면을 계속 쓸 수 있었다. 세리냐 쪽이 줄곧 크리스타에게 의존하며 줄곧 그녀에게 구원을 받고 있었다.

"……미안해."

잠든 크리스타의 머리카락을 쓰다듬으며 세리냐는 누구에게도 들리지 않을 정도로 작은 목소리로 툭 중얼거렸다.

이윽고 정면 현관문을 걷어차 여는 커다란 소리가 나고, 왕국군이 현관홀에 우르르 밀어닥쳤다.

병사들의 선두에 선 것은 제3왕자 에델하르트였다. 과거 이 장소에서 피를 나눈 여동생을 잃은 이 왕자는 또다시 이 땅에 발을 들여놓고 무엇을 생각하고 있을까.

"……."

요란하게 부서진 현관홀, 바닥에 주저앉은 세리냐, 쓰러진 크리스타. 에델하르트는 홀 안을 한 바퀴 돌아보고는 말없이 뒤쪽에 있는 병사들에게 신호를 보냈다.

"송구합니다만, 동행을 부탁드립니다."

가까이 다가온 병사 중 한 사람이 그렇게 말했다. 다른 병사들은 가져온 들것을 펼쳐서 크리스타를 싣고 한 발 앞서 저택을 빠져나갔다.

그에 이어 세리냐도 자리에서 일어났다. 곁에 있던 병사가 손을 빌려주려고 했으나, 거절했다.

의심할 여지도 없이, 공작가는 이것으로 끝장이리라. 오빠가 영지에서 무엇을 하고 있었는지는 모르겠지만, 이런 사태로 발전한 시점에서 이미 때는 늦었다.

이번 반란의 원인만이 아니었다. 분명히 나라는 지금까지의 공작가의 행적도 더듬어 올라가 모든 죄상을 백일하에 밝히려 할 것이다.

'……그럼, 내 거짓말은 어떻게 되는 거지?'

그렇게 되면, 11년 전의 사건도 추적당하는 것이 아닐까. 지금까지 자신을 형성해 온 모든 거짓말이 부서지는 것은 아닐까. 왕녀를 죽게 한 책임을 물어 죽는 것은 아닐까.

—싫어.

"전하. 이 뒤는 어떻게 할까요?"

"으음. 우선은 소대별로 나누어 저택을 조사해 줘. 뭔가 있다면 바로 내게 보고하도록."

"실례합니다! 민중군의 리더로 생각되는 자가 돌아왔다고 합니다."

"돌아왔다니…… 어딘가에 가 있던 건가?"

"그런 듯합니다."

"그렇군…… 이리로 불러주겠어? 이야기를 듣고 싶어."

"옛!"

에델하르트는 계속 병사들에게 지시를 내리고 있었다. 그 옆을 지나쳤을 때 세리냐는 문득 그 자리에 멈춰 섰다.

'……아, 그래.'

한 가지 해답이 세리냐의 머릿속에서 번뜩였다. 처벌을 겁낼 필요 따위 없었다. 좀 더 간단한 방법이 있지 않은가.

그 사건의 진상에 다다르는 퍼즐의 조각은 세리냐의 손안에 있었다. 그렇다면 『세리냐』가 없으면 되었다. 그것만으로 누구도 이 거짓말을 파헤칠 수 없었다.

"……후후."

세리냐의 입에서 희미한 웃음소리가 새어나왔다. 앞을 걷던 병사가 한순간 뒤를 돌아보았지만, 고개를 숙인 세리냐가 작게 웃고 있다는 사실을 알아차리지는 못했다.

"……?"

그리고 떠나가는 세리냐의 뒷모습을 에델하르트는 의아하다는 듯이 지켜보고 있었다.

5장 검은 불꽃

자쿠도의 말에 따라 영저를 나온 것까지는 좋았으나, 변함없이 별장터의 장소를 알지 못하는 레티시엘은 어찌할 바를 몰랐다.

창고 구획 방향에 시선을 주어 보았으나, 다소의 연기는 피어오르고 있었지만 전투 소음은 소리를 들리지 않았다.

'레그 씨네 쪽도 정리가 된 걸까?'

상황을 보러 갈까 해서 길가까지 나오자, 마침 레그가 이쪽으로 오는 참이었다.

"……! 어떻게 되신 겁니까?! 그 피는."

크리스타에게 찔린 상처는 이미 치료를 끝냈으나 혈흔은 옷에 묻은 채였다. 그 때문에 레그는 레티시엘을 보기가 무섭게 얼빠진 소리를 냈다.

"대단한 상처는 아니니 괜찮습니다. 그것보다 그쪽의 상황은 어떻게 되었나요?"

"이쪽도 딱히 문제는 없습니다. 그래서…… 프리드는……."

레그의 질문에 레티시엘은 조용히 고개를 저었다.

"하지만 어디에 있는지는 알아냈습니다."

"이제부터 쫓아가시는 겁니까?"

"예."

거기서 레티시엘은 일단 말을 끊었다. 별장터에 대해 레그에게 물어보려고 했으나, 레그가 과연 그 장소를 알고 있을까 한순간 불안해졌다.

"……저, 레그 씨."

"예."

잠시 고민했으나, 결국 레티시엘은 밑져야 본전이라는 기분으로 물어보기로 했다. 이대로 아무것도 알지 못한 채 프리드를 놓친다면 정말로 웃어넘길 수가 없는 일이 된다.

"별장터…… 가 어디에 있는지 아시나요?"

"……예?"

레티시엘이 그렇게 물은 순간, 너무나도 알게 쉽게 레그는 노골적으로 굳어버렸다.

"그곳에 프리드가 있어요. 제가 아는 장소라고는 생각하는데요, 저로서는 잘 기억이 나지 않아서요."

"……."

레그는 침묵하고 말았다. 허공을 헤매는 그의 눈에서는 정말로 이야기해도 좋을지에 대한 강한 망설임이 느껴졌다.

또다. 멜드 마을에서도 촌장이 똑같은 반응을 보였었다. 도로셀이 끌어안고 있는 트라우마는 화제에 올리는 것조차 꺼릴 그런 일인 것일까.

"……도중까지, 안내해 드리겠습니다."

레그는 오랫동안 생각에 잠겨 있었으나, 이윽고 결심을 한 것처럼 크게 고개를 끄덕여 보였다.

그를 따라 마을을 나아갔다. 레그가 향한 곳은 창고 구획에서 가장 가까운 영도의 서쪽 성문이었다.

문 앞에는 아마도 기사단이 쳐놓았을 터인 바리케이드가 있었지만 지금은 사람이 없어 제대로 기능하지 않고 있었다. 바리케이드를 넘어서 레그는 성벽 밖으로 나갔다.

서문 밖은 거의 개발돼 있지 않은 듯, 도시에서 한 발 나오자 그곳은 풀이 제멋대로 자란 황량한 평지였다.

그 풀을 밟고, 밀어 헤치면서 레그는 앞으로 나아갔다. 그를 따라 한동안 걸었더니 문득 지면에 둥글게 다듬어진 돌 같은 것이 보이기 시작했다.

처음에는 그것이 점점이 이어져 있는 것뿐이었으나, 앞쪽으로 나아가면 나아갈수록 보이는 빈도가 늘어났다. 아무래도 예전에 이곳에는 길이 있었던 모양이었다.

"이 길을 나아가면 별장터에 도착할 겁니다."

그리고 레그가 멈춰선 장소의 앞으로 이끼가 끼고 금이 갔기는 했으나 한없이 완전한 상태로 남아있는 납작돌을 깐 길이 이어지고 있었다.

"그래요……. 고마워요. 여기까지로도 충분해요."

안내해 준 레그에게 감사의 인사를 하고, 레티시엘은 혼자 그 앞으로 나아가려고 했다.

"……혼자 가시는 겁니까?"

"이 앞에 무엇이 기다리고 있을지는 알 수 없어요. 당신을 휘말리게 하고 싶지는 않아요."

별장터에 프리드가 있다는 사실을 가르쳐준 것은 그 자쿠도라고 이름을 댄 정체불명의 청년이었다.

그는 자신은 단순한 전령이라고 말했지만, 목적지에서 그의 동료들이 대기하고 있을 가능성도 충분히 있었다. 그런 위험한 장소에 자쿠도 일당과는 관계가 없는 레그를 데리고 갈 수는 없었다.

"……."

레티시엘의 그 대답에 레그는 뭔가 납득이 되지 않는 느낌을 받았다. 나쁜 일이 일어날 것 같은 느낌이 들어 견딜 수가 없었다.

"……부디, 무사하십시오."

그러나 그와 동시에 레티시엘의 눈동자 안쪽에 확실한 의지와 각오가 있다는 것도 알아차렸다. 때문에 레그는 그녀를 말리지 않았다. 말릴 수 없다는 걸 직감적으로 이해했던 것이다.

멀어져가는 레티시엘의 등에 인사를 하고, 레그는 그녀에게 등을 돌리고 왔던 길을 돌아갔다.

'……나, 이 길…… 걷는데 익숙해.'

아무것도 없는 외길이었지만, 걸으면 걸을수록 레티시엘

의 보폭은 커져갔다.

심장이 두방망이질치고 있었다. 몸이, 이 앞으로는 가고 싶지 않다고 외치고 있었다.

길은 조금씩 경사가 지며 완만한 언덕이 되어 있었다. 언덕을 오르기 힘든 것도 아니었건만, 그곳에서 갑자기 다리가 움직이지 않게 되었다.

그래도 그것을 참고 견디고 언덕길을 한층 더 올라가자, 갑자기 눈앞이 탁 트였다. 평평하게 골라진 평지에는 달리 건물은 없었고 길 끝에 한 칸의 집이 있을 뿐이었다.

아니, 정확히는 집이었던 빈터였다. 일부 석벽만이 남아 있었다.

아니, 정확히는 집이었던 빈터였다. 건물은 일부 석벽만이 남아 있었고, 과거에는 집의 기둥이었다고 생각되는 나무 기둥은 하나같이 새카맣게 타버린 채였다. 탄화되어 무너진 것일까. 길이도 균일하지 않았다.

'……이 장소, 알고 있어…….'

코끝을 목탄 냄새가 스친 것 같은 느낌이 들었다. 나무가 불에 타는 냄새와 똑같았다. 그 냄새가 코 안쪽을 찌릿하게 찔러, 레티시엘은 그 자리에 멍하니 멈춰 섰다.

"왔느냐, 도로셀. 기다리다 지치는 줄 알았다."

프리드는 불탄 공터 한가운데에서 레티시엘을 기다리고 있었다. 그 얼굴에는 미소가 떠올라 있었고, 묘하게 자신감이 넘치고 있었다.

"프리드……."

"오빠의 이름을 함부로 부르다니, 배짱 한 번 좋구나."

"당신 같은 악독한 인간을 친족이라고 생각한 적은 한 번도 없어요."

"악당처럼 취급당하다니 뜻밖인걸. 그런 눈으로 날 노려보지 말아 줘. 이것도 다 내가 널 걱정해서 한 일이다. 정말 착한 오빠잖아?"

프리드는 냉혹한 미소를 띠면서 자신은 전혀 잘못한 것이 없다는 투로 말했다. 그런 프리드에게 레티시엘은 관자놀이에 핏줄이 곤두설 것만 같았다.

이 남자는 이만큼의 악행을 저지르고는 그래도 자신에게 잘못이 없다고 그렇게 떠들고 있는 것이다.

"잘도 그런 말을 할 수 있군요. 당신의 행위 때문에 얼마나 많은 사람들이 괴로워했다고 생각하는 건가요? 선악도 구별하지 못하다니, 정말로 근성이 썩었군요."

"난 모르는 일이야. 백성들 따위 결국에는 돈을 벌기 위한 도구잖아? 죽어도 대신할 사람은 얼마든지 있어."

진심으로 아무래도 좋다고 말하듯이 내뱉는 프리드의 말에 레티시엘은 피가 배어나올 정도로 주먹을 꽉 쥐었다.

마음 같아서는 당장 눈앞의 남자를 침묵시키고 싶었으나, 분노에 차서 폭주하면 마을에도 피해를 입힐 수 있었다. 레티시엘은 폭주 직전이 된 마소를 가까스로 진정시켰다.

"……기사단에게 성 레티시엘교의 문장을 새기도록 지시한 것도, 당신인가요?"

"글쎄. 무슨 말인지 모르겠는데."

프리드는 코웃음을 치며 그렇게 대답했다. 그러나 문득 매우 연극조의 동작으로 손바닥을 툭 내리쳤다.

"아아. 그러고 보니, 자경단 단장이 매우 신심이 깊은 인간이라서 말이지. 모든 단원이 성인을 믿고 받들게 하고 싶은데 어떻게 하면 좋겠느냐고, 상의를 해 온 일이라면 있었을지도 모르겠네."

그 말투. 역시 프리드는 모두 알고서 성인의 이름을 이용하는 것을 허가했던 것이다.

레티시엘은 있는 힘껏 프리드를 노려보았다.

"뭐, 하지만 네가 나를 어떻게 생각하든 아무래도 상관없어. 어차피 너는 내게는 이길 수 없으니까."

그렇게 말하고 프리드는 들고 있던 지팡이를 한 번 쓰다듬고는 의기양양하게 불손한 미소를 띠었다.

"아, 이거 말이야? 이건 이 지방에 전해져오는 성인께서 남긴 귀중한 성유물이야."

딱히 묻지도 않았는데 프리드는 히죽 웃으면서 친절하게 지팡이에 대한 해설을 해 주었다.

프리드의 언동으로 생각건대, 아마도 이 지팡이가 그의

자신감의 원천인 것 같았다. 하지만 레티시엘에게는 그 지팡이가 뭔가 특별한 것처럼은 보이지 않았다.

마소나 마력이 담긴 기척은 느껴지지 않았다. 분명히 순백색의 몸체에 가해진 장식은 군더더기가 없고 척 보기에도 뭔가 특별한 힘이 있을 것 같은 신성함은 있었지만, 그것은 단순히 외면적인 요소에 불과했다.

"네게도 느껴져? 이 지팡이에는 성인의 가호가 깃들어 있어. 선택된 사람의 축사에 호응해 그 자에게 힘을 빌려주는 것이지."

"당신 같은 인간에게 힘을 빌려줄 성인 따위 상상도 되지 않네요. 그런 별난 성인이 있다면, 그건 성인이 아니라, 악마의 화신을 잘못 안 것이겠죠."

"그런가. 너는 이것의 근사함을 이해할 수 없는 건가. 그거 유감이야. 역시 나야말로 이 지팡이에 선택받은 자로군."

어딘가 황홀한 기색으로 그렇게 말하는 프리드의 눈이 뭔가 위험한 빛을 내뿜었다. 전생한 뒤로 몇 번밖에 대면한 적이 없었으나, 그래도 지금의 그가 정상이 아니라는 것은 알 수 있었다.

"……뭘 한 거죠?"

"글쎄. 그건 네가 자신의 눈으로 확인해 봐……!"

그 말과 함께 프리드는 지팡이의 몸체를 움켜쥐고는, 그것을 힘차게 머리 위로 들어올렸다.

그 순간, 지팡이 끝에 달린 보옥에서 모든 것을 다 불태워 버릴 것 같은 강렬한 빛이 작렬했다. 너무나도 눈이 부셔서 레티시엘은 눈을 가늘게 떴다.

빛 속에서 프리드의 손에 들린 지팡이가 형태를 바꿔가는 것이 희미하게 보였다. 보옥에서 용솟음치는 은색의 파편이 빛을 뒤집어 쓰고 접합과 분해를 반복하면서 전혀 다른 형태로 다시 짜여갔다.

이윽고 빛이 파도가 물러나는 것처럼 사라지자, 그곳에는 맥동하는 새하얀 대검을 쥔 프리드가 서 있었다. 원래의 지팡이의 모습은 조금도 찾아볼 수 없었다.

검을 쥔 그의 오른손에는 검은 안개와도 같은 것이 끼어 있었다. 그것은 뱀처럼 꿈틀거리며 프리드를 통째로 집어삼키려는 듯이 서서히 그 어깨를 타고 올라가 넓게 번져나갔다.

프리드는 변함없이 미소를 띠고 있었으나, 그 눈은 초점이 맞지 않았다. 아까 저택에서 만난 크리스타를 처음 보았을 때와 똑같았는데, 이쪽이 명백히 더 이상했다.

상태가 이상하다. 레티시엘이 그렇게 느낀 다음 순간, 프리드는 우물우물 뭔가 이해할 수 없는 말을 하며 힘차게 땅을 찼다.

그 예상 이상의 속도와 다리 힘에 이게 정말로 프리드 본인인가 싶어서 레티시엘은 한순간 자신의 눈을 의심했다.

쩡!

레티시엘의 정면 아슬아슬한 위치에서 프리드가 내리친 검이 결계마술에 부딪쳐 무거운 소리를 울렸다.

'뭐야? 이 힘?!'

결계마술로 막는 것은 가능했지만, 레티시엘은 이 시대에 와서 처음으로 인간의 물리공격을 상대로 자신의 결계가 삐걱거리는 소리를 들었다.

그만큼 프리드의 일격은 묵직했다. 마술이라고는 도저히 생각할 수 없었다. 그렇다고 해서 이 정도의 강력한 기술을 구사할 수 있을 정도로, 이 시대의 마법은 뛰어나지 않았다.

'저 지팡이는 대체…….'

굳이 말하자면, 검은 안개를 두른 이 무기와 힘은 예전에 야외활동에서 조우한 남자들의 것과 비슷했다. 그러나 그 때 그 남자들의 무기에 있던 것과 같은 검은 고리는 이 지팡이…… 아니, 검에서는 찾아볼 수 없었다.

인간적으로는 생각할 수 없을 정도의 속도로 내리치는 검을 결계로 받아내면서, 충격을 완화하기 위해 레티시엘은 뒤로 재빠르게 점프했다.

그에 따라, 프리드의 검은 한순간 결계를 스치고 그대로 지면에 깊숙이 박혔다.

콰아아아아앙!

굉음과 함께 별장터 주변 지면 일부에 거대한 바람구멍이 생겼다.

꺼림칙한 기운을 두른 하얗게 빛나는 검을 대지에 내리찍은 여파로 그 위치에서부터 굉음과 함께 지면에 금이 갔다.

레티시엘은 결계를 펼친 채로 바로 방금 전까지 자신이 있던 장소에 생겨난 균열을 노려보았다.

오랜 세월 비바람을 맞으며 약해진 별장의 벽이나 기둥 중에는 지금 가해진 충격에 무너진 것들도 있었다.

'……이상해. 있을 수 없어. 프리드가 이 정도의 힘을 갖고 있을 리가 없어. 대체 어떻게 된 거지……?'

레티시엘은 프리드가 계속 내보이는 그 인간을 벗어난 힘에 내심 놀라움을 감추지 못했다.

"아하하하하하하!"

그 검을 손에 쥔 뒤로 프리드는 마치 다른 사람처럼 성격이 바뀌었다. 고장 난 기계처럼, 계속해서 새된 웃음소리를 내며 검을 휘둘렀다.

그런 주제에 얼굴에는 가면을 쓴 것처럼 줄곧 같은 표정을 띠고 있었고, 눈동자 안쪽은 탁하게 가라앉아 아무런 빛도 담겨 있지 않았다.

'……틀림없이, 저 검은 안개가 원인일 거야.'

프리드의 맹공을 능숙하게 회피하면서 레티시엘은 되도록 냉정하게 상황을 분석했다.

프리드의 팔에서 떨어지지 않는 검은 안개는 명백히 그에게 달라붙어 있었다. 프리드가 검을 휘두를 때마다 안개는 푸들, 하고 떨리면서 한층 크게 부풀어 오르는 것 같은 느낌이 들었다.

'우선은 저 검은 물질을 정화하는 편이 좋을 것 같네.'

밖에서 힘을 흡수하고 있는 것일까. 그렇지 않으면 프리드에게서 직접 힘을 빨아들이고 있는 것일까.

이러니저러니 생각해도 별 수 없었다. 레티시엘은 일단 전생의 지식 중에 사용할 수 있을 것 같은 것을 시험해보는 길을 선택했다.

천 년 전에도 갑자기 사람이 바뀐 것처럼 날뛰거나 아무 전조도 없이 갑자기 몸이 튼튼해지는 등, 기묘한 증상을 보이는 사람들은 적지 않게 있었다.

그런 증상을 보이는 사람들은 악마 들린 자라고 불렸다. 그리고 천 년 전에는 이 악마 들린 자들을 치료하기 위한 정화마술이 존재했다.

레티시엘의 모친이었던 리제네로제 왕국의 왕비가 그 마술에 능해서, 레티시엘도 어머니가 환자를 치료하는 모습을 몇 번인가 본 적이 있었다.

그러나 문제는, 정화마술은 술식의 규모도 클 뿐 아니라 술식 자체가 복잡해 발동할 때까지 시간을 필요로 한다는 점이었다.

'……집중 공격을 해서 태세를 무너뜨리자.'

정화마술을 사용할 틈을 만들기 위해, 레티시엘은 프리드의 움직임을 막을 만한 마술을 연발했다.

프리드는 자신의 키만한 거대한 검을 피로도 통증도 전부 잊어버린 것처럼 가볍게 휘두르고 있었다.

그러나 프리드 자신의 육체는 크고 무거운 무기와 무모한 전투 방식을 버텨내지 못하고 있었다. 검을 쥔 그의 팔이나 모든 무게를 지탱하고 있는 다리에는 무수하게 찢어진 상처가 생겨나 그 주위에 피를 튀기고 있었다.

"아하하하하하!"

의미가 있는 말을 하지도 않으며 프리드는 그저 미친 것처럼 계속 웃으면서 피투성이 팔로 검을 옆으로 뉘였다.

그의 오른팔에 휘감겨 있던 검은 안개의 일부가 도신으로 기어 올라가, 그 칼끝에 불길한 검은 빛이 되어 모였다.

그 빛은 이윽고 거대한 광선이 되어 레티시엘을 향해 똑바로 날아왔다. 레티시엘은 정면에 결계를 전개해 그것을 튕겨냈다.

'……그들이 뒤에서 얽혀 있는 것일까?'

광선을 받아냈을 때 손에 전해진 느낌이, 이전에 저택에서 정체불명의 가면의 인물의 공격을 받아냈을 때와 많이 비슷했다.

수레바퀴 십자가 문장과 하얀 망토의 인물들이 레티시엘의 뇌리에 떠올랐으나, 레티시엘은 일단 그들을 머리 한구석에 밀어놓고 전투에 집중하기로 했다.

프리드의 공격을 막아내고 때로는 튕겨내면서 레티시엘은 준비한 마술을 착착 프리드에게 발사했다.

바람의 칼날로 프리드를 쫓게 하고, 빙결마법으로 주위 일대를 동결시켰으며, 마지막으로는 프리드의 머리 위 공기의 무게를 증가시켜 짓눌렀다.

프리드는 그 마술들을 전부 검을 휘둘러 막아내 보였다. 그러나 역시나 수가 많았는지 아니면 전부 다 대처할 수 없게 된 것인지. 마지막의 공기압박을 마주밀어내지 못하고 지면에 한 손을 짚었다.

'……! 지금이야!'

그 한순간의 틈을 레티시엘은 놓치지 않았다.

다른 마술을 발사하면서 조금씩 발동을 준비하던 정화마술이 완성되었다. 레티시엘은 두 손을 앞으로 내밀었다. 그 손바닥에서 백은의 광채가 흘러넘치더니, 한 줄기의 광선으로 모여들어 프리드를 향해 발사되었다.

자세를 막 바로잡은 프리드에게 이것을 피할 시간은 없었다. 그는 정화의 빛을 정면으로 받아냈다. 검을 쥔 오른팔을 이용해서.

"……크!"

그것이야말로 레티시엘의 노림수였다.

마술의 발동부터 프리드가 다시 움직일 수 있게 되기까지의 시간이 짧으면 짧을수록 그는 순간적인 방어를 하지 않을 수 없었다.

그렇게 되면, 검은 안개에 삼켜진 오른팔을 사용해야만 했다. 즉, 정화마술을 검은 안개에 직접 맞히는 것이 가능했다.

하얀 빛과 검은 안개. 두 개의 힘은 서로 대항하듯이 공기 중에서 보이지 않는 불꽃을 튀겼다. 레티시엘은 한층 더 주위의 마소를 쏟아 부어 마술의 위력을 높였다.

잠시 시간이 흐르자, 하얀 빛이 점점 검은 안개를 억누르기 시작했다. 하얀 빛에 삼켜진 검은 안개는 물에 녹는 설탕처럼 싱겁게 정화되어갔다.

꼐에에에에에에에엑!

프리드의 팔에 휘감겨 있던 뱀과 같은 안개는 마치 단말마의 비명과도 같은 귀를 찌르는 불쾌한 소리를 내면서 허공으로 흩어지고, 뒤에는 한쪽 무릎을 꿇은 프리드만이 남겨졌다.

"부, 부탁이야……! 제발 부탁이니까, 죽이지 말아…… 컥!"

한 발 한 발 다가오는 레티시엘을 보고 제정신을 차린 프리드는 얼굴색을 바꾼 채 살려달라고 빌었다. 그러나 레티시엘은 앞뒤 재지 않고 바람의 마술로 그 뺨을 후려쳤다.

"그렇게 말하며 애원했을 사람들을 당신은 대체 어떻게 대했을까요?"

"크……! 내…… 내 탓이 아니야……!"

그렇게 말하며 이쪽을 노려보는 프리드의 눈에는 여전히 레티시엘에 대한 분노와 원망이 남아 있었다.

"게다가, 내가 죽으면 영지는 어떻게 되겠냐! 그 녀석들은 우리 덕분에 생활할 수 있……!"

프리드의 제멋대로의 지론을 들을 마음 따위 없는 레티시엘은 그의 몸을 통째로 벽에 처박았다. 폐에서 공기가 밀려 나온 프리드가 기침을 했다.

"잠꼬대도 적당히 해요. 그 영민들 덕분에 당신이 살아있는 거라고요. 그런 것도 알아차리지 못하고, 신분을 등에 업고 뻐기는 것 외에 능력이 없는 당신에게 귀족이라고 자칭할 자격 따위 없어요."

귀족은 영민들의 생계를 유지해 주고 있는 것이 아니었다. 영민들은 귀족들의 통치 따위 없어도 그날그날의 할 일을 반복했다. 귀족은, 다만 그들이 더 좋은 생활을 보낼 수 있도록 원조하는 존재일 뿐이었다.

오히려 귀족들의 생활이야말로 영민들이 지탱해주지 않으면 성립되지 않았다. 그런 영민들을 업신여겨서 좋을 이유 따위, 어떤 시대에서든 존재하지 않을 것이다.

"괴, 괴로워…… 숨, 이……."

"괴로워요? 하지만 영민들은 당신 이상으로 괴로워했어요. 그것을 이해할 수 없다고 한다면, 적어도 자신의 몸으로 체험해 보는 수밖에 없잖아요? 백성의 괴로움, 증오, 그리고 분노. 그 모든 것을 말이죠."

프리드 주변을 불꽃이 둘러쌌다. 진홍빛으로 물든 불꽃은 마치 뱀처럼 프리드의 몸을 기어 올라가, 그의 머리카락과 옷을 타닥타닥 태웠다.

아무것도 없는 공간에서 혼란에 빠져 비명을 지르는 프리드를 레티시엘은 말없이 내려다보았다. 불꽃은 레티시엘이 보인 환각이었다. 물론 불같은 것은 어디에도 없었다.

"영민들도 당신과 똑같은 인간이에요. 귀족이라고 해서 사람들을 도구처럼 다뤄도 될 리가 없어요. 이 정도로는 분명히 부족할 거예요. 그야말로 당신을 죽이고 싶을 정도로 미워하고 있겠죠."

프리드의 눈에만 비친 불꽃 너머에 서서 프리드를 무표정하게 내려다보는 레티시엘의 모습은, 그에게는 사신에 가까운 뭔가로 생각되었는지도 몰랐다.

"아, 아아 뜨거워……! 아파아……!"

머리와 얼굴을 쥐어뜯는 프리드에게서 마치 자아를 놓아버리는 것처럼 급속도로 힘과 패기가 빠져나갔다.

"으으…… 미안해……. 내가 잘못했어……. 차라리 단숨에, 죽여 줘……."

헛소리를 하듯이 그렇게 중얼거리는 프리드는 방금 전까지와는 전혀 다른 사람이었다. 그 모습은 어딘가 우스꽝스럽고 불쌍했으며, 그리고 비참했다.

"아뇨, 죽이지 않을 거예요. 이렇게나 많은 사람들을 괴롭히고는 죽어서 멋대로 편안해지려고 하다니 용납할 수 없어요. 자신의 행위를 곱씹으며 보기 흉하게 살아가세요. 그것이, 당신이 할 수 있는 유일한 속죄예요."

레티시엘은 프리드를 내려다보며 무표정하게 그렇게 고했다. 그 한 마디는 프리드를 두 번 다시 일어날 수 없게 만들기에 충분한 위력이 있었다.

"그보다, 묻고 싶은 것이 있어요. 그 지팡이는 뭐죠? 당신은 어떻게……."

레티시엘의 질문이 끝나기도 전에, 프리드의 눈에서 촛불의 불꽃이 꺼지는 것처럼 갑자기 빛이 사라졌다.

프리드는 자신의 몸을 지탱할 힘도 잃어버린 모양이었다. 실이 끊어진 꼭두각시 인형처럼 털푸덕 하고 지면에 아무렇게나 쓰러졌다.

갑작스럽게 기절한 프리드에게 레티시엘은 잠시 어리둥절했다. 하지만 생각해 보면, 프리드가 사용하던 힘은 어떻게 봐도 인간에게는 과분한 힘이었다.

'힘을 사용한 반동일까.'

그런 생각을 하면서 레티시엘은 아직껏 프리드가 쥐고 있던 지팡이에 손을 뻗었다.

"……!"

그 순간, 주변의 공기가 변했다. 피부를 쓰다듬는 바람이 급속도로 차가워지고 태양빛이 흐려졌다.

레티시엘도 역시 바로 이변을 알아차리고 곧바로 그 자리에서 뒤로 펄쩍 뛰었다.

머리 위의 하늘은 맑게 개어있었음에도, 레티시엘의 주변은 어느샌가 짙은 안개에 싸여 있었다.

그 안개에서 배어나듯이 검은 사람 그림자 두 개가 천천히 솟아올랐다.

그것은 점차 이쪽으로 가까이 다가왔고, 이윽고 순백의 망토를 두른 인물이 모습을 드러냈다.

'저 망토…….'

레티시엘에게 이 장소를 알려준 자쿠도도 같은 디자인의 망토를 입고 있었다. 아무래도 찾아온 것은 그의 동료들인 것 같았다.

"……역시 이 남자로는 붙들어두는 것조차 할 수 없었나."

남자는 지면에 쓰러져 기절한 프리드를 힐끗 쳐다보았지만, 관심도 없다는 듯이 흥 하고 콧방귀를 뀌었다.

남자는 망토에 달린 후드를 깊이 눌러쓰고, 얼굴에는 가면을 쓰고 있어서 맨 얼굴은 볼 수가 없었다. 두 손에는 무늬가 없는 검은 장갑을 끼고 있었다.

"……."

남자의 등 뒤에서 키가 그의 어깨 정도 밖에 오지 않는 왜소한 사람 그림자도 보였다. 그쪽은 한 마디도 하지 않는 데에다가, 남자 이상으로 후드를 깊게 뒤집어쓰고 있어서 성별조차 예상할 수가 없었다.

다만 입고 있는 망토의 소맷자락이나 후드의 가장자리에는 금색의 섬세한 자수가 수놓아져 있었고, 목에는 붉은 색의 네모로 각진 보석이 빛나는 목걸이를 하고 있었다.

"누구죠??"

새로운 적의 출현에 레티시엘은 곧바로 임전 태세를 갖추었다.

지금의 중얼거림으로 생각하건대, 프리드에게 정체불명의 무기를 쥐어주고 레티시엘과 싸우게 한 것은 이 남자일 가능성이 컸다.

"별로 대단한 몸은 아니다. 평범한 수도사다."

프리드의 손에 들린 지팡이를 집어 들면서 하얀 망토의 남자는 그렇게 시치미를 뗐다.

"수도사? 미안하지만 그렇게는 보이지 않아요."

"그런가. 그렇다면 그래도 상관없다."

처음부터 믿게 할 마음도 없었던 것일까. 레티시엘의 말에도 남자는 선뜻 그렇게 대꾸해왔다.

"너와 싸울 생각은 없다. 우리의 방해를 하지 않는다면 그것만으로 충분해."

"그건 불가능한 말이네요."

"……그럼 어쩔 수 없지."

남자는 오른손을 앞으로 들어올렸다. 검은 장갑의 틈새로 연기가 피어오르더니, 이윽고 그것은 칠흑의 불꽃으로 변해 남자의 손을 뒤덮었다.

남자는 그대로 오른손을 지면으로 가져갔다. 그가 만진 장소에서 레티시엘의 발밑까지 지면에 똑바로 균열이 달리더니, 그곳에서 요란한 소리를 내며 검은 불기둥이 솟아올랐다.

이전 저택을 습격했던 남자는 물을 다루었는데, 이 자는 다른 모양이었다. 레티시엘도 그 자리에서 곧바로 마술을 구축했다. 손에서 떠오른 푸른 마법진에서 물의 용이 튀어나와 물어뜯듯이 불기둥을 소멸시켰다.

'저 장갑이 열쇠인 것일까……?'

공격을 무효화해도, 남자는 동요하는 일 없이 다음 공격을 해왔다.

그 공격을 튕겨내며 레티시엘은 힘의 발동과 함께 맥동치는 남자의 오른손을 시야의 가장자리로 포착하고 그런 의문을 품었다.

장갑의 틈새로는 여전히 검은 연기가 피어올라서, 지금은 남자의 오른손만이 아닌 어깨까지 집어삼키고 있었다.

'……힘의 원천만 끊어버릴 수 있다면.'

그 현상은 프리드가 예의 지팡이를 사용했을 때와 비슷했다.

관계성이 있을지도 모른다. 그렇게 생각해 레티시엘은 이쪽을 추적하면서 비상하는 검은 불의 새들에게 얼음덩어리를 던져 맞추었다.

그리고 그것으로 새들이 입자가 되어 흩어지는 사이, 주위의 마소를 총동원해 제어할 수 있는 최대수의 얼음의 칼날을 일제히 남자를 향해 발사했다.

"……윽."

남자는 곧바로 자신의 앞에 불꽃 장벽을 구축했다. 그러나 날아오는 얼음의 칼날을 전부 무효화하지는 못해서, 그 중 몇 개인가의 칼날이 벽을 뚫고 나가 그의 오른손에 박혔다.

그러나 불꽃은 멈추지 않았다. 베이고 찢겨서 피가 배어 나온 장갑의 틈새로 군청색의 문양이 그려진 남자의 손이 보였다. 문양은 끊임없이 고동치고 있었다.

"이게 매체라고 생각한 건가?"

남자는 무사한 쪽의 장갑을 매만지며 억양이 없는 목소리로 말했다. 그 장갑은 힘의 매체가 아니라, 그의 손에 새겨진 문장을 감추기 위한 것이었다는 사실을 레티시엘은 깨달았다.

"아무래도 내가 착각을 한 것 같군요."

하지만 레티시엘은 곧바로 태세를 가다듬고, 이어서 불꽃과 바람의 마술을 발동했다. 불과 뒤섞인 용권이 일직선으로 남자를 덮쳤다.

장갑을 찢어봤자 의미가 없다고 해도, 그가 레티시엘에게 쓰러뜨려야 할 적이라는 사실 자체는 변함이 없었다. 그랬기에 그 사실에 동요할 이유는 없었다.

"……큭."

용권에 대항하고자 남자도 자신의 검은 불꽃을 계속 만들어냈다. 그러나 미쳐 날뛰는 폭풍에 불은 넓게 번지지 못하고, 그저 검은 연기의 입자가 바람에 휘말려 들어가 소용돌이를 이룰 뿐이었다.

'이걸로……!'

남자가 균형을 잃은 그 틈을 노려, 레티시엘은 머리 위에 거대한 술식을 전개했다.

번개마술과 합친 정화마술. 공중에 펼쳐진 마도술식이 눈부시게 빛나고, 무수한 번개가 남자를 향해 쏟아져 내렸다.

그러나 레티시엘의 마술은 남자에게는 직격하지 않았다. 남자가 맞기 직전, 갑자기 복수의 남자들이 그의 앞을 가로막고 서서 인간장벽으로서 마술을 받아냈던 것이다.

"아니!"

레티시엘은 눈을 크게 떴다. 전원이 검은 천을 몸에 두르고 있었기 때문에 기사단의 인간이라고는 생각했지만, 이성을 잃은 짐승처럼 으르렁거리는 모습이 아주 이상했다.

게다가 그들의 머리카락은 모두 새하얀 색으로 물들었고, 그 눈동자는 마치 피의 색과도 같은 심홍색으로 바뀌어 있었다.

"그건……."

"이것이 무엇인지 아는 것 같군."

모를 리가 없었다. 실제로 이 눈으로 본 적은 없지만, 오스왈드의 이야기나 츠바루가 가르쳐 준 이야기 속에서 몇 번이고 들었었다.

이것은 11년 전, 989년의 스피리아 전쟁 시에 전장에 모습을 나타냈다고 하는, 정체불명의 백발병들과 같은 것이었다.

"그런 것을 내놓아서 뭘 어쩌려는 거죠?"

"간단해. 이렇게 할 거다."

남자가 왼손을 옆으로 활짝 펼쳤다. 그것이 행진의 신호인 것일까. 그때까지 으르렁대는 소리를 내면서도 그 자리에서 한 걸음도 움직이지 않았던 백발의 남자들이 일제히 어떤 방향으로 걷기 시작했다.

"……!"

남자들의 행진의 끝에는 영도가 있었다. 이대로 남자들을 보냈다가는 도시의 주민들에게 위험이 미쳤다.

레티시엘은 남자들을 쫓아가려고 했다. 그러나 그녀를 방해하듯이 남자는 대지에서 불기둥을 솟아오르게 했고, 그것이 레티시엘을 둘러싸 원형의 벽을 만들었다.

"……이런 것 따위!"

레티시엘은 곧바로 물의 마술로 불을 꺼버리려고 했다. 하지만 그 손에서 마술은 발동하지 않았다.

"……콜록!"

갑자기 숨이 막혀와 레티시엘은 크게 기침을 했다. 그리고 그 기침이 계기가 된 것처럼 몸에서 급격하게 힘이 빠져나갔다.

"드디어 효과가 나오기 시작했나."

그런 레티시엘의 모습을 바라보면서 남자는 담담하게 그렇게 말했다.

"너는 특수 체질이니까 말이지. 보통 사람의 몇 배는 들긴 했지만, 효과가 없는 것은 아닌 것 같군."

"……뭘, 한 거죠?"

"그걸 네가 알 필요는 없어. 모든 것은 위대한 그 분만이 아신다."

부근 일대에 검은 연기가 꽉 차 있음에도 그가 서 있는 장소만큼은 부자연스럽게 공백이 형성돼 있었다.

남자가 결계를 치고 있는 것은 아니었다. 그의 주위에 떠도는 안개는 무수한 선이 되어 그의 옆에 서 있는 정체불명의 인물에게 연결돼 있었다.

'안개를…… 빨아들이고 있다……?'

불꽃의 틈새로 보이는 것은 실처럼 가느다란 안개들이 그 자의 후드 아래로 사라져가는 모습이었다.

방금 전의 남자의 어조를 보면 이 안개는 인체에 해로웠다. 그렇다면 이것을 계속 흡수하면서도 아직도 아무 일도 없이 서 있을 수 있는 건 대체 어떤 원리일까.

"사실은 죽여 버리고 싶다……. 그 분을 방해하는 너 따위는……! 하지만 그것은 위대한 그 분의 바람에 반한다. 그런 일은 할 수 없어!"

남자의 감정에 호응하듯이, 주위의 안개의 농도가 단숨에 올라갔다. 레티시엘은 그것을 들이마시지 않도록 하고 싶었지만, 마술을 제대로 사용할 수 없는 이 상황에서는 아무 대처도 할 수 없었다.

레티시엘은 세차게 기침을 했다. 입에서 검은 덩어리가 지면으로 떨어지고, 그것이 핏덩어리라는 것을 알아차리기까지 다소 시간이 걸렸다.

'……? 발소, 리……?'

문득, 멀리서 땅울림과도 같은 소리가 들려왔다. 많은 사람의 발소리가 겹쳐져 그렇게 들리는 것이었다.

다음 순간, 백발의 남자들의 머리 위로 검은 그림자가 날아올랐다. 그 그림자는 그대로 남자들의 중앙에 낙하, 착지와 동시에 주위에 요란한 흙먼지와 대지를 뒤흔드는 땅울림을 일으켰다.

곧바로 연기가 걷히고, 둘로 갈라진 지면에는 양손에 장검을 거머쥔 소녀가 서 있었다. 한쪽의 검에는 원형의 물체가 달려 있었는데, 그것은 총처럼도 보였다.

한 남자가 소녀에게 맹렬하게 달려들었다. 그러나 그 손이 상대에게 닿기도 전에, 남자의 목은 소녀가 휘두른 검에 날아갔다.

"메이! 되도록 한곳에 전원을 몰아넣어! 다른 자들은 신속히 저 자들을 포위하라!"

허니블론드의 머리카락을 휘날리는 그 소녀는 예전에 학원제에 제3비의 호위로서 동행했던 메이였다.

군사를 이끌고 말을 타고 달려온 어두운 금발의 소년은, 입을 열기 무섭게 메이를 향해 그렇게 지시하고 병사들에게 재빠르게 명령을 내렸다.

그 말에 메이는 꾸벅 하고 고개를 끄덕이고는 그 지시대로 움직이기 시작했다. 그 작은 몸의 어디에서 그런 괴력이 잠들어 있는 것일까. 두 자루의 검을 가볍게 휘두르며 초인적인 도약력으로 전장을 종횡무진 누비면서 남자들을 매우 간단하게 굴복시켰다.

"크엑!"

집단에서 떨어져 있던 백발의 남자가 메이의 등 뒤에서 그녀를 덮치려고 했으나, 먼 곳에서 고속으로 날아온 화살이 남자의 미간을 정확하게 꿰뚫었다. 머리에서 피를 흘리며 남자는 절명했다.

활을 쏜 것은 밤색 머리카락을 말총머리로 묶은 소녀였다. 그녀는 분명히, 제3비의 시녀였던…….

"……슬슬 물러날 때인가."

불꽃의 벽 너머로 백발의 병사들을 차례로 쓰러뜨리는 관군을 바라보던 남자는 이쪽에 등을 돌리더니 전방에 검은 불꽃을 전개시켰다.

"기, 기다려요!"

그 등을 향해 레티시엘은 외쳤다. 그러나 남자는 뒤를 돌아보는 일 없이 그대로 불꽃 속으로 사라졌다.

안개를 흡수하고 있던 정체불명의 인물도 그 작업을 멈추고, 남자를 따라 그 자리를 떠나려고 했다.

두 사람을 쫓아가야 하건만, 레티시엘의 다리에는 여전히 힘이 들어가지 않아서 뜻대로 움직여주질 않았다.

"……."

불꽃 속으로 사라지기 전 마지막 한순간, 정체불명의 인물은 잠시 멈춰 서서 레티시엘 쪽을 돌아보았다. 그 모습은 곧 아지랑이 속으로 사라지고, 레티시엘의 뇌리에 하나의 기억이 스쳐 지나갔다.

그것은 나오와 만나기 한참 전의 기억. 과거, 마술의 스승으로서 진심으로 존경하고 사랑하던 사람의 죽음.

『　　』

누군가의 목소리가 활활 타오르는 불길의 소리에 지워졌다. 방금 전까지 거기 있었을까. 불길의 건너편에는 어느새 작은 소녀가 서 있었다.

검은 불꽃의 안개가 흩어졌기 때문일까, 방금 전까지 천근만근 무거웠던 몸이 거짓말처럼 가벼워졌다. 레티시엘은 무릎에 힘을 주고 몸을 일으켰다.

『 』

소녀의 입이 움직였다. 뭔가를 말하고 있는 것 같았지만, 굉음에 삼켜져 아무것도 들리지 않았다. 이것은 현실인 것일까, 그렇지 않으면 레티시엘이 보고 있는 환각인 것일까.

"……알, 렉……."

그 이름은 놀랄 정도로 술술 입에서 흘러나왔다. 줄곧 정체를 규명하려고 했던 이름이 이런 장소와 연결돼 있었다니, 상상도 하지 못했다.

지금 당장에라도 그녀의 곁으로 달려가고 싶어서 레티시엘은 비틀비틀 불안정한 걸음걸이로 타오르는 불바다에 발을 들여놓으려 했다.

"가지 마!"

등 뒤에서 절박한 외침과 함께 누군가가 레티시엘의 팔을 붙잡았다.

팔을 붙잡은 그 손에는 엄청나게 강한 힘이 실려 있어서, 레티시엘은 그 팔이 그대로 뒤로 잡아끄는 대로 두세 걸음 뒷걸음질을 쳤다.

뒤를 돌아보자, 파랗게 질린 얼굴을 한 얼굴이 소년이 레티시엘의 팔을 붙잡고 서 있었다. 방금 전, 군을 지휘하던 소년이었다.

—『나』는 그를 알고 있어.

마음속에서 그런 확신이 피어올랐다.

목구멍까지 솟구쳐 오른 말을 입에 올리지 못하고, 레티시엘은 그대로 의식을 놓아버렸다.

6장 도로셀

집이 불타고 있었다. 시야가 오렌지색으로 가득 물들고, 타닥타닥 하고 불꽃이 튀는 소리가 귀 깊숙한 곳까지 지배하고 있었다.

활활 불타오르는 건물 앞. 불에 휩싸인 입구 앞에 레티시엘은 멍하니 서 있었다. 어리고 작은 그 몸을 감싸고 있는 옷은 여기저기가 타서 눌어붙었고, 그 틈으로 새빨갛게 짓무른 피부가 엿보였다. 그러나 그녀는 그저 멍하니 집을 올려다 볼 뿐, 그 상처를 치료하려고 하지도 않았다.

『선생님! 선생님—!』

바로 가까이에서 소년의 비통한 외침이 들려왔다. 오른쪽 눈을 붕대로 감춘 그 소년은 선생님을 계속 부르며, 바야흐로 불속으로 뛰어들려고 날뛰고 있었다.

『안 돼! 너까지 들어가면 안 돼!』

그런 소년을 등 뒤에서 필사적으로 말리며, 선생님을 꼭 닮은 외모의 소녀는 눈물을 참듯이 입술을 깨물고 있었다.

그 아이는 누구였더라……. 아아, 그래. 선생님의 딸이다. 그렇게나 함께 같이 놀았는데, 기억이 희미한 것은 왜일까.

와르륵…….

세 사람이 방관하는 사이, 나무로 된 선생님의 집은 금방 완전히 불에 타, 굉음과 함께 기둥이 부러졌다. 저택은 마치 단말마의 비명을 지르듯이 삐걱삐걱 소리를 내며 무너졌다.

『…….』

무너지는 진동에 열풍이 안면을 강타하고, 불꽃과 매캐하게 탄 냄새가 주위에 흩어졌다. 방금 전까지 날뛰던 소년은 마치 실이 끊어진 꼭두각시 인형처럼 힘없이 그 자리에 주저앉았다.

『……우와아아아아아아아아—!』

얕게 재가 쌓이는 지면에 두 손을 짚고 소년은 목을 놓아 울었다.

『살인자…… 살인자!』

눈물로 엉망이 된 얼굴로 소녀는 레티시엘을 향해 그렇게 외쳤다.

그 말에, 레티시엘은 아무 대꾸도 할 수 없었다. 자신은 선생님을 구하지 못했다. 죽게 내버려뒀다. 마지막까지 함께 있었건만. 그러니까…….

불길은 한층 크게 타올라 추억도 다 같이 불태워버리려 했다. 그러지 말아달라고 몇 번이나 외쳤지만, 불은 꺼지지 않았다.

『도로시.』

불길에 뒤섞여 누군가가 이름을 불렀다. 그 목소리에 이끌려 뒤를 돌아보자, 불꽃의 장벽 건너편에 아지랑이와도 같이 일렁이는 한 어린 소녀가 서 있었다.

불타는 것 같은 붉은 머리카락을 오렌지색의 불길이 쓰다듬고 지나갔다. 커다란 보석 같은 푸른 눈동자를 가진 그 소녀는 울 것 같은 미소를 띠고 이쪽을 바라보고 있었다.

기억이 났다. 그 아이다. 그 아이가 알렉시아다. 도로셀의 기억 속에 줄곧 있던 알렉이란 이 아이를 말하는 것이었다.

레티시엘은 불꽃의 건너편에 있는 알렉시아를 향해 손을 뻗었다. 자신도 그쪽으로 가고 싶건만, 불꽃의 벽이 그것을 가로막았다.

『미안해. 도로시.』

알렉시아가 그렇게 속삭였다. 불의 열기에 삼켜졌기 때문인가. 그녀의 목소리는 떨리고 있었다.

『미안해요, 오라버니…….』

알렉시아의 눈에서 흘러내린 눈물은, 불의 열기에 휩싸여 금방 증발해 없어졌다. 그리고 불의 기세는 멈추지 않고, 작은 친구의 모습도 선홍색으로 물들여갔다.

그 광경을, 알고 있었다. 11년 전의 그 장소에서 『도로셀』은 이것과 똑같은 상황에서 알렉시아의 마지막을 지켰다.

『살인자 계집애.』

『이 살인자.』

『살인자살인자살인자살인자살인자살인자살인자살인자……』

알렉시아를 집어삼킨 불길은 무수한 그림자를 비쳐 보였다. 원망의 목소리가 귓가에 달라붙어 떨어지지 않았다.

날아와서 박히는 말의 비수가 너무 아파서 양손으로 귀를 막고 그 자리에 웅크렸다. 뜨거울 터인데도 얼음처럼 차가운 불꽃이 소용돌이치며 모든 것을 지워버렸다.

그리고 그 뒤에 남은 것은 차갑고 두꺼운 얼음의 벽과, 자신 이외에 아무도 존재하지 않는 정적과 고독뿐. 그것들이 둘러싼 벽의 중심에 『도로셀』은 혼자 웅크리고 있었다.

—아아. 그곳이 네 세계의 전부였구나.

이것이 도로셀의 마음, 도로셀의 고독. 꿈의 끝과 함께 그 작은 등은 희미하게 흐려지고, 한 줄기 눈물이 되어 사라졌다.

***

뺨을 흐르는 뭔가에 레티시엘은 천천히 눈을 떴다. 눈가를 만지자 차가운 감촉이 느껴져서, 방금 전의 그것은 눈물이었던가 하고 바로 납득할 수 있었다.

눈을 뜬 그녀의 눈에 가장 먼저 날아든 것은 몇 개의 보가 가로지르고 있는 천으로 된 천장이었다. 이곳이 텐트 안이라고 알아차리는데 시간이 약간 걸렸다. 레티시엘은 누워 있던 침대에서 몸을 일으켰다.

하얀 텐트의 천에는 옅은 오렌지색의 빛이 비치고 있었다. 아무래도 지금, 밖에서는 해가 저물기 시작하고 있는 것 같았다.

'……꽤나, 그리운 꿈을 꾼 것 같은 느낌이 들어.'

꿈의 광경을 떠올리고 레티시엘은 가만히 한숨을 내쉬었다.

아직 레티시엘이 나오와 만나기 한참 전, 레티시엘에게는 마술을 가르쳐주었던 선생님이 있었다.

레티시엘은 선생님도, 선생님이 가르쳐주는 마술도 정말 좋아했다. 함께 마술을 배우던 그 붕대의 소년이나, 선생님의 딸과 노는 일이 무엇보다도 즐거웠다.

하지만 선생님은 죽어버렸다. 선생님이 살던 저택이 불타서, 함께 도망치려고 했지만 그러지 못해서, 정신을 차렸을 때에는 혼자 저택 밖에 멍하니 서 있었다.

'……어째서.'

어째서 잊고 있던 것일까. 왜 이 타이밍에 기억해낸 것일까. 그 별장터에서 도로셀의 기억에 접하면서 과거의 자신의 죄가 공명했던 것일까.

이미 꿈에서 깨어났는데 귓가에서는 여전히 꿈에서 들었던 『살인자』라는 외침이 메아리치고 있었다. 하지만 그 말이 그리워서, 레티시엘은 순간적으로 깨달았다.

—이 아이는, 나와 똑같다, 라고…….

과거에 소중한 사람을 죽게 만든 죄악감. 선생님도 알렉시아도 최후의 순간 직전까지 함께 있던 것은 자신이었다.

어째서 좀 더 빨리 알아차리지 못했던 것일까. 왜 가장 가까이에 있었는데 구할 수 없던 것일까. 그런 자책감에 괴로워하며, 살인자라고 매도당해도 그 말이 옳다며 잠자코 받아들였다.

레티시엘은 선생님을 잊지 않기 위해, 속죄를 위해 그가 남기고 간 마술의 연구에 매진했고, 도로셀은 주위가 바라는 대로 계속해서 재수 없는 아이로 지내는 것을 감수했다.

하지만 레티시엘의 앞에 나오가 나타났다. 선생님을 죽게 했다는 후회가 사라진 것도, 자신을 용서할 수 있던 것도 아니었다.

그래도 그 덕분에 레티시엘에게 있어 마술의 존재 의의가 바뀌었다. 속죄를 위해서만이 아니라, 마술을 다시 진심으로 좋아한다고 생각하게 되었다.

그렇다면 『도로셀』은? 그녀에게는 있었을까. 꽉 닫힌 얼어붙은 장벽 안에서 그녀를 데리고 나와 준 사람이…….

"실례합니……!"

문득 누군가가 텐트에 들어왔다가 깨어있는 레티시엘을 보고 헉 숨을 삼켰다.

그쪽으로 시선을 향하자, 백의를 걸친 여성이 입구 근처에서 있었다. 밤색의 긴 머리카락을 말총머리로 묶은 그 여성의 모습을 레티시엘은 이전에 본 기억이 있었다.

"……아샤 님?"

학원제 등에서 몇 번인가 이야기를 나눈 적이 있었기 때문에, 머리는 아직 멍했지만 그 이름은 금방 입에서 흘러나왔다.

"예. 기억하고 있어 주셨군요, 도로셀 님."

"예. 오래만입니다. 하지만, 어떻게 여기에 계신 건가요?"

레티시엘은 고개를 갸우뚱했다. 학원제에서 그녀를 만났을 때, 그녀는 제3비의 시녀로서 동행하고 있었을 터였다.

게다가 레티시엘의 기억으로는, 의식을 잃기 직전에 그녀와 메이가 싸우던 광경을 본 것 같기도 하고…….

"저 말씀이신가요? 저는 의료반으로 이번 행군에 동행했습니다."

"의료반, 이요?"

"예. 솔직히 말씀드리면, 이쪽이 제 본업입니다."

아직 한참 미숙합니다만. 그렇게 말을 이은 아샤는 부끄럽다는 듯이 어깨를 움츠리고는 두 손을 등 뒤로 뒷짐을 지었다.

“제 집안은 기사의 가계이기 때문에 옛날에는 하인겔 학원에도 다녔습니다만, 사람을 살리는 길을 도저히 포기할 수 없어서 말이지요.”

“그러셨나요…….”

아샤의 본가인 케룬 자작가가 대대로 기사를 배출하는 귀족가라는 사실은 이전에 히르메스에게 들은 적이 있었다.

‘그래서 아샤 님은 학원은 그만둔 거구나…….’

그녀가 사관양성기관인 하인겔 학원을 중퇴했다는 이야기도 히르메스에게서 들어서 알고 있었지만, 그런 이유가 있었는지는 몰랐다.

“맞다……! 수행하시는 분들이 도로셀 님을 대단히 걱정하고 계셨어요. 모시고 올게요.”

“아, 예.”

그렇게 말하고 아샤는 텐트를 나갔다. 레티시엘은 잠시 멍하니 텐트의 입구를 바라보고 있었다. 그러고 있으려니, 곧 밖에서 어수선한 발소리가 들리고 루빅과 니콜이 뛰어 들어왔다.

“아가씨!”

레티시엘을 보자 니콜은 일직선으로 침대 곁으로 다가오더니, 그대로 땅바닥에 주저앉아 울기 시작했다.

“무사하셔서 다행입니다……!”

그녀와 함께 온 루빅도 입을 열기 무섭게 안도했다는 듯 그렇게 말했다. 그러나 기분 탓인가, 두 사람 모두 얼굴빛이 안 좋았고 루빅은 어딘지 안전부절 못하는 것 같은 기색이었다.

"두 사람 모두 괜찮은 건가요?"

"저희보다 아가씨가 걱정입니다. 몸은 이제 괜찮으십니까?"

"예에……."

대답은 그렇게 했지만, 레티시엘의 머리는 아직 멍했다. 아직 꿈을 꾸는 것 같은 기분이었고 머리가 잘 돌아가지 않았다.

"……아아, 맞다. 니콜. 레그 씨와는 만났나요?"

갑자기 레그의 얼굴이 머리를 스치고 지나가서, 레티시엘은 니콜에게 그렇게 물었다. 꽤 맥락이 없는 질문이었으나, 니콜은 얼굴을 환하게 밝혔다.

"예! 하지만, 놀랐어요. 삼촌이 설마 아가씨와 함께 싸우고 있었다니!"

"그래요. 그거 다행이네요."

레티시엘은 가슴을 쓸어내리고는 이어서 루빅에게 시선을 향했다.

"루빅도 미안해요. 여러모로 걱정을 끼쳐서."

"어…… 아, 예, 아닙니다."

"?"

루빅은 마음이 콩밭에 가 있는 것 같은 기색으로, 레티시엘이 말을 걸어도 어딘가 건성으로 대꾸를 했다. 게다가 왠지 태도도 서먹서먹한 것 같은 느낌인데, 너무 깊이 생각하는 것일까?

"안녕. 잠깐 실례해도 괜찮을까?"

"……? 예, 들어오세요."

문득 텐트 밖에서 누군가가 말을 걸어왔다. 어딘가에서 들어 본 적이 있는 그 목소리에, 레티시엘은 곧바로 대답을 했다.

텐트에 들어온 것은 어두운 금발에 하늘을 그대로 비쳐낸 것 같은 푸른 눈동자의 소년이었다. 그때, 새파란 얼굴로 불길 속의 레티시엘을 팔을 붙잡았던 것은, 분명히 그였다.

"에, 에델하르트 님……! 어전에 실례합니다!"

"괜찮아, 괜찮아. 그렇게 딱딱하게 굴지 않아도. 그것보다 두 사람 모두 조금 자는 편이 좋지 않겠어? 철야를 사흘이나 하느라 힘들잖아."

놀랍게도 그날부터 레티시엘은 사흘이나 잠들어 있었던 모양이다.

그리고 세 사람의 이야기를 듣는 한, 그동안 니콜과 루빅은 한숨도 자지 않은 것 같았다. 그것에는 레티시엘도 두 사람의 몸이 걱정되었다.

"두 사람 모두, 나는 괜찮으니까 쉬고 와요. 당신들이 몸을 해쳐서야 아무 의미가 없어요."

"아가씨……. 아, 알았습니다."

나중에 다시 오겠습니다. 그런 말을 남기고 니콜과 루빅은 물러갔다. 루빅은 마지막까지 거의 말을 하지 않았다.

"……."

두 사람이 퇴실하자, 뒤에는 레티시엘과 에델하르트 두 사람만이 남겨졌다. 침묵이 흘렀다.

레티시엘을 보는 에델하르트는 뭔가 각오를 한 것처럼 어딘지 의연해 보이는 기색이었다. 그 진지한 표정을 보고 있으려니, 공연히 반가워서 레티시엘은 훗 하고 작게 미소를 지었다.

"……있지, 도로……."

"……에델 님."

에델하르트의 말을 덮어씌우듯이, 자연스럽게 그 세 글자가 입에서 빠져나왔다.

"……윽."

눈앞에서는 에델하르트가 놀란 나머지 눈을 크게 뜨고 우뚝 서 있었다. 어째서 그렇게 놀라는 것일까. **옛날과 똑같이** 부른 것뿐인데.

잠시 멍하니 있던 에델하르트는, 이윽고 머뭇머뭇 이쪽을 향해 손을 뻗어왔다.

"……?!"

그러나, 에델하르트의 손이 닿기 직전, 마치 물거품이 터지듯이 별안간 레티시엘은 제정신을 차렸다.

거의 반사적으로 레티시엘은 내뻗고 있던 손을 거둬들였다. 자신의 곁으로 돌아온 손은 떨리고 있었고, 등에는 식은땀이 흘렀다.

'지금…… 나는 뭘 하고 있었지?'

바로 직전까지의 자신의 행동과 사고를 돌이켜보고, 레티시엘은 전신에서 핏기가 가시는 느낌에 사로잡혔다.

그것은 레티시엘의 의지가 아니었다. 레티시엘은 제3왕자를 『에델』이라고 부르지 않았다. 얼굴을 마주한 것도 이번이 처음이었는데, 어째서 반갑다고 생각한 것일까.

마치 누군가에게 조종당하던 것처럼, 누군가에게 의식을 빼앗겼던 것처럼…….

'……그럼, 방금 전의 나는, 누구였지……?'

자문자답하지 않아도 답은 뻔했다. 이 몸에 잠들어 있는 의식 따위, 그밖에 한 사람밖에 없었다.

"괘, 괜찮아?"

"……에델 님."

곤혹스러움과 걱정이 뒤섞인 표정으로 에델하르트가 이쪽의 얼굴빛을 들여다보았다. 레티시엘은 이번에는 자신의 의지로 기억의 뚜껑을 열고 그 이름을 입에 올렸다.

방금 전의 일련의 언동이 방아쇠가 된 것일까. 직전까지 기억나지 않았던 옛날의 기억들이 단숨에 흘러넘쳤다.

제3왕자 에델하르트. 제1왕녀 알렉시아의 오빠이며, 도로셀의 소꿉친구이기도 했던 소년. 물건을 만들거나 주무르는 것을 좋아해서, 기억 속에서 고장 난 시계를 수리했던 것도 그였다.

"……알렉이 죽고 난 뒤로 처음, 이네요……."

"……그러, 네."

그 소꿉친구는 알렉시아가 죽은 뒤, 도로셀의 기억에서 모습을 감추었다. 레티시엘의 말에 에델하르트는 작게 중얼거렸다.

"잊지, 않았구나."

"……잊고 있었습니다. 어떻게, 잊고 있었을까……."

레티시엘은 고개를 숙였다. 그런 그녀에게 에델하르트는 뭔가를 말하려고 입을 열었으나, 그것은 말이 되는 일이 없이 조용히 공기 중으로 녹아들었다.

"에델 님."

"응?"

"알렉에 대해…… 알렉시아에 대해 이야기 주시겠어요?"

이제, 잊고 싶지 않다. 그렇게 말을 이은 레티시엘은 가만히 눈을 내리깔았다. 그것은 도로셀의 바람이었으며, 동시에 레티시엘의 바람이기도 하다고, 지금이라면 그렇게, 가슴을 펴고 말할 수 있었다.

레티시엘의 요청에 에델하르트도 처음에는 당황한 기색이

었지만, 이윽고 가까이에 있던 의자를 침대 옆으로 이동시키고 그곳에 앉았다.

"솔직히, 어디서부터 이야기해야 좋을지 모르겠지만……."

그렇게 서두를 깔고, 에델하르트는 조금씩 알렉시아의 일을 이야기해주었다.

세간에서는 환상의 왕녀라고 불렸지만, 그녀는 왕성을 밝히는 빛과도 같은 존재였다고 했다.

왕비나 제2비 코르데리카도 잘 따르고, 늘 라이오넬을 졸라서 공부를 가르쳐 달라고 하는 등, 그곳에 그녀가 있는 것만으로도 모두가 미소를 지었다.

하지만 알렉시아는 11년 전 전쟁이 한창이던 때, 이 땅에서 일어난 화재로 목숨을 잃었고, 그 뒤로 왕성의 분위기는 눈에 띄게 변했다.

왕비가 독을 마시고, 로시포드가 마음의 병을 얻었으며, 라이오넬은 열이 나 쓰러질 정도 병적으로까지 공부에 몰두하게 되었고, 제3비는 자주 병석에 눕게 되었다.

"……."

그리고 도로셀은 한층 더 고립되었다. 성 사람들에게만이 아니었다. 알렉시아는 도로셀에게도 태양이었다는 것을 지금은 알 수 있었다.

알렉시아를 중심으로 돌아가던 성 안의 작은 세계가 무너지고, 많은 사람들의 마음에 금이 갔다. 그 상처는 지금도

가슴 속에서 피를 흘리고 있었다.

"……피리아레기스 공작가는, 이 뒤 어떻게 되나요?"

눈꺼풀 안쪽에 눈물이 북받쳐 오르는 것을 억지로 삼키고 레티시엘은 화제를 바꾸었다.

"재판에 회부되는 건 피할 수 없겠지. 지금까지의 죄상도 더해지면 작위와 영지를 몰수당하는 정도의 징벌이 내려져도 이상하지 않아."

"그런가요."

"그다지 놀라지 않은 것 같네."

"저 자신은 귀족 신분에 미련이 없고, 또 이만큼의 죄를 지었으니, 그 정도 엄한 벌을 받는 것은 당연합니다."

게다가 레티시엘에게는 공작가에 대한 처벌보다도 더 신경이 쓰이는 일이 있었기 때문에, 이쯤은 안중에 없다고도 할 수 있었다.

"……."

"달리 신경 쓰이는 일이 있다는 얼굴을 하고 있군 그래."

"……그런 얼굴을 하고 있나요?"

"응. 하고 있어."

에델하르트가 멋지게 이쪽이 생각하고 있는 바를 알아맞혔기 때문에, 레티시엘은 자신이 연루된 일에 대해서만이라도 에델하르트에게 이야기해보기로 했다.

"성 레시티엘 교에, 정체불명의 힘인가……. 과연."

“제가 잠들어 있는 사이에 뭔가 알게 된 일은 있나요?”

“아니, 아무것도 없어. 조사는 하고 있지만, 유감스럽게도 기존의 정보 이외의 일은 여전히 알 수가 없는 상태야.”

“……그런, 가요.”

그 뒤에도 프리드가 사용하던 지팡이나 그 정체불명의 병사들에 대해 물어봤으나, 결과는 영 시원찮았다. 역시 지금 가진 지식만으로는 진실에 다다를 수 없을 것 같은 느낌이 들었다.

“그러고 보면 세리…… 언니와 크리스타는 어떻게 되었나요……?”

대화가 끊어진 타이밍에, 레티시엘은 에델하르트에게 그렇게 물었다. 레티시엘이 영저를 떠난 뒤, 두 사람은 어떻게 되었을까.

“아아. 두 사람이라면 우리가 저택에 돌입했을 때 보호했어. 후일 제대로 사정 청취를 할 생각이지만, 지금은 지친 것 같아서 쉬게 했어.”

“……”

“걱정 돼?”

“그야, 뭐……”

“같은 진지 내에 있으니까 안심해. 그렇다고는 해도 오늘은 벌써 늦었으니까 병문안 가는 건 내일로 하는 편이 좋을지도.”

“그럴까요……?”

레티시엘은 작게 고개를 끄덕였다. 두 사람의 상태는 마음에 걸렸지만, 자신의 컨디션도 별로 좋질 못하니 푹 쉬고 내일 만나러 가자

“그럼, 나도 이쯤에서 가볼게.”

완전히 어두워진 텐트 밖을 보고 에델하르트는 의자에서 일어났다.

“고맙습니다, 에델 님. 이야기를 할 수 있어서 다행이에요.”

“……응. 오늘은 느긋하게 쉬어.”

내일 봐. 그런 말을 남기고 에델하르트는 텐트를 나갔다.

“……후우.”

혼자가 되자 레티시엘은 안도한 것처럼 한숨을 내쉬었다. 왕족을 상대로 거의 반말에 가까운 어조로 이야기를 하고 있던 탓일까. 묘한 기분이 들었다.

하지만 신기하게도 위화감은 느껴지지 않았다. 『도로셀』이 옛날부터 줄곧 그렇게 그를 접해왔기 때문이리라. 이 정도의 거리감이 가장 원만히 지내기 좋았다.

‘조금이지만…… 이 아이에 대해, 알게 됐는지도 몰라.’

지금까지도 레티시엘은 수많은 『도로셀』을 봐 왔다.

가족 사이에서의 도로셀. 학원에서의 도로셀. 귀족계에서의 도로셀. 그리고 영지 주민과 트리스타, 에델하르트과의 도로셀.

그 대부분은 모두 다른 인물상이라, 조금 전까지는 그것이 한 사람의 인간의 모습이라는 실감을 가질 수가 없었다.

하지만 도로셀로서의 기억을 얻고, 겨우 자신이 『도로셀』이라는 의식에 손이 닿은 것 같은 느낌이 들었다.

그것이 좋은 일이라고 말할 수 있을지는 알 수 없었다. 레티시엘은 다시 한 번 침대에 누워 가만히 눈을 감았다.

***

이쪽으로 뻗어온 그녀의 손을 잡을 뻔 했으나 망설였다. 그 손을 잡으면, 총명한 그녀는 이 마음속에 품은 의심도 모두 꿰뚫어볼 것만 같아서.

도로셀과 이야기를 한 뒤, 에델하르트는 밖으로 나오자 곧바로 자신의 텐트로 돌아왔다. 머릿속에서는 수많은 일들이 맴돌고 있어서 지금은 혼자 있고 싶었다.

"……하아."

에델하르트는 텐트 안에 놓인 의자에 앉아 미간을 누르며 깊게 한숨을 내쉬었다.

'결국…… 어떻게 하는 게 좋았던 걸까…….'

테이블에 턱을 괴고 방금 전까지 도로셀과 나누었던 대화를 떠올리자, 에델하르트는 머리를 싸쥐고 싶어졌다.

이번 반란에서 에델하르트가 진압군의 총대장으로 입후

보한 것은, 단순히 왕도에 불려오기 직전까지 이 근처에서 성 레티시엘교에 대해 조사하고 있었기 때문이었다.

왕도에 돌아가면서 그 조사가 중단되었기 때문에, 반란을 진압한 뒤에라도 조사를 재개하는 것이 목적이었다.

때문에, 영지에 레티시엘이 와 있던 것은 전혀 몰랐다. 애초에 예상조차 하지 못했었다.

"……하아."

에델하르트는 머리를 벅벅 아무렇게나 긁적였다. 이걸로 한숨을 내쉬는 것이 몇 번째일까.

"한숨이라니, 전하답지 않으시군요."

문득 그런 목소리가 입구에서 들려와, 에델하르트는 그곳으로 시선을 주었다. 입구에는 백의 차림의 아샤가 서 있었다.

"어라, 아짱? 메이랑 같이 있는 거 아니야?"

"메이라면 이미 잡니다. 그 전투에서 여러모로 소모를 한 것 같으니까요."

"그런가……. 메이. 그 장소에 가는 것을 싫어했지."

메이는 11년 전 스피리아 전쟁 때, 전장에서 돌아온 아버지가 데려온 소녀였다.

시기로서는 알렉시아가 죽고 조금 지난 뒤였을까. 전장에서 헤매고 있었을 뿐 아니라, 심지어 그 이전의 기억도 없어서 집으로 돌려보낼 수도 없었다. 어떻게 처치할 수 없던 끝에 내린 결과였다고 아버지는 말했다.

왕국군에게 보호되었을 때, 자신의 이름도 잊고 있던 그녀는 금과 은이 섞인 것 같은 신비한 색의 팔찌를 줄곧 손에 쥐고 있었다고 했다.

조사해 본 결과, 그 팔찌는 왕비 조세피나의 생가인 스피리아 지방을 다스리던 울데 공작가의 후계자에게 주어지는 것이었다. 또 공작가에는 마침 『메이』라 불리는 어린 외동딸이 있었다.

울데 공작가 자체는 개전 직후, 라피스 군에게 패배해 절멸했으나 혼자 난을 피한 모양이었다.

귀족가의 영양이라는 것을 알았기 때문에 처음에는 그녀를 다른 가문에 양녀로 보낼 생각이었다. 그러나 메이가 마력을 일절 갖고 있지 않다는 것이 판명되어, 마력지상주의인 귀족계에서는 그녀를 맡아주려는 사람이 아무도 나타나지 않았다.

게다가 그녀가 묘하게 어머니 소피리아를 잘 따른 점도 있어서, 메이는 그대로 성에 머물게 되었다.

참고로 울데 가의 멸족으로 5대 공작가에 빈자리가 하나 생겼고, 그 자리를 당시 아직 후작이었던 밸런타인 가가 채움으로써 지금의 체제가 완성되었다.

"내가 억지로 부탁해서 데려온 것이니까. 나중에 과자라도 선물해서 기분을 풀어주는 편이 좋으려나?"

"약간 토라졌기 때문에 그러시는 편이 좋을지도 모르겠습니다. 전하는 정말로 메이를 마음에 들어 하시는군요."

"마음에 들었다고 할까, 알렉시아를 보는 것 같은 느낌이라, 나도 모르게 자꾸 보살펴주게 돼."

에델하르트는 그렇게 말하고 후후 하고 웃었다. 알렉시아가 살아있다면 그 정도 나이가 됐을 테니, 메이에게 동생을 겹쳐보고 있는지도 몰랐다.

"그건 그렇고, 프리드와 다른 사람들의 용태는 어때?"

진지에 끌려왔을 때, 프리드와 다른 남자들은 이미 폐인과도 같은 상태였다.

말을 걸어도 반응이 없고, 때때로 뭔가를 말하는가 싶어도 모두 이해할 수 없는 말뿐이라, 되든 안 되든 의료반에 치료를 맡겼던 것이다.

"으음…… 치료마법을 걸어도 전혀 회복의 기미를 보이지 않고 있습니다. 그들도 로시포드 전하나 사단의 귀환자와 비슷한 증상이라, 솔직히 상태를 지켜보는 것밖에……."

"그래……. 그쪽의 보고서는 읽어봤지만, 전염병이나 악마에게 쓰였다는 그런 종류는 아니지?"

"예. 하지만 역시 상세한 것은 수수께끼입니다. 염치없지만, 이번 케이스를 계기로 원인 규명이 진행되면 좋겠습니다만……."

본인에게 물으면 정체불명의 힘이나 무기에 대해서도 뭔가 알 수 있지 않을까 생각했지만 어쩔 수 없었다.

“전하께서는 이 뒤 어쩌실 생각이십니까?”

“일단 성 레티시엘 교회에 가려고 해. 본래 목적이기도 하니까.”

그렇게 말하고 에델하르트는 자신이 하고 싶은 일에 대해 손가락을 꼽기 시작했다.

“이번 공작가의 사건에, 흑강 기사단의 암약……. 거기에 수도사가 다루는 정체불명의 힘. 아버지나 형님은 옆 국가들과의 외교 문제를 신경 써서 조사에 미온적인 것 같지만, 그렇지 않아도 국제 정세는 불안정하니까 말이야. 되도록 손을 서 놓고 싶어서 말이지.”

팔짱을 끼고 미간에 살짝 주름을 모은 채 무겁게 그렇게 중얼거린 에델하르트는 진지한 표정 그대로 아샤에게 말했다.

“그런 연유로, 내일은 잠깐 교회의 본부에 다녀오겠어.”

“그러십니까……가 아니라. 예? 내일 가시는 겁니까?”

“그래. 조사할 일이 많으니까 시간이 있을 때 움직여야지.”

“……설마, 또 호위도 대동하지 않고 가시려는 겁니까?”

“일부러 안 데리고 다니는 거야.”

이런 상황에 명색이 이 나라의 제3왕자씩이나 되는 몸이 호위도 붙이지 않고 전장을 어슬렁거리는 일에 아샤는 고언을 올렸으나, 에델하르트는 고개를 저었다.

“애초에 내게는 최강의 변장이 있다고! ……아, 뭣하면 요전에 새로운 변장 아이템을 입수했으니까, 좀 더 잘 가장할 수 있을 거야. 보겠어?"

"됐습니다. 아뇨. 그런 것이 아니라……."

표표한 태도로 태연하게 말하는 에델하르트의 말에 아샤는 저도 모르게 한숨을 내쉬었다.

"그 기사단처럼 원거리 무기를 사용하는 자가 없다고도 할 수 없고, 혼자서 서성거리는 것은……."

"혹시 총을 걱정하는 거야?"

"……."

"뭐, 흑강 기사단이 이리스와 연결돼 있다는 건 얼마 전에 알았으니까 말이지. 이리스에서 사용하던 낡은 총을 사들였다고 해도 이상하지는 않지."

이리스 제국에서 총의 기술 수출을 완고하게 거부하고 있었기 때문에 플라티나 왕국에서는 자력으로 개발을 진행하고 있었다. 그러나 압도적인 기술력 부족으로 진전은 거북이걸음보다도 느렸다, 기보다 전혀 진전이 없었다.

메이가 사용하는 총검이 그 시작품이었는데, 솔직히 총 부분은 완전히 장식이었다. 장전 수는 단 한 발에, 사정거리는 짧았고 조준은 널을 뛰었다. 위협용 정도로나 도움이 되었다.

그런 정밀도를 갖춘 게 최신형이니, 군에 대한 지급이나 보급은 꿈도 꿀 수 없는 일이었다.

"하지만 나라에서 공공연하게 움직일 수는 없다면 내가

개인적으로 움직이는 수밖에 없지. 왕족의 책무라든가 처지라는 건 뭐, 알지만, 무슨 일이 있고 난 뒤에는 이미 늦어. 나도 여러모로 연줄이 있으니까 괜찮아. 걱정하지 마."

에델하르트는 올곧은 시선으로 그렇게 잘라 말하고 씩 웃었다. 이런이런. 아샤는 탄식조로 고개를 절레절레 흔들고는 허리에 손을 얹으며 말했다.

"……나가실 때에는 말을 걸어주세요. 메이를 함께 보내겠사오니."

"으음. 정말로 괜찮은데……."

"그럴 수는 없습니다."

아샤는 찌릿 에델하르트를 쏘아보았다.

"그러고 보니, 도로셀 님과 좀 더 이야기를 하지 않으셔도 괜찮으셨던 겁니까?"

"응? 아아. 뭐…… 응. 됐어. 지금은 이런 상황이고, 그 사람도……."

에델하르트는 시선을 이리저리 움직이며 말을 머뭇거렸다. 무언가를 말하려고 했으나, 결국 그 전에 말을 다시 삼켜버렸다.

"……? 전하?"

"아니, 아무것도 아니야. 그보다, 치료반 쪽은 괜찮은 거야? 아쨩은 반장이잖아?"

"근처까지 온 김에 잠시 들른 것뿐입니다. 금방 돌아갈 거예요. ……너무 열심히 하려고 애쓰지 마세요, 전하.”

“그래.”

이쪽의 상태가 약간 신경 쓰이는 것처럼 보였으나, 자신에게 주어진 역할도 있어서 아샤는 그대로 텐트를 나갔다.

혼자 남은 에델하르트의 뇌리에는 방금 전까지 얼굴을 맞대고 이야기하던 소꿉친구의 얼굴이 떠올랐다.

도로셀과는 알렉시아의 죽음을 계기로 만나지 않게 되었다. 알렉시아를 중심으로 돌아가던 왕성의 세계와 인간 관계가 눈이 핑핑 돌 정도로 빠르게 변하는 가운데, 솔직히 그럴 여유도 없었다.

그리고 그녀는, 친구를 눈앞에서 잃은 트라우마와 친구를 구하지 못했다는 죄책감 때문에 11년 간 한 번도 영지에 가까이 오려고 하지 않았다.

때문에 반란군의 리더에게 도로셀이 별장터에 갔다고 들었을 때, 대체 어떤 심경의 변화가 일어난 것인가 하고 깜짝 놀랐다.

일부의 병사를 데리고 급행한 에델하르트가 별장터에 도착했을 때, 그곳은 마치 11년 전의 재현과도 같이 불에 휩싸여 있었다. 다만, 붉은 색이 아니라, 검은 색 불꽃이었지만.

도로셀은 그 중심에 서서, 아무것도 없는 곳을 향해 손을 내뻗으며 스스로 불 속으로 발을 들여놓으려고 하고 있었다.

“……읏.”

그 광경을 떠올리자 지금도 전신의 핏기가 가시는 것 같았다. 짧게 들이쉰 숨이 흡 하고 이상한 소리를 냈다.

에델하르트는 알렉시아의 죽음을 그 눈으로 직접 본 것이 아니었다. 그래도 불에 둘러싸인 도로셀의 뒷모습이 여동생의 모습과 겹쳐보였다.

한순간 그녀가 죽어버리는 것이 아닐까, 그녀도 여동생처럼 또다시 자신을 놔두고 가는 것이 아닐까 하는 불안감에 떠밀려 반사적으로 앞으로 뛰어나가 그녀의 팔을 잡았다.

돌아본 그녀는 무척 의아한 얼굴을 하고 있었다. 뭘 하는 거야? 암암리에 그렇게 묻는 것 같은 느낌이 들어서, 그런 너야말로 뭘 하는 거냐고, 거꾸로 이쪽이 외치고 싶어졌다.

하지만 그녀의 얼굴빛은 마치 죽은 사람처럼 창백해서, 에델하르트는 그 외침을 그대로 다시 삼켰다.

도로셀이 무사했던 것은 다행이었으나, 그 직후 그녀는 의식을 잃고 그대로 삼일 밤낮을 잠들었다.

'……그 검은 불꽃이 원인인가? 그것보다, 애초에 왜 검은 색인 거지……'

별장터에 충만했던 검은 불꽃의 검은 연기. 에델하르트가 온 뒤로는 흩어져 버렸으나 그것을 마신 병사들은 일시적으로 호흡 곤란에 빠졌다.

연기를 마시면 호흡이 방해받는다는 것은 일반적인 지식이긴 했지만, 왠지 그것만이 아닌 것 같은 느낌이 들었다.

'메이도 몸 상태가 여전히 나쁜 것 같고…….'

전투가 끝난 지 며칠이 지났으나 메이의 컨디션은 여전히 좋지 않았다. 메이도 그렇고, 계속 잠을 잔 도로셀도 그렇고, 그 안개는 마력이 없는 자에게 특히 안 좋은 영향이라도 주는 것일까.

'발생원 불명의 검은 불꽃……. 정말로 최근 도로셀 주변에서는 불가사의한 일들만 일어나는군.'

그 오르골도 그랬다. 처음 그것을 그녀의 저택에서 봤을 때에는 간이 떨어지는 줄 알았다. 왜인지 봉인이 풀려있었으니까.

에델하르트는 행상인 에디로서 각지를 돌아다닐 때, 두닉스의 유산을 발견하면 늘 그것을 회수했다.

그렇게 해 달라고 에델하르트에게 의뢰한 것은 데이비드였다. 두닉스의 유산을 발견하면 자신에게로 갖고 와 달라고.

데이비드가 왜 그 유산에 연연하는지, 애초에 그것이 무엇인지는 알지 못했다. 단 하나, 데이비드에게 들은 것은 연금술로 봉인이 된 물건이라는 것뿐.

스스로 말하는 것도 뭣하지만, 에델하르트는 마법보다도 연금술 쪽이 더 능숙했다. 어머니 소피리아의 가문이 대대로 그 연구를 하던 가계라, 연금술은 어릴 때부터 친숙한 힘이었다.

'……모르는 일이 계속 늘어나는군…….'

정보가 뒤섞여 점점 복잡하게 얽히는 것 같은 느낌이 들었다. 게다가 거기에 『도로셀』의 일도 들어있으니 머리가 아팠다.

도로셀이 눈을 뜨기 전, 에델하르트는 텐트 밖에서 그녀의 집사와 만났다. 알렉시아의 사후에 고용한 집사라고 들었다.

눈을 뜨지 않는 도로셀을 걱정해 밤을 세워가며 잠도 자지 않고 밖에서 기다리던 그에게 에델하르트는 도로셀에 대해 여러 가지 질문을 하거나 자신이 이야기를 하거나 했다.

에델하르트가 예전부터 도로셀에게 품고 있던 위화감. 그것은 그녀의 집사에게도 짐작 가는 부분이 있는 듯, 이쪽의 이야기를 들으며 그는 시선을 때때로 이리저리 움직이면서 불안해 보이는 표정을 띠고 있던 것을 기억하고 있었다.

그 위화감의 이유에 대해, 그때 에델하르트는 그녀를 슬쩍 떠볼 생각이었다.

하지만, 눈을 뜬 그녀는 알렉시아를 기억하고 있었고, 떠올려내고 있었다. 11년 만에 재회한 자신을 보고 예전과 다름없는 애칭으로 부르며, 울 것 같은 얼굴로 웃었다.

『미안해……. 미안해요, 에델 님…….』

알렉시아가 죽은 직후, 에델하르트는 성의 복도에서 딱 한 번 도로셀과 스쳐지나간 적이 있었다.

도로셀은 울면서 그렇게 말하고는 열심히 웃으며 강한 척을 했다. 그때와 같은 얼굴, 똑같은 목소리로…….

"도로시……."

옛날에는 당연한 듯이 불렀던 그 이름으로는 끝까지 그녀를 부르지 못했다.

하지만 그녀와 보낸 그 짧은 시간은, 간단히 말해 즐거웠다. 에델하르트와 이야기하는 도로셀은 옛날의 그녀와 무엇 하나 다르지 않아서, 그립고 반가워서 눈물이 날 것 같았다.

그것이 동시에 에델하르트의 결의를 무디게 만들었다. 그녀는 대체 누구인가. 에델하르트는 또다시 대답을 잃고 말았다.

"……아아, 진짜."

에델하르트는 자신의 머리를 벅벅 문지르고는 그대로 털썩 테이블 위에 엎드렸다.

머릿속에서 납득하고 있는 것과 납득하지 못하는 것이 많은 것도, 그것들에 에델하르트가 휘둘리는 것도 변함이 없었다. 하지만…….

'……괜찮으려나. 지금은 아직, 이대로.'

지금은 아직 옛날과 똑같은 관계로 있을 수 있었다. 품고 있는 위화감이 사라진 것도, 의심이 걷힌 것도 아니었지만, 일단 그걸로 괜찮다는 생각이 들었다.

'게다가, 그녀를 좀 더 자유롭게 행동하게 놔두는 편이 여러모로 우리한테 좋을 것 같은 느낌이 들고 말이지…….'

그런 일을 생각하면서 에델하르트는 천장을 올려다보고 정과 엎치락뒤치락 하고 있는 자신의 타산적인 마음에 자조했다.

11년 만에 재회한 소꿉친구와 어떻게 접하면 좋을지 에델하르트는 아직 알지 못했다.

7장 반란의 종결, 그 뒤

에델하르트와 이야기를 나눈 다음 날. 그 날의 하늘은 회색 구름에 덮여 흐렸다. 아침 식사를 마치고 레티시엘은 그대로 옷을 갈아입고 텐트를 나섰다.

이른 아침임에도 진지에 있는 병사들의 수는 적었다. 분명히 반란의 진압이나 사후 처리, 주민들에 대한 대응으로 바쁜 것이리라.

"죄송합니다, 묻고 싶은 것이 있는데요……."

레티시엘은 가까이를 순회하는 병사를 붙잡고 길을 물었다. 그녀에게는 지금 가고 싶은 텐트가 있었다.

"아아, 그 텐트라면 이 앞으로 쭉 가면 나옵니다."

"고맙습니다."

병사가 가리킨 방향에는 텐트가 몇 개 있을 뿐, 지키는 병사도 별로 없었다. 레티시엘은 길을 알려준 병사에게 감사의 인사를 하고 그가 가르쳐 준 대로 나아갔다.

목적한 텐트는 길의 가장 안쪽에 있었다. 입구 앞에는 두 명의 병사가 한손에 창을 든 채 보초를 서고 있었다.

"죄송합니다. 면회를 하고 싶은데요."

"……예? 면회, 말씀이십니까?"

레티시엘의 요청이 그렇게 의외였던 것일까. 보초 두 사람은 서로 얼굴을 마주보았다.

"혹시 지금은 뭔가 상황이 안 좋은가요?"

"아뇨. 그런 것은 아닙니다만……."

"들여보내세요."

병사들이 애매모호하게 확실한 대답을 못하는 사이, 텐트 안쪽에서 여성의 목소리가 들려왔다. 병사들은 다시 얼굴을 마주보고는, 슥 양옆으로 물러나 레티시엘에게 길을 내어주었다.

"들어가십시오."

레티시엘은 병사들의 옆을 지나 텐트 안으로 들어갔다.

내부에는 침대와 책상, 그리고 의자가 있을 뿐 그 외에는 아무것도 없었다. 침대 위에는 크리스타가 앉아서 물끄러미 레티시엘을 바라보고 있었다.

"……."

"……."

무슨 말을 하면 좋을지 알 수 없어서, 레티시엘은 잠시 크리스타에게 시선을 향한 채 침묵했다.

"……안녕하세요, 언니."

먼저 입을 연 것은 크리스타 쪽이었다. 그녀의 입가에는 미소가 떠올라 있었는데, 그것은 어딘가 자조적인 것이었다.

"……언니도, 제가 바보 같은 여자라고 생각하시죠?"

갑자기 그런 말을 꺼내는 크리스타에게 거꾸로 레티시엘 쪽이 어리둥절해서 고개를 갸웃거리고 말았다.

"왜 그렇게 생각하는 거죠?"

분명히 지금까지의 관계는 딱히 좋은 것은 아니었으나, 바보라고 생각할 정도로 레티시엘은 크리스타를 매몰차게 대하지는 않았다고 생각했다.

"모두 그렇게 말하는 걸요. 쌍둥이인데 전혀 다르다고."

모두, 라는 것은 군의 병사들을 말하는 것일까. 생각해 보면 진지 안에서도 힐끗힐끗 병사들이 쳐다보는 시선이 느껴졌던 것 같은 느낌이 들었다.

"똑같은 피리아레기스의 이름을 갖고 있는데, 언니는 옳은 길을 나아가고, 저는 정도에서 벗어났다고 말이에요. 언니도 똑같은 생각이죠?"

"……옳은 길, 인가요."

자학적으로 말하는 크리스타에게, 레티시엘은 눈을 내리깔며 작게 중얼거렸다. 그것은, 무엇으로 옳다고 정해진 길인 것일까.

"옳은 것도 그른 것도, 사실은 존재하지 않는 것이 아닐까요."

"……?"

"상식적인 면에서의 인식은 있다고 생각하지만, 그런 건 변해요. 한 사람 한 사람의 척도에 따라서도, 시대에 따라서도 다르죠."

실제 레티시엘이 옳다고 생각하는 일은 이 시대에서는 당연한 것이 아니기도 했다. 또 지금의 평화로운 시대의 『옳은 일』은 천 년 전의 전란의 세상에서는 통용되지 않았다.

"당신은 자신의 행동의 결말을 제대로 알고 있었어요. 알면서도 그렇게 하는 것을 선택한 것이죠?"

"……."

레티시엘의 질문에 크리스타는 대답하지 않고, 그저 진지한 얼굴로 말없이 레티시엘을 쳐다보았다.

"다른 사람들의 눈에 그것은 어리석게 보일지도 몰라요. 하지만 그것이 당신이 바란 결말이라면, 그건 그거대로 해피 엔딩이 아닌가요?"

"……."

"옳음도 그름도 없이 나는 나 자신의 정의, 당신은 당신의 정의를 관철했다. 그것뿐이에요."

"……."

크리스타는 아무 말도 하지 않았다. 그 대신 그녀 자신의 몸을 끌어안은 두 팔의 힘이 강해졌다. 그녀 자신도 고개를 숙이고 무언가를 참는 것처럼 입술을 깨물었다.

"게다가, 당신이 생각하는 정도로 나는 당신을 싫어하지 않아요."

물론 좋아하느냐고 묻는다면 고개를 모로 꼬지 않을 수 없었다. 하지만 과거의 기억의 편린을 떠올린 것도 있어서,

이전처럼 크리스타에 대한 인상은 나쁘지 않았고 그녀에게 무관심하지도 않았다.

레티시엘이 그렇게 말하자, 크리스타는 예상외라는 것처럼 눈을 크게 떴다. 그렇지만 무엇을 생각했는지 그대로 다시 얼굴을 숙여버렸다.

"내가 이러쿵저러쿵 말할 수 있는 것은 아니지만, 지금도 내가 밉다면, 당신이 행복해지면 된다고 생각해요. 그게, 가장 빠르고 손쉬운 복수예요."

전생에서 선생님이 레티시엘에게 그렇게 말했던 적이 있던 것 같은 느낌이 들었다.

솔직히 과거의 기억을 다소 살짝 엿보기도 하고 추억담을 듣기도 했지만, 레티시엘은 아직 크리스타에게 특별한 감정을 품을 수 없었다.

그래도 크리스타의 감정을 듣고 무시할 수는 없었다. 우선 가장 무난한 대답을 골라 레티시엘은 말을 계속했다.

"공작가는 이걸로 끝이지만, 인생은 앞으로도 계속될 거예요. 나는 내가 하고 싶은 대로 살아갈 것이고, 당신도 당신이 원하는 대로 살아가면 돼요."

"……그럴지도 모르겠네요."

레티시엘의 말을 들으면서 크리스타는 눈을 살짝 가늘게 떴다. 연보라색의 눈동자는 놀랄 정도로 잔잔하게 가라앉아서 감정을 읽어낼 수가 없었다.

이윽고 크리스타는 눈을 감고 한숨을 내쉬었다. 그리고 다시 눈을 떠서는 레티시엘의 눈을 똑바로 바라보았다.

"……언니는 기억 상실이었군요."

문득 크리스타는 그렇게 중얼거렸다. 그것을 듣고 레티시엘은 작게 고개를 갸우뚱했다.

"그거, 내가 말한 적이 있던가요?"

분명히 『도로셀』의 기억이 없으니 기억 상실이라는 표현은 맞았지만, 레티시엘이 그 사실을 크리스타에게 말한 적은 없을 터였다.

"……보였어요. 그때 영저에서 이상한 환각을 보았을 때."

아무래도 레티시엘이 크리스타의 기억을 비전으로 살짝 엿보았을 때, 크리스타 역시도 도로셀의 기억을 봤던 모양이었다.

"묘한 일도 있네요……."

"……그러네요."

"그 비전에서, 당신은 뭘 봤나요?"

"……."

그것은 레티시엘의 순수한 의문이었는데, 크리스타는 그것을 듣고 그대로 침묵했다.

"……잊어버렸어요."

길고 긴 침묵을 거쳐 겨우, 크리스타는 그렇게만 말하고 고개를 획 돌렸다. 뭔가 그녀의 기분을 상하게 하는 말을 한 것일까.

"……전, 역시 언니가 싫어요."

툭 그렇게 중얼거린 크리스타는, 쓰였던 귀신이 떨어진 것처럼 상쾌하고 밝은 미소를 띠고 있었다.

"그래요?"

"예."

응어리가 완전히 풀린 것도 아니고, 쌍둥이의 관계가 수복된 것도 아니었으나, 그래도 크리스타의 안에서는 뭔가 결말이 난 것이리라.

그 뒤에는 딱히 다른 화제가 대화에 오르는 일 없이 침묵이 이어졌기 때문에 레티시엘은 텐트를 떠났다.

머리 위를 올려다보자, 이른 아침에는 회색 구름에 덮여 있던 하늘이 아주 약간 개어 있었다. 푸른 하늘에 옅은 회색의 베일이 희미하게 드리워져 어렴풋한 빛을 지상에 보내주고 있었다.

"……."

왠지 좀 더 보고 있고 싶어서 레티시엘은 그 자리에 선 채로 계속 하늘을 바라보았다.

갈수록 태산. 두꺼운 구름이 걷혀도 여전히 회색을 완전히 닦아내지 못하는 이 하늘은, 마치 지금 자신의 마음속 같다고, 레티시엘은 멍하니 그렇게 생각했다.

***

영지에 가겠다고 결의한 다음의 기억은 모호했다.

정신을 차리고 보니 영도의 저택에 발을 들여놓고 있었고, 정신을 차리고 보니 한 손에 단검을 쥐고 있었으며, 정신을 차리고 보니 자신이 내지른 칼이 쌍둥이 언니에게 박혀 있었다.

도로셀이 없어진 텐트 안에서, 크리스타는 변함없이 침대에 앉아서 멍하니 허공을 올려다보았다.

『옳음도 그름도 없이, 나는 나 자신의 정의, 당신은 당신의 정의를 관철했다, 그것뿐이에요.』

"……정말로 언니는 치사해요."

직전까지의 대화를 떠올리고, 크리스타는 저도 모르게 발끈해서 눈썹을 찡그렸다.

10년 전 그때, 자신이 먼저 크리스타를 거부하고 그 뒤로 크리스타 쪽은 전혀 돌아보지도 않았으면서, 이런 때에만 그런 말을 건네다니…….

그리고 고작 그 정도의 말에 마음이 가벼워진 자신에게도 화가 났다. 이래서는 결국 언제까지고 언니를 앞지를 수 없지 않은가.

"……."

그날, 도로셀이 그런 말을 한 이유는, 아직도 본인 입으로 직접 듣지는 못했다.

하지만 영저에서 본 그 기묘한 비전으로, 솔직히 언니 본인의 말이 없더라도 막연하게 진의는 알게 되었다.

『너랑 나는 달라. 그러니까 이제, 가까이 다가오지 마.』

10년이나 그 사람을 봐 오고, 그 등을 쫓아왔기 때문에 그것이 언니의 기억이라는 것은 금방 알 수 있었다.

처음에는 언니가 무슨 짓을 한 건가 싶었다. 하지만 그녀도 눈을 크게 뜨고 멍하니 있었으니까, 아마도 그것은 아닌 것이리라.

크리스타의 인생을 바꾸게 된 도로셀의 한 마디. 도로셀의 과거를 비춘 그 비전에는 크리스타가 알지 못했던 그 뒷이야기가 기억되어 있었다.

『……미안해.』

크리스타의 곁을 떠나 혼자가 된 도로셀이 발밑을 내려다보면서 중얼거렸다. 단순 명쾌한 답.

거부가 본의는 아니라는 것, 힘의 폭주로 상처 입힌 것을 후회하던 것, 자신은 곁에 없는 편이 좋다고 생각한 것, 그런 감정의 파도가 크리스타 안으로 밀려 들어왔다.

막상 알고 나니 너무나도 간단한 일이었다. 자신은 이런 일로 10년이나 무기력하게 고민했던 것인가, 하고 스스로가 바보처럼 느껴졌다.

언니의 물건을 움직이는 신기한 힘을 모르는 것은 아니었다. 하지만 그렇게까지 괴로워하고 있었을 줄은 몰랐다. 그럴 수밖에 없었다. 그 사람은 아무 이야기도 하지 않았다.

기억 상실 건도 그랬다. 살짝 엿본 비전을 통해 그 사람이 스스로의 이름조차 잊어버렸었다는 일을 알게 되었다. 그런 이유가 있었다면, 사람이 바뀐 것처럼 될 만도 했다.

'……군데군데 노이즈가 끼어서 알 수 없던 기억도 있었지만.'

최근의…… 기억을 잃고 난 뒤의 장면은 거의 대부분 노이즈가 끼어 있었다. 하지만 그래도 그 비전이 보여준 것은 크리스타가 알지 못하는 언니의 모습이었다.

사실은 강하지도 완벽하지도 않으면서 주변 사람들만 신경 써서 전부 자신이 끌어안으려고 했고, 그런 주제에 서툴고 상냥했다.

"……정말로 싫은 사람이에요……!"

무슨 일이든 자기 혼자 생각해서 행동하고, 다른 사람의 마음은 전혀 고려해주질 않았다. 제멋대로에 독선적인 쌍둥이 언니를 생각하자, 역시나 화가 나서 참을 수 없었다.

본인 앞에서는 말하지 못했던 분노와 그 외의 다양한 감정들이 이제 와서 끓어올라, 크리스타는 토라져서 이불을 휙 뒤집어쓰고 누워버렸다.

***

그날 밤 늦게, 레티시엘은 로브를 걸치고 조용한 야영지 주변을 산책하고 있었다. 잠을 자려고 해도 좀처럼 잠이 오지 않아서 기분 전환 삼아 좀 걷고자 생각했던 것이었다.

피리아레기스 가의 악행을 막고, 도로셀의 기억도 또 일부 떠올리고, 크리스타와의 불화도 어느 정도 해소할 수 있어서 기쁠 터였는데 레티시엘 마음속의 응어리는 걷히질 않았다.

'……이유는, 어쩐지 알 것 같지만.'

한 가지는 그 2인조 수도사. 예전에 레티시엘의 저택을 습격한 청년과 똑같이 검은 안개의 힘을 다루는 남자와 발생하는 안개를 흡수하던 정체불명의 인물.

남자가 사용하던 그 능력에는 짚이는 곳이 있었다. 그렇지만 이전 저택을 습격한 청년의 힘과는 또 조금 달랐다. 마술로도 대적하기 어려웠다.

그들이 사용하는 힘은 무엇인가. 사용자에 따라 몇 개의 패턴이 있는 것인가. 그렇다면 그 자리에 있던 정체불명의 인물은 무엇을 위해 존재하는 것인가. 이 땅에 전해지는 『레티시엘 전설』과 맞물려, 사태는 한층 더 복잡해진 느낌이 들었다.

또 한 가지는 바로 레티시엘이 도로셀의 기억을 떠올린 일이었다.

에델하르트와 텐트에서 대면했을 때, 『도로셀』로서의 의식이 부상했던 것을, 자신의 몸이 자신의 것이 아니게 된 그 순간을 레티시엘은 지금도 기억했다.

예전에 생각한 적이 있었다. 만약 도로셀의 인격이 언젠가 눈을 뜬다면, 그때 레티시엘로서의 자아와 기억은 어떻게 되는 것일까, 라고.

그 대답은 아직 찾지 못했다. 하지만 그 순간이 확실하게 다가오는 것 같았다. 만약 『도로셀』의 각성의 끝에 있는 것이 『레티시엘』의 소멸이라면, 끌어안은 추억들과 함께 자아가 사라져가는 과정을, 자신은 어떻게 마주하면 될 것인가.

"……."

추운 것도 아닌데 레티시엘은 두 손으로 자신의 몸을 끌어안았다.

"아, 언니 있다."

"누나 발견!"

그렇게 그 주변을 대충 걷고 있으려니, 어디에서랄 것도 없이 귀에 익은 어린 소년 소녀의 목소리가 들려왔다.

어디에 있는 걸까. 레티시엘은 그 모습을 찾으려고 했으나, 그 직후 등 뒤에서 기세 좋게 뭔가가 부딪쳐 와서 그녀는 균형을 잃고 그대로 밀려 넘어지고 말았다. 어라? 이런 상황이 전에도 있던 것 같기도 하고…….

"티나와 디트?"

""정답!""

간신히 자리에서 일어나 뒤를 돌아보자, 예상대로 그곳에는 쌍둥이 정령왕이 손을 맞잡고 허공에 둥실둥실 떠 있었다. 티나의 목에는 수호영수 뀨의 모습도 있었다.

"두 사람 모두 꽤나 오랜만이야. 건강해 보이는구나."

"나는 건강해."

"나도 건강해!"

맞잡지 않은 쪽의 손을 각각 머리 위로 들어 올리며 티나는 무표정한 얼굴로 눈을 빛냈고, 디트는 만면의 미소를 지었다.

그런 쌍둥이의 모습에, 티나의 어깨에 타고 있던 뀨는 보란 듯이 과장되게 한숨을 쉬어보였다.

"흥. 이런 인간의 어디가 좋은 것인지. 하여간에 정령왕님에게는……."

"뀨도 오랜만이에요."

"나의 이름은 뀨 따위가 아니! 뀨…… 헉."

크악 하고 이를 드러내는 뀨. 하지만 몸의 크기가 페럿이기 때문에 어떻게 해도 박력이 떨어져서 무섭지 않았다.

그리고 기세가 넘친 나머지 어미를 말해버린 점에서 부정의견에 설득력이 부족했다. 아무래도 뀨는 아직도 『뀨』라는 어미를 교정하지 못한 모양이었다.

“하지만, 인간계에 와도 괜찮니? 또 부모님께 혼나는 거 아니야?”

쌍둥이가 인간계에서 인간과 엮이는 것에 두 사람의 양친으로 생각되는 남녀의 정령이 노발대발했던 것이 아직도 기억에 선명했다.

‘그 배신자 같이 되고 싶으냐고, 그런 말도 했으니까 말이지…….’

어머니 정령의 설교 문구에서 추측건대, 과거 정령 중에 인간과 친해져 고향을 배신한 정령이 있던 모양이었다.

거기에 덧붙여, 티나와 디트는 200년 만에 겨우 태어난 빛과 무속성의 정령왕인 것 같으니까 이렇게 레티시엘과 만나는 것이 양친 두 사람은 불편한 모양이었다.

“괜찮아. 이번에는 허락을 받았어.”

“걱정 하지 마! 이번에는 엄마도 아빠도 괜찮대!”

그러나 그런 레티시엘의 걱정에는 아랑곳하지 않고, 티나와 디트는 허공을 빙글빙글 선회하면서 그렇게 말했다.

“어머, 그러니?”

“응.”

“그래!”

“혹시…… 검은 안개를 조사하러 온 거야?”

처음에 티나와 디트를 만났을 때, 두 사람은 루크레치아 학원에서 로시포드가 해방한 검은 안개를 조사하기 위해 학원의 숲을 방문했었다.

이번에도 아마도 검은 안개의 해방이 일어났으리라고 생각되므로, 두 사람에게 또다시 조사 임무가 맡겨졌을 가능성이 있었다.

"으응. 아니야. 그 일은 벌써 끝났는걸."

"아니야! 누나한테 볼일이 있어!"

하지만 아무래도 그 생각은 빗나간 것 같았다. 레티시엘은 점점 더 고개를 갸웃거렸다.

"볼일……? 내게?"

"응. 사실은 조사하러 왔을 때 같이 끝낼 수 있었으면 좋았겠지만."

"조사하러 온 건 그제였는데, 도로셀 누나, 일어나지 않았는걸!"

레티시엘이 눈을 뜬 것은 어제 저녁이었으니, 그제라고 한다면 분명히 아직 혼수상태에 있을 때였다.

'다시 말해…… 내가 그 남자와 싸우고 겨우 하루나 이틀 만에, 정령은 안개의 존재를 알아차렸다는 거야?'

정령이 마소의 유동이나 검은 안개의 탐지능력이 뛰어나다는 사실은 알고 있었지만, 그 빠른 행동은 레티시엘에게도 놀라운 일이었다.

"그건 미안해. 그래서, 내게 볼일이라니 뭐야?"

레티시엘이 그렇게 묻자, 티나와 디트는 천천히 뀨의 꼬리를 잡더니 슥 레티시엘에게 내밀었다.

"……?"

"어이, 인간! 됐으니까 빨리 나를 받아라뀨!"

꼬리를 잡혀 허공에 대롱대롱 매달린 상태로 뀨는 버둥버둥 날뛰면서 명령 투로 그렇게 말해왔다. 변함없이, 쌍둥이는 뀨를 거칠게 다루는 것 같았다.

『안녕—. 인간 씨. 내 목소리가 들리나요?』

"?!"

레티시엘이 뀨를 끌어안자, 갑자기 어디선가 남성의 목소리가 들려왔다. 그 갑작스러운 목소리에 레티시엘은 놀라서 저도 모르게 뀨를 떨어뜨릴 뻔했다.

『뭐, 이건 사전에 기록한 것이니까, 들리지 않는다고 해도 우리 쪽에서는 대처할 수 없지만 말이야.』

잘 보니, 웬걸. 뀨의 황금색 눈동자가 형형하게 빛나고 있었다. 이것은 대체 어떤 원리인가 싶었던 레티시엘은 머릿속에 물음표를 무수하게 띄우며 지그시 뀨의 눈을 바라보았다.

"어이, 인간. 네놈이 내 눈을 봐서 어쩌느냐…… 뀨. 빨리 내 눈을 허공으로 향해라…… 뀨."

"응? 허공으로 향하라고요……?"

그것은 공중으로 향하라는 것일까.

뭐가 뭔지 알지 못하는 채로, 레티시엘은 일단 뀨가 말한 대로 그의 몸을 돌려서 그 얼굴을 아무것도 없는 공중으로 향했다.

『일단은, 들린다는 전제로 이야기를 할게~.』

그러자 뀨의 눈에서 뿜어져 나온 빛이 허공에 네모난 빛의 막을 만들어냈다. 거기에 한 남성의 얼굴이 비쳐졌다.

"뭐…… 뭐야, 이거?"

"인간, 단순한 기록 영상을 보면서 뭘 멍하니 있는 것이냐…… 뀨. 잠자코 이야기를 들어라…… 뀨."

레티시엘에게 안겨 있던 뀨가 그렇게 말하면서 뒷발로 레티시엘의 배를 툭 찼다.

'이 사람, 분명히 요전에…….'

영상에 비친 남성의 얼굴은 기억에 있었다. 이전에 정원에서 레티시엘이 마주친 두 정령 중 한쪽으로, 아마도 티나와 디트의 아버지였다.

'정령이 이런 기술을 갖고 있다니…… 영상 속에서 사람이 움직이고 있어.'

레티시엘은 저도 모르는 사이에 멍하니 입을 벌렸다. 그러고 보니, 과거 전생에서 나오가 가르쳐 준 『TV』라는 도구가 어렴풋이 기억이 났다.

그것도 작은 상자 속에서 많은 사람들이 움직이는 기계라고 나오는 말했다. 솔직히 전혀 믿지 않았지만, 정령에게도 이런 기술이 존재한다면 아주 거짓말은 아닐지도 몰랐다.

'뀨는 결국 정체가 뭘까……?'

수호영수라는 것은 알지만, 단순히 정령왕을 지킬 뿐인 존재라고도 생각되지 않았다. 레티시엘은 점점 더 뀨의 능력이 신기하게 여겨졌다.

『이번에 이렇게 네 앞으로 기록 영상을 찍은 것은 딱히 나 혼자만의 판단이 아니야. 이건 정령계 일동의 결정이다.』

그런 레티시엘의 속내에는 개의치 않고, 영상 속에서 남성 정령은 계속 말을 이었다.

『너 자신은 본의가 아니겠지만, 네 존재는 우리에게 무시할 수 없을 정도로 중대한 이레귤러야. 이미 옛날에 몰락해 사라진 마술을 어떻게 지금, 너만이 사용할 수 있는가. 우리는 그것에 무척 흥미를 갖고 있어.』

"……?"

자연스럽게 남성의 입에서 흘러나온 그 말에 레티시엘은 살짝 위화감을 느꼈다.

'……마술의 몰락에 대해, 정령은 뭔가 아는 걸까?'

적어도 남성의 어조에서는 그런 기운이 느껴졌다. 그렇지 않으면, 『옛날에 몰락한』이라는 단정적인 표현은 나오지 않았을 터였다.

『그리고, 네 주변에만 검은 안개의 발생이 일어나는 이유도 알고 싶어. 뭣보다, 너 자신은 짐작 가는 바가 전혀 없는 것 같지만 말이지.』

영상 속에서 남성은 어깨를 움츠리며 그렇게 말했다.

『우리는 아주 오래 전부터 검은 안개를 쫓아왔어. 너는 필시 검은 안개의 정체나 네가 만난 미지의 존재의 정체를 알고 싶겠지.』

미소를 띠며 거기까지 말한 남성은 거기서 일단 말을 끊더니, 얼굴에서 표정을 지웠다.

『그래서 우리의 요구는 간단해. 우리 정령과 협력할 생각은 없어?』

"……뭐?"

『너는 자신이 알고자 하는 진실에 손이 닿을 테고, 우리는 검은 안개의 배후에 있는 자에 대한 실마리를 얻을 수 있다. 지금 당장 답을 원하는 것도 아니고, 자세한 건 실제로 협정을 맺고 난 뒤에야 가르쳐줄 수 있겠지만, 나쁜 거래는 아닐 거야.』

"……."

『그럼, 좋은 대답을 기대하겠어~.』

살랑살랑 손을 흔들며 말하는 남성을 마지막으로, 거기서 영상은 허공에서 사라졌다.

동시에 뀨의 눈에서도 금색 광채가 사라졌다. 레티시엘은 긴 한숨을 내쉬며 일단 뀨를 땅에 내려놓았다.

자신들의 마을을 인간계에서 분리할 정도로 인간을 싫어하는 지금의 정령이, 인간인 레티시엘을 상대로 그런 제안을 해오다니. 놀랄 일이었다.

"어떻게 할 거야? 언니."

"전할 말이 있다면 말해 줘! 누나."

그렇게 물어오는 쌍둥이 정령왕의 말에 레티시엘은 잠시 생각에 잠긴 얼굴로 고개를 숙였다. 그러나 이윽고 허공에 떠 있는 두 사람을 올려다보았다.

"……조금 생각할 시간이 필요하다고 전해줄 수 있겠니?"

정령이 제시한 거래는, 솔직히 말하면 상당히 매력적인 이야기였다.

이번 영지에서의 건으로 힘이나 수상한 세력의 수수께끼는 더욱 깊어졌지만, 정보 부족이 심각한 이 상태에서 진상의 해명에 이르는 것은 어려우리라.

때문에 검은 안개에 대한 정보를 쥐고 있는 정령의 협력은 고마운 일이었다. 하지만 레티시엘은 그 손을 잡을 수 없었다. 정확하게는 지금은 잡을 수 없을 것 같았다.

영지에서 밝혀진 도로셀의 기억과 트라우마, 그것들은 레티시엘의 마음을 혼란시키기에 충분한 위력을 갖고 있었다. 지금은 아직, 자기 자신의 과거에 숨어 있는 정보의 정리를 하고 싶었다.

"알았어."

"오—케이!"

레티시엘의 말에 티나와 디트는 선뜻 고개를 끄덕였다. 그런 뒤, 주위에 사람이 없다는 것을 철저하게 확인하고는 나란히 밤하늘로 상승해갔다.

"그럼, 또 봐. 도로셀 언니."

"또 놀러올게! 도로셀 누나."

그렇게 말하고 티나와 디트는 레티시엘에게 바이바이 손을 흔들고는 뀨를 데리고 일직선으로 서쪽 하늘로 사라져갔다.

그런 쌍둥이 정령왕의 뒷모습을 레티시엘은 밤하늘에 녹아들어 보이지 않게 될 때까지 지그시 지켜보았다.

종장 붉은 별이 지켜보는 세계에서

“이런 곳에서 뭘 하고 있는 거냐, 자쿠도.”

이곳은 피리아레기스 공작령의 변두리, 라피스 국과의 국경선인 보레아리스 산맥 중턱에 펼쳐진 깊은 숲 안에 있는 넓게 트인 언덕이었다.

땅바닥에 양반다리를 하고 앉아서 망원경을 한 손에 들고 먼 곳을 바라보는 자쿠도의 등 뒤에서 밀그레인이 말을 걸었다.

“아무것도~. 산기슭의 상황을 보고 있던 것뿐이야. 봐. 저 건물터에는 벌써 사람이 모여 있어. 다들 일처리가 빠르네~.”

산기슭에 보이는 별장터에는 화톳불이 켜지고 몇 사람인가의 병사가 밤늦게까지 순회를 하며 조사를 계속하고 있었다. 자쿠도는 즐겁다는 듯이 그렇게 말하고는 망원경을 집어넣었다.

“백발의 인형들도 끌려갔는데, 괜찮을까?”

“상관없다. 그런 건 즉석에서 만든 송사리들이다. 적의 손에 넘어간다고 해도 연구에 아무 보탬이 되지 않아.”

“그렇긴 하지~. 그것보다 몸 상태는 어떠신가요? 수도사 님.”

“그 호칭으로 부르는 건 관둬. 애초에 나는 수도사도 뭣도 아니야."

"실질적으로 그렇잖아. 성녀님은 손을 내밀고 있을 뿐인 장식이고, 『기적의 힘』은 사람들이 엄청나게 고마워하고 있으니까."

"그런 건 계획을 수행하기 위해 필요한 한 과정에 불과해."

수도사라고 하면 이 지역 사람들은 전혀 의심하지 않고 그들을 받아들였다. 이쪽은 그저 멋대로 성녀의 이름과 성레티시엘 교회의 이름을 빌리고 있을 뿐.

말을 하지 않는 성녀의 호위역 겸 대변자로서 늘 함께 행동하는 주제에, 흥미 없다는 듯이 그렇게 대답하는 밀그레인은 어디까지나 냉랭했다.

"몸 상태에는 문제없다. 성녀가 안개의 장기를 정화해줬으니까 말이지."

"그래."

갈색 단안경 밑에 감춰진 자신의 붉은 오른쪽 눈을 만지며 자쿠도는 달이 없는 하늘을 올려다보았다. 오늘 밤은 신월. 달 대신 붉은 별만이 밤하늘에서 빛을 뿌리고 있었다.

백의 결사가 다루는 힘은 선천적으로 다룰 수 있는 인간과 후천적으로 사용할 수 있게 된 인간으로 나누어졌다. 자쿠도는 전자였지만 밀그레인은 후자였다.

후천적으로 다루는 인간에게는 반드시 검은 안개의 장기라는 부작용이 따라붙었다. 밀그레인도 당연히 예외는 아니어서, 능력을 너무 많이 사용하면 장기에 삼켜져 제정신을 잃고 말았다. 실제로 11년 전의 스피리아 전쟁에 투입한 병사들은 제어가 지극히 어려웠다.

그러나 장기를 정화할 수 있는 성녀의 등장으로, 그 문제는 사실상 해결되었다. 아무리 장기가 쌓여도 성녀에게 집약해버리면 또 얼마든지 술법을 쓸 수 있었으니까.

"성녀의 정화확산이 끝났다. 주인님이 부르신다."

"아아. 끝났구나. 네네."

자쿠도는 자리에서 일어나 망토에 묻은 흙을 털어내고 밀그레인과 함께 언덕을 내려갔다.

언덕을 내려가자 또다시 주위는 깊은 숲에 둘러싸였다. 그 안을 잠시 걷자, 숲 저 끝에 벽돌처럼 쌓아올린 돌에 온통 금이 간 탑이 보였다.

과거에는 국경을 지키는 요새로서 기능했지만, 지금은 그 역할이 다른 장소로 옮겨갔기 때문에 버려진 장소였다.

"돌아왔습니다."

밀그레인이 탑 안에 발을 들여놓으며 어렴풋하게 밝은 방 안쪽을 향해 말을 걸었다.

"……그래."

다소 높은 남성의 목소리가 되돌아왔다. 방 안쪽에는 가면을 쓴 로브 차림의 소년과 함께 돌로 된 제단이 하나 그 옆에 놓여 있었다.

제단 위에는 하얀 로브를 걸친 소녀가 누워 있었다. 얼굴은 뒤집어쓰고 있는 후드에서 늘어진 자락에 감춰져 있었는데, 그 몸은 희미하게 빛을 발하고 있었다.

"이 발광……. 쿨타임입니까?"

"그래."

성녀의 역할은 기본적으로 능력의 후천적인 사용자에게 따라붙는 안개의 장기를 정화하는 것이었으나, 성유물을 해방할 때에 발생하는 장기도 정화할 수가 있었다.

더욱이 정화한 장기를 주위에 확산시켜 안개의 발생을 속이거나 발생의 중심지를 모호하게 만드는 등, 그 자리에 남는 주술의 흔적을 최대한 인멸하기 위한 시스템이 정화확산이었다.

그리고 이 성녀는 자신이 정화할 수 있는 최대치의 장기를 정화하면, 이렇게 육체가 발광하며 반나절 정도 의식을 잃었다. 그 사이, 물론 정화 활동은 할 수 없었다.

"이걸로 조금은 정령들의 추적을 뿌리칠 수 있을까요?"

"그 녀석들도 바보는 아니다. 시간 벌기밖에 되지 않겠지."

예전에 루크레치아 학원에서 제1왕자를 매체로 검은 안개를 해방했을 때에도 성녀의 정화확산을 시행했으나, 정령은 하루도 걸리지 않아 안개의 발생 사실과 중심지를 냄새 맡고 찾아왔다.

"그보다 정령의 동향에 주의를 기울여라. 그 녀석들, 최근에 너무 조용해. 뭔가를 꾸미고 있는지도 모른다."

"알았습니다. 그런데, 성녀의 상태는 어떻습니까?"

"성능은 문제가 없다. 장기의 최대용량을 올리면 주술병의 대량 운용도 불가능하지는 않을지도 몰라."

제단에 누워 밝게 빛나는 성녀에게 얼굴을 향하며 소년은 말을 이었다.

"하나, 이 긴 쿨타임은 치명적이다. 매번 정화의 간격을 반나절이나 비워야 하는 건 효율이 너무 안 좋아. 밀그레인. 계속해서 성녀를 데리고 왕국 북부를 돌아다녀라. 계속 능력을 쓰게 해."

"모든 것은 주인님의 뜻대로 하겠나이다."

가면의 소년의 지시에 밀그레인은 고개를 확실하게 끄덕이고는 공손하게 머리를 숙였다.

"있죠, 어르신. 좀 묻고 싶은 게 있는데요~."

용건이 끝나자 가면의 소년은 여느 때처럼 곧바로 자리를 뜨려고 했으나, 건물에 들어온 뒤 줄곧 잠자코 있던 자쿠도가 그 등에 말을 걸었다.

"……뭐냐."

"왜, 도로셀을 일부러 그 곳으로 불러들인 겁니까?"

그렇게 묻는 자쿠도의 얼굴에는 평소의 헤실거리는 미소가 떠올라 있었다. 그러나 소년을 바라보는 그 눈은 웃고 있지 않았다.

“우리의 목적은 이곳에서 반란을 일으켜 눈속임을 하는 것뿐이었죠? 그 남자에게 검은 안개를 해방하게 하고, 그것을 내가 소정의 위치에 배치한다. 그것뿐이었습니다. 도로셀의 기억을 끌어낼 필요 따위 없었어요.”

자쿠도의 말을 들으면서 소년은 여전히 이쪽을 등지고 있었다.

“2년 전처럼, 그 아이에게 직접 간섭하기 위해서라면 또 이해할 수 있습니다. 애초에 그 접촉을 제안한 건 나이니까요.”

세리냐와 협력관계를 맺고 쌍둥이의 생일 파티가 열리던 밤에 소년을 대동하고 피리아레기스 공작가의 저택으로 향한 것은 자쿠도였다.

“도로셀은 매우 이례적인 개체입니다. 마력이 전혀 없는 그 몸에 그 붉은 눈이 깃들 이유가 없어요. 때문에 어르신은 그 아이를 이용해 주술의 새로운 연구를 하려고 했었죠. 통렬한 반격을 당했지만요.”

“…….”

소년은 침묵한 채 아무 대답도 하지 않았다. 그러나 그 어깨가 한순간 작게 움찔한 것을 자쿠도는 놓치지 않았다.

지금으로부터 2년 전. 마력이 없는 자임에도 붉은 눈……. 주술을 제어하는데 반드시 필요한 결정체를 가진 도로셀에게 소년은 검은 안개를 직접 주입하는 것으로 새로운 능력 각성을 촉진하려고 했다.

그러나 각성은 실패. 도로셀 안에서 검은 안개에 대한 거부 반응이 일어났다. 그 결과, 방출된 무속성의 정화마술을 뒤집어쓰고, 소년이 2년 동안이나 활동을 중단하지 않을 수 없을 정도의 큰 피해를 입은 것은 잊고 싶어도 잊을 수 없었다.

"하지만, 이번에 어르신은 그 아이에게 일절 손을 대지 않았죠? 그건 왜니까? 많이 얽히면 얽힐수록 그만큼 그 아이에게 정보를 건네게 되리라는 걸 어르신이 모를 리 없죠?"

"……."

소년은 빙글 자쿠도를 돌아보았다. 둔탁하게 빛나는 은색의 가면이 소년의 표정을 감추고 있어, 그 가면 아래에서 그가 어떤 얼굴을 하고 있는지, 어떤 감정을 품고 있는지 전혀 알 수 없었다.

"……네놈은 알 수 없겠지."

가면의 밑에서 들려온 약간 먹먹한 소년의 목소리는 평소보다 약간 더 낮은 것처럼 느껴졌다.

"이번에, 그 여자의 기억을 되살림으로써 녀석도 혼란에 빠져 전투를 계속할 계제가 아니게 되었다. 우리의 계획을 방해하지 않도록 계획한 것뿐이다."

"호오. 정말로 그게 목적인가요?"

"아아. 그것뿐이다."

"흐응. 그렇구나~. 어디까지가 우연일까요?"

"……."

가면의 소년은 자쿠도의 말을 무시하고 다시 뒤를 돌아보는 일 없이 똑바로 건물 밖으로 사라졌다.

"……주인님은 뭔가 걱정이라도 있으신 건가?"

그 뒷모습을 배웅하며 밀그레인은 어딘지 불안한 표정으로 작게 중얼거렸다.

"왜 그렇게 생각하는데?"

"……그 계집의 일만 되면 주인님은 늘 말수가 적어지시는 것 같은 느낌이 든다."

"뭐, 어르신은 그 아이를 매우 총애하니까 말이지."

소년이 줄곧 누군가를 찾고 있던 것은 자쿠도도 알고 있었다. 오랜 세월 끝에 줄곧 찾아 헤매던 이를 겨우 찾아낸 것이니, 신경질적이 되어도 이상하지는 않았다.

"게다가…… 뭔가 기억해내주기 바라는 일이라도 있는 게 아닐까? 그 아이 안에 있는 공주님에게 말이지."

자쿠도와 소년은 알고 지낸 지 꽤 오래되었다. 때문에 소년이 도로셀의…… 정확히는 그 안에 있는 누군가에게 집착하고 있다는 사실도 막연하게나마 알고 있었다.

왜 소년이 그렇게까지 그 소녀에게 집착하는지 자쿠도는 전혀 이해할 수 없었다. 또, 방금 소년 자신은 그렇게 말을 했으나 자신들에게 계획에 없는 행동을 지시한 것도 소년의 개인적인 목적 때문일 것이라고 예상하고 있었다.

그 목적이니 뭐니 하는 것이 무엇인지는 전혀 상상도 되지 않았지만.

"……? 그게 무슨 소리냐?"

"글쎄에~."

"말해라."

"아니아니. 그건 본인에게 듣는 게 공정해~."

의아한 표정으로 따지고 드는 밀그레인에게 자쿠도는 뺀들뺀들 대답을 피했다.

지금 한 말은 어차피 전부 자쿠도가 멋대로 추측한 내용이며, 이야기한다고 해도 소년에게 절대적인 충성을 맹세한 밀그레인은 믿지 않을 것이다.

"……주인님은 왜 이런 녀석을 곁에 두고 계신 것인지."

헤실거리며 적당한 소리만 해대는 자쿠도를 밀그레인은 부아가 치민다는 눈으로 노려보았다.

"말은 그렇게 해도, 나와 어르신이 엄청 오래 알고 지낸 건 진짜이니까 말이지."

"……."

"아, 미르 군. 혹시 삐쳤어? 그러고 보면, 이번에도 어르신 흉내를 내서 일부러 가면 같은 걸 썼지. 의외로 귀여운 고……."

"닥쳐라."

"아야!"

자쿠도가 히죽거리며 놀리는 것 같은 말을 입에 올린 순간, 그 정수리에 밀그레인의 뼈아픈 일격이 떨어져 내렸다.

밀그레인은 그대로 부리나케 건물을 나갔다. 혼자 남겨진 자쿠도는 별 수 없네 하고 어깨를 움츠리며 웃었다.

***

왕도 교외의 웰데 별궁에서는 한 명의 고용인이 로시포드의 방문을 노크하고 있었다.

"……들어와."

안에서 로시포드의 목소리가 희미하게 들리고, 고용인은 문을 열고 조용히 방안으로 들어갔다.

방 안쪽에 놓인 커다란 침대 한가운데가 기묘하게 부풀어 올라 있었다. 등불이 꺼진 실내에서 로시포드의 모습은 보이지 않았으니, 아무래도 이불을 머리부터 뒤집어쓰고 침대에 누워 있는 모양이었다.

"실례하옵니다, 전하. 약을 가져왔습니다."

고용인은 그렇게 말을 걸었다. 그는 손에 가루약이 든 봉투와 물병을 담은 쟁반을 들고 있었다.

로시포드는 며칠 전에 눈을 떴다. 그러나 그 뒤로 줄곧 강한 두통에 시달려 침대에서 거의 일어나지 못하고 있었다.

그 때문에 이렇게 날마다 고용인이 약을 방으로 가져와, 침대에 누운 로시포드에게 직접 약을 먹일 필요가 있었다.

"……거기에 놔 줘."

그러나 그날 밤, 평소라면 통증 때문에 곧바로 약을 먹으려고 하는 로시포드에게서 의외의 한 마디가 날아왔다.

"예……? 하지만, 몸은 괜찮으신 겁니까?"

"지금은 상태가 좋아. 나중에 먹을 테니까 거기에 그냥 놔줘."

요 며칠 동안의 로시포드의 상태를 아는 고용인은 걱정스러웠으나, 로시포드는 얼굴을 보이지 않은 채 그렇게 말하며 이쪽의 말을 듣지 않았다.

"……그러십니까. 그러시면 이곳에 약을 놔두겠사오니, 나중에 드십시오."

왕위계승권을 잃었어도 왕족임에는 변함이 없었다. 본인이 그렇게 말하는 이상, 강하게 나갈 수 없는 고용인은 얌전히 머리맡의 사이드 테이블에 쟁반을 내려놓았다.

"그럼 실례하겠습니다."

"……."

방을 떠날 때 고용인이 말을 걸어도 로시포드는 대답도 하지 않았다. 왠지 오늘은 평소와 모습이 조금 다른 것 같았지만, 뭔가 사정이 있는지도 몰랐다. 그래서 고용인은 그 이상 깊게 따지지 않고 방을 떠났다.

고용인이 방을 나가고, 방문이 완전히 닫히자 방은 또다시 암흑천지가 되었다.

발소리가 완전히 들리지 않게 되자, 로시포드는 뒤집어쓰고 있던 이불을 걷고 그대로 침대에서 내려왔다.

"……."

머리맡에 놓아둔 약도 먹지 않고 잠시 침대 옆에 멍하니 서 있던 로시포드는 이윽고 뭔가에 이끌리듯이 창가로 향했다.

창문에 드리워진 붉은 벨벳의 커튼은 밤이 된 지금은 닫혀 있었다. 로시포드는 그 커튼에 손을 대고 가만히 좌우로 열었다.

왕도에서 떨어진 이 장소 근처에는 불을 켤 민가들도 없어서 밤하늘에서 빛나는 별이 아주 잘 보였다.

하늘을 가득 채운 별들에 섞여 한층 커다랗게 빛나는 붉은 별이 있었다. 달이 보이지 않는 신월의 밤, 남쪽 하늘에 떠오른 그 꺼림칙한 진홍의 별은 보는 이의 시선을 붙잡고 놔주지 않는 존재감을 갖고 있었다.

"……."

로시포드는 아무 말도 하지 않고 그저 지그시 붉은 별을 올려다보았다.

붉은 별의 반짝임에 맞춰, 별을 비추는 그 눈동자는 마치 스스로 빛을 내는 것처럼 밤의 어둠속에서 형형하게 붉게 빛나고 있었다.

■작가 후기

금번, 『왕녀 전하는 화가 나셨나 봅니다』 4권을 읽어주셔서 감사합니다. 야츠하시 코우입니다.

레티시엘의 이야기도 4권까지 왔습니다.

WEB에서 소설을 쓰기 시작했을 무렵에는 이렇게 서적판을 시리즈로 간행하고 더 나아가 만화화까지 할 수 있게 될 줄은 꿈에도 생각하지 못했습니다…….

이것도 모두 독자 여러분의 응원이 있었기에 가능했던 일입니다. 정말 늘 감사합니다.

이번 권에서는 도로셀의 과거와 피리아레기스 공작가의 배경을 들추어 보았습니다. 다만 지금까지와는 다르게, 차례로 밀려드는 도로셀의 기억에 휘둘리는 레티시엘의 심정의 변화에 초점을 맞추었습니다.

그리고 이번 권부터는 캐릭터 소개 페이지를 작성했습니다.

등장인물의 일람 없이 여기까지 읽어주신 독자 여러분에게는 불편을 끼쳐드리고 말아서 정말 죄송한 마음뿐입니다. 기다리게 해서 죄송합니다…….

이번 권에서는 특히 중요한 인물만으로 범위를 좁혀서 소개를 했습니다(그래도 꽤 많습니다만…….)

다음 권에서 작품으로서 일단락이 지어지며, 왕국 내 스토리가 중심이었던 이야기의 1부가 종료됩니다.

영지에서의 싸움을 끝내고, 2부에서는 이름만 등장하던 이웃나라·이리스 제국과 라피스 국도 본격적으로 등장합니다.

백의 결사나 정령의 의도도 이야기에 얽히기 때문에 기대해 주시면 기쁘겠습니다.

마지막으로 담당 편집자이신 Y씨 및 졸저의 출판에 관계해 주신 모든 분들, 일러스트를 그려주시는 나기시로 미토 씨, 만화화를 담당해주고 계신 요츠바 네코 씨, 그리고 이 책을 읽어주신 모든 독자 여러분에게 진심으로 감사 인사를 드립니다.

그럼, 또 다음 권에서 뵐 수 있기를 빕니다.

야츠하시 코우

■역자 후기

안녕하세요. 역자입니다. 풀려가는 것 같은 실마리와 깊어져가는 수수께끼와 함께 찾아뵈었습니다. 스토리상 중요한 사건이 전개되는 것 같던 3권에 이어, 4권에서도 사건과 함께 수많은 수수께끼들에 대한 정보가 조금 더 공개된 것 같습니다.

3권에서 큰 사건에 휘둘렸던 레티시엘은 자신 주변을 맴도는 하얀 후드의 인물들과 그들이 사용하는 힘에 대해 조사를 시작합니다. 그리고 끝내는 그 백의 결사와 검은 안개에 대해 뭔가를 아는 것 같은 정령에게 정보 공개를 대가로 하는 협력을 요청받게 됩니다. 레티시엘이 그 손을 완전히 뿌리치지 않는 이상, 백의 결사와 검은 안개에 대한 비밀, 그리고 그들의 목적에 대해서도 조금씩은 풀릴 것 같습니다.

그 사이, 도로셀의 과거가 한층 더 밝혀지고, 그것에 레티시엘의 과거까지 연동합니다. 그리고 한 몸에 두 개의 영혼이 깃들어 있는 레티시엘과 도로셀 사이에서도 눈 여겨 보고 싶은 일들이 일어났습니다. '도로셀이 깨어나면 레티시엘은 어떻게 되는 것인가?' ……정말로 어떻게 될지 매우 궁금합니다.

개인적으로는 도로셀과 레티시엘의 향방도 궁금하지만, 지금은 다른 인물들에게도 강하게 흥미가 끌리고 있습니다. 레티시엘의 과거에 등장하는 선생님과 붕대의 소년이 그들입니다. 두 사람은 3권에서도 이미 한 번 모습을 보였지만, 선생님 쪽은 4권에서는 이 세계관에서의 '힘'과 깊은 관계가 있는 것 같은 서술이 나왔습니다. 과연, 선생님은 천 년 전 리제네로제 왕국에 정착하기 전 어떻게 지냈던 것일까요.

그리고 붕대의 소년은, 똑같이 붉은 색의 오른쪽 눈을 갖고 있4으며 그 붉은 색을 가리고 있는 모 사제님과 겹쳐 보이는 것 같습니다. 하지만, 생각해 보면 또 작중에 이미 도로셀을 비롯해 이미 붉은 눈을 가진 인물들이 여럿 등장하고 있습니다. 그걸 보면, 반드시 관계가 있으리라는 법은 없을 것 같네요.

마지막으로, 3권에서 부활의 기미를 보였던 로시포드는 드디어 무대로 다시 돌아왔습니다. 그리고 매우 의미심장한 모습으로 4권의 막을 내립니다. 이 의미심장한 언동에 검은 안개에 침식당한 적이 있고, 붉은 눈을 갖고 있다는 설정이 더해져 차후에 어떻게 움직일지 걱정 반 기대 반입니다.

한 올 한 올 정성스럽게 짜 넣은 수수께끼들이 양파껍질 벗겨지듯이 하나씩 하나씩 벗겨내는 방식을 개인적으로 매우 좋아하기 때문에, 작업을 하면서도 매우 흥미진진해하고 있습니다. 다음 5권에서 일단 이야기가 일단락되는 모양입니다만, 5권에서는 어떤 수수께끼의 카드들이 뒤집힐지 가슴이 두근거립니다.

왕녀 전하는 화가 나셨나 봅니다 4

초판 1쇄 발행 2021년 12월 10일

지은이_ Kou Yatsuhashi
일러스트_ Mito Nagishiro
옮긴이_ 이진주

발행인_ 신현호
편집장_ 김승신
편집진행_ 원현선 · 권세라
편집디자인_ 양우연
관리 · 영업_ 김민원 · 조인희

펴낸곳_ (주)디앤씨미디어
등록_ 2002년 4월 25일 제20-260호
주소_ 서울시 구로구 디지털로 26길 111 JnK디지털타워 503호
전화_ 02-333-2513(대표)
팩시밀리_ 02-333-2514
이메일_ lnovellove@naver.com
L노벨 공식 카페_ http://cafe.naver.com/lnovel11

ISBN 979-11-278-6285-5 04830
ISBN 979-11-278-5850-6 (세트)

값 7,800원

드라큘라 야근! 1권

와가하라 사토시 지음 | 아리사카 아코 일러스트 | 박경용 옮김

태양의 빛을 쬐면 재가 되어버리는 존재, 흡혈귀.
밤에만 활동할 수 있는 그들이지만, 현대에는 생각보다 문제없이 생활하고 있었다.
그렇다. 왜냐하면 "야근"으로 일할 수 있으니까—.
토라키 유라는 현대에 살아가는 흡혈귀.
일하는 곳은 이케부쿠로의 편의점(야근 한정),
주거지는 일조권이 최악인 반지하(차광 커튼 필수).
인간으로 돌아가기 위해서, 바르고 떳떳한 사회생활을 보내고 있다.
그런데 어느 날 주정뱅이에게서 금발 미소녀를 구했더니,
놀랍게도 그녀는 흡혈귀 퇴치를 생업으로 하는 수녀 아이리스였다!
게다가 천적인 그녀가 그의 집으로 굴러들어오게 되는데—?!
토라키의 평온한 흡혈귀 생활은 대체 어찌 되는가?!

『알바 뛰는 마왕님!』의 와가하라 사토시가
선물하는 드라큘라 일상 판타지!

NOVEL

라이트노벨의 새로운 빛! L노벨의 신간은 매월 10일에 발매됩니다. http://cafe.naver.com/lnovel11